SARAH FISCHER

Zeilen ans Meer

Über die Autorin:

Als Kind der 80er wurde Sarah Fischer schon früh mit dem Reisevirus infiziert. Immer mit dabei: ihr Reisetagebuch. Nach dem Abitur ging es für ein Jahr nach Australien, wo sie ihr Herz an Land und Leute verlor.

SARAH FISCHER

Zeilen ans Meer

ROMAN

lübbe

Dieser Titel ist auch als E-Book erschienen

MIX
Papier aus verantwortungsvollen Quellen
FSC® C014496
www.fsc.org

Vollständige Taschenbuchausgabe
der bei Bastei Lübbe erschienenen Hardcoverausgabe

Dieses Werk wurde vermittelt durch die
Literarische Agentur Michael Gaeb

Titelillustration: © Jeanna Draw/shutterstock; Milanana/shutterstock;
Silver Spiral Arts/shutterstock; Agafonov Oleg/shutterstock;
Anastasia Lembrik/shutterstock; Sundra/shutterstock
Umschlaggestaltung: Christin Wilhelm, www.grafic4u.de
Satz: two-up, Düsseldorf
Gesetzt aus der Chaparral
Druck und Verarbeitung: GGP Media GmbH, Pößneck
Printed in Germany
ISBN 978-3-404-18351-7

1 3 5 4 2

Sie finden uns im Internet unter luebbe.de
Bitte beachten Sie auch: lesejury.de

Perth, Australien, 18. August 1999

Lieber Ozean,

es fällt mir so schwer, mich von dir zu trennen! Von deiner unendlichen Weite, deiner sanften und deiner stürmischen Seite. Von deinen Wellen, wenn du aufgebracht oder erregt bist, wenn du uns daran erinnerst, wie mächtig du bist und wie klein und unwichtig dagegen manche unserer Sorgen. Ein ganzes Jahr lang hast du mich begleitet, jeden Tag warst du in meiner Nähe. Immer da, doch nie ganz zu fassen.
Jetzt bleiben mir nur noch zwei Tage auf diesem fremden Kontinent, so unendlich weit weg von dem Ort, den ich einmal »Zuhause« genannt habe. Nur noch zwei Tage, dann steige ich in den Flieger und kehre dorthin zurück. Wobei ich genau weiß, dass ich von nun an nirgendwo mehr so ganz zu Hause sein werde. Weil ich so viel von mir hier zurücklasse. Die neuen Freunde, der Geruch morgens, wenn die Sonne noch nicht aufgegangen ist, die Stille des Outbacks und diese unendliche Freiheit, nicht wissen zu müssen, was der Tag bringt.
Die Zeit hier Down Under hat mich verändert, aber das weißt du sicher. Schließlich warst du ja immer dabei. Nur selten bin ich so weit ins Landesinnere gewandert, dass ich dich nicht zumindest im Augenwinkel hätte erahnen können. Deine Wellen haben mich sanft in den Schlaf gesungen, das Kreischen der Möwen hat mich noch vor Sonnenaufgang geweckt. Jeden Abend hast du die Sonne verschluckt und sie uns doch jeden Morgen wiedergegeben. Das sind die Erinnerungen, die mich während des langen, kalten Winters in Deutschland begleiten werden.

Deutschland.
Dort wartet meine Zukunft. Das Studium. Darauf freue ich mich auch. Und auf meine Freunde und meine Familie. Das Körnerbrot vom Bäcker an der Ecke. Den Apfelkuchen von meiner Oma. Daunendecken. Verschneite Weihnachten. Auf all die Dinge, die mir hier am anderen Ende der Welt gefehlt haben. Aber wenn ich erst einmal wieder dort bin, meine Koffer auspacke und die Fotos zeige, werde ich diese atemberaubenden Sonnenuntergänge vermissen. Das Lachen von Fremden, die zu Freunden wurden. Der typische Singsang des australischen Englisch, in dem ich dir hier schreibe und das wie Musik in meinen Ohren klingt. Die ganze Stimmung Australiens, die ich in Deutschland niemals finden werde – egal, wie lange ich suche.
Aber, lieber Ozean, das verspreche ich dir: Ich komme wieder. Zurück zu dir, zu diesem Strand, zu diesem Kontinent – und zu dem Teil meines Lebens, den ich hierlassen werde.
Pass gut darauf auf.
Hier bin ich zu einer Träumerin geworden. Es fiel mir leicht, weit weg von zu Hause mehr ich selbst zu sein. Hier, wo ich ganz ohne »Gepäck« ankam (obwohl ich für mein Übergepäck gezahlt hatte!) und mich neu erfinden konnte. Hier war ich nur Lena, das freche Mädchen aus Deutschland mit dem komischen Akzent (den ich inzwischen ganz verloren habe, wie mir selbst Jess versichert hat!). Hier durfte ich endlich »Ich« sein. So, wie ich mich selbst nicht kannte.
Hier habe ich den Mut gefunden, meinen Traum laut auszusprechen. Ohne Sorge, ausgelacht zu werden. Natürlich weiß ich, dass niemand auf eine weitere Sängerin wartet, aber ich werde sie alle umhauen!
Hier habe ich jeden Abend gesungen, bis meine Stimme so rau klang wie die von Janis Joplin – ganz ohne Alkohol. Und

die Leute haben applaudiert! Das ist ein Gefühl, das ich am liebsten mit diesen Zeilen in die Flasche packen würde, damit es konserviert wird und nicht verloren geht. Stattdessen werde ich es fest in meinem Herzen einschließen und mich daran erinnern, wie unfassbar schön meine Zeit hier in Australien war.

Ich werde noch viel mehr reisen, noch viel mehr spannende Orte sehen, mich Hals über Kopf verlieben, viel küssen, noch mehr lachen, lange Sommernächte durchquatschen, zu Hits aus den Siebzigerjahren tanzen und ganz sicher noch viel mehr Briefe schreiben! Weil das Leben zu kurz ist, um es zu vergeuden. Wir bekommen keine Generalprobe, nur diesen einen Versuch, und aus dem müssen wir das Beste machen. Das habe ich hier gelernt. Komisch, nicht wahr? Da gehe ich dreizehn Jahre zur Schule, mache brav mein Abitur und lerne erst auf meiner Work & Travel-Reise, worauf es wirklich ankommt: sich selbst zu finden. Ich habe mich in Down Under gefunden, da, wo ich mich am wenigsten erwartet hätte.

Diese neue Lena wird jetzt also nach Deutschland zurückkehren.

Für den Fall, dass tatsächlich jemand diese Flaschenpost findet, hinterlasse ich meine Adresse, damit du, lieber Finder, mir schreiben kannst. Und ich werde dir antworten! Versprochen!

Lieber Ozean, trage meine Worte, Hoffnungen und Träume so lange du willst auf deinen Wellen spazieren und spüle sie eines Tages in einen sicheren Hafen.

Bis dahin, mach's gut!
Deine Lena

Sydney, Australien, 23. Mai 2015

Liebe Ms Beyer,

ich bin mir nicht sicher, ob Sie diesen Brief überhaupt erhalten werden, vielleicht ist die Adresse nach so langer Zeit ja nicht mehr aktuell?
Sie werden sich fragen, wer ich bin und wieso ich Ihnen schreibe. Und vielleicht werden Sie auch etwas enttäuscht sein, dass Ihre Zeilen in den letzten sechzehn Jahren nicht ganz so weit gekommen sind, wie Sie es sich vielleicht erhofft haben.
Mein Name ist Sam Miller.
Der Ozean hat Ihre Worte, Hoffnungen und Träume zu mir getragen. Ich bin der Finder Ihrer Flaschenpost, die Sie in Perth in den Ozean geworfen haben. Ich war joggen, wie jeden Morgen. So früh am Tag glitzern die Sonnenstrahlen wie blank polierte Pennies auf der Wasseroberfläche. Ein herrlicher Anblick. Immer wieder raubt er mir den Atem, mehr als die vier Kilometer lange Joggingstrecke, die ich brauche, um wach zu werden. Doch an diesem Morgen glitzerte es an einer Stelle mehr als sonst. Zunächst hielt ich es für eine optische Täuschung, trotzdem lief ich langsamer und war dann fast ein wenig enttäuscht, als ich die milchige Glasflasche entdeckte. Manchmal vergessen Jugendliche, die am Strand Partys feiern, ihren Müll zu entsorgen. Doch als die Flasche mit der nächsten Welle an den Strand gespült wurde, erkannte ich, dass sie verschlossen war und ein Brief darinsteckte. Die erste Flaschenpost meines Lebens! Und als ich dann das Datum las, kam ich mir vor wie ein Zeitreisender, der das Tor zu einer anderen Dimension geöffnet

hat. Schreibe ich jetzt in Ihre Vergangenheit oder in die Zukunft?
Ich wollte Sie nur wissen lassen, dass Ihre Flaschenpost tatsächlich überlebt und ein ganzes Stück auf dem Wasserweg zurückgelegt hat. Aus Spaß habe ich mal nachgeschaut. Luftlinie von Perth nach Sydney Harbour National Park, dem Fundort, sind es ungefähr 3.291,48 km. Mit dem Auto wäre es bestimmt schneller gegangen, aber ich wette, Ihr Brief hat dafür unterwegs einiges erlebt. An unseren Küsten tummeln sich zahlreiche beeindruckende Ozeanbewohner, die er auf seiner Reise sicher alle kennengelernt hat. Ich habe die Flasche hier bei mir auf dem Schreibtisch stehen. Sie hat all die Jahre in den Wellen überstanden und ist jetzt eine Art Vasenersatz für mich. Ihren Brief schicke ich Ihnen als Kopie mit. Das Original würde ich gerne behalten. An manchen Stellen ist die Schrift ziemlich verblasst, ich musste mir ein paar Worte zusammenreimen. Aber alles in allem ist sie sehr gut erhalten. Eine schöne geschwungene Handschrift haben Sie. Ganz anders als meine, die wie abgehackte Bäume aussieht – wofür ich vielmals um Verzeihung bitte!
Hoffentlich haben Sie Ihren Traum verwirklicht, von dem Sie im Brief schreiben. Wer weiß, vielleicht waren Sie ja in der Zwischenzeit sogar wieder einmal an dem Strand, wo diese Reise begonnen hat.
Entschuldigen Sie, dass es keinen spektakuläreren Abschluss für Ihre Post gibt als diesen: ein Kerl, der beim Joggen eine Flasche am Strand findet. Trotzdem hoffe ich, dass Sie sich freuen, von Ihrem Vergangenheits-Ich zu hören.

Sonnige Grüße aus Sydney,
Sam Miller

München, 30. Mai 2015

Lieber Mr Miller!

Danke! Ich muss wohl ein ziemlich komisches Gesicht gemacht haben, als meine Mutter mir erzählte, ein Brief aus Australien sei für mich angekommen. Angeblich sind mir fast die Augen aus dem Kopf gefallen. Um ehrlich zu sein, hatte ich nicht mehr damit gerechnet, dass jemand meine Flaschenpost findet!
Danke auch für die Kopie des Briefes. Wie verträumt ich damals klang, als ich die Zeilen sorgenfrei vom Herzen weg aufs Papier geschrieben habe. Ich musste lachen, als ich die Worte las, die doch meine waren. Wenn ich an die Zeit in Down Under denke, passen sie so gut zu dem Mädchen, das ich noch immer im Kopf habe: stets bester Laune, Sommersprossen im Gesicht und die Haare fast blond von der Sonne und dem Salzwasser. Wie schnell die Zeit doch vergeht! Sechzehn Jahre ist das her! Immerhin hat sich die Flasche nicht gerade beeilt, die Strecke von Perth nach Sydney zurückzulegen. Wenn ich ganz ehrlich bin, hatte ich sie fast vergessen. Und wenn ich doch mal dran dachte, war es, als hätte nicht ich sie damals in den Ozean geschleudert, sondern jemand anders, der mir dann davon erzählt hat.
Umso überraschter war ich, jetzt einen richtigen Brief zu erhalten. Sicherlich wäre es praktischer gewesen, ich hätte meine E-Mail-Adresse angegeben. Aber damals war eben noch damals – und da war alles anders. Post aus der Vergangenheit (und auch noch von sich selbst!) zu bekommen, das ist schon eine verrückte Geschichte.

Danke, Mr Miller, Sie haben mir ein Stück Erinnerung zurückgegeben!
Es war schön, mal wieder das Mädchen von damals zu sein.
Wenn auch nur für die Dauer eines Briefes.

Liebe Grüße,
Lena Beyer

Sydney, 22. Dezember 2015

Liebe Ms Beyer,

Merry Christmas and a Happy New Year!
Ich habe es mir zur Aufgabe gemacht, jedes Jahr zu Weihnachten etwas Liebe und Freude in die Welt zu schicken. Beim Durchgehen meiner Adressenliste bin ich über Ihre Anschrift gestolpert. Meine Freunde sind überall in Australien verteilt (was mir manchmal wie die ganze Welt vorkommt), aber ich habe noch nie eine Weihnachtskarte auf einen anderen Kontinent geschickt. Jetzt wollte ich die Gelegenheit beim Schopf packen und sende Ihnen, Ms Beyer, einen Weihnachtsgruß.
Falls Sie nicht mehr wissen, wer ich bin: Sam mit der Flaschenpostvase auf dem Schreibtisch.
Liebe Grüße und möge Ihr neues Jahr mit einem beeindruckenden Feuerwerk starten!

Sam Miller

München, 2. Januar 2016

Lieber Mr Miller,

ich wünsche Ihnen ebenfalls alles Gute im neuen Jahr!
Danke für die sehr amüsante Karte (und die Liebe und Freude – sie sind zum perfekten Zeitpunkt hier angekommen) mit dem surfenden Weihnachtsmann in Badeshorts. In Deutschland ist es dafür allerdings etwas zu kalt.
Ihr Australier seid uns ja ein ganzes Stück voraus, also verraten Sie mir doch: Wie ist das Jahr bisher so? Manchmal wünschte ich, es gäbe so etwas wie eine Vorschau, damit man weiß, wie begeistert man in die kommenden 365 Tage starten soll.
Auch wenn es inzwischen natürlich viel zu spät ist, lege ich Ihnen eine typische Weihnachtskarte aus Deutschland bei: keine Wellen, kein Surfbrett, dafür aber ein etwas unsportlicher Mann in einem dicken roten Mantel vor einem geschmückten Tannenbaum. So sieht das Ganze bei uns aus. Vielleicht möchten Sie die Karte neben die Flaschenpostvase stellen?

Liebe Grüße aus dem kalten Deutschland,
Lena Beyer

Sydney, 18. Januar 2016

Liebe Ms Beyer,

eigentlich tue ich so etwas ja nicht, aber ich will mal nicht so sein. Hier kommt die Ausnahme:
2016 wird großartig! Fulminant und voller großartiger Augenblicke! Sie werden Ihre wahre Freude an den kommenden 347 Tagen haben!
Das weiß ich, obwohl wir hier nur acht Stunden in der Zukunft leben.
Danke für die Karte, die in meinem Freundeskreis großen Eindruck gemacht hat. Eine Brieffreundin in Deutschland, das ist echt mal was Besonderes. Dabei waren viele meiner Kumpels bereits in Europa. Vielleicht können Sie mir ein bisschen was über Ihre Heimat verraten, damit ich mir nicht mehr ganz so dumm vorkommen muss. Natürlich nur, wenn ich Sie mit diesen Briefen nicht zu sehr vom echten Leben abhalte. Sie sind sicher unheimlich beschäftigt. Deutsche, so sagt man, seien sehr fleißig und pünktlich. Was Sie mit der verspäteten Weihnachtspost allerdings widerlegt haben.

Liebe Grüße,
Sam

PS: Ihr Englisch ist nach all den Jahren noch immer beeindruckend gut.

München, 29. Januar 2016

Lieber Mr Miller,

ja, fleißig und pünktlich. So sagt man. Und ihr Australier lauft alle in Boardshorts und Flipflops herum. Streiten Sie es gar nicht erst ab, ich konnte mir vor knapp zwanzig Jahren ein Bild davon machen. Und fand es übrigens sehr angenehm. Ein bisschen mehr australische Leichtigkeit täte mir jetzt gut. Ein bisschen Sonne ebenfalls.

Nun, was wollen Sie denn über Deutschland (oder vielleicht ganz Europa) wissen? Ich fürchte, wir haben nicht so viele Strände zu bieten. Wenn Sie also gezielte Fragen haben, dann nur raus damit. Ich helfe gerne mit zahlreichen langweiligen Details über mein Heimatland aus.

Und machen Sie sich keine Gedanken, Ihre Briefe halten mich nicht vom echten Leben ab. Ganz im Gegenteil, sie bieten eine angenehme Abwechslung zu meinem sehr fleißigen und pünktlichen Alltag. Wenn ich hier abends so sitze, um ein paar Zeilen an Sie zu schreiben, kommt es mir vor, als wäre ich wieder ein bisschen in Australien. Kennen Sie dieses Gefühl, einen Ort zu vermissen? Was Sie schreiben, klingt so, als würden Sie gerne mal nach Europa kommen. Obwohl ich nicht weiß, was Sie davon erwarten. Für abenteuerlustige Australier mit Hang zu morgendlichen Joggingrunden am Strand könnte es hier recht langweilig sein. Immerhin gibt es auf Ihrem Kontinent genug zu erleben. Waren Sie schon mal im Outback? Leider habe ich mir dort damals nur den Ayers Rock angeschaut. Das Übliche. Diesmal würde ich es anders machen, aber als junges Mädchen ist man nicht so mutig, wie man gerne wäre.

Ich biete Ihnen einen Deal an: Ich erzähle Ihnen alles, was Sie über Deutschland wissen wollen, wenn Sie mich im Gegenzug mit Infos über Ihren sonnigen, strandlastigen Alltag versorgen. Ein bisschen Wärme würde hier wie gesagt nicht schaden. Wir haben Regen und gerade mal acht Grad.
Los, Sam Miller! Lassen Sie mich vor Neid grün werden! Wie ist das Wetter denn gerade in Sydney?

Fleißige Grüße,
Lena

PS: Danke für das Kompliment, das wird an meinem Beruf liegen. Ich bin Übersetzerin und verbringe den Großteil meiner Arbeitszeit damit, Englisch zu denken und zu lesen. Daher fällt mir auch das Schreiben leicht, nehme ich an.

Shark Beach, 10. Februar 2016

Liebe Lena,

wir haben einen Deal! Wäre es jetzt nicht an der Zeit, uns mal vernünftig vorzustellen? Mr Miller klingt so schrecklich förmlich. Sie wissen doch, wir Australier sind megaentspannt.

Ich bin Samuel – Brieffreunde nennen mich Sam –, trage tatsächlich Boardshorts und Flipflops, bin gerne in der Natur und habe natürlich schon mal Touren ins Outback unternommen. Sind Sie jetzt schon grün vor Neid? Nein? Gut, dann lege ich nach:

Um Ihnen einen besonders authentischen Eindruck meines – wie haben Sie es genannt? – »strandlastigen Alltags« zu vermitteln, habe ich Sie heute einfach mal mitgenommen. Sie sitzen jetzt quasi mit mir an meinem Hausstrand, und zwar genau dort, wo ich Sie, besser gesagt Ihre Flaschenpost, gefunden habe: Shark Beach – und nein, ich habe hier noch keine Haie gesehen. Es ist nur nicht besonders weit weg von meinem Haus, deshalb kann ich ein bisschen die Ruhe genießen, bevor der Tag so richtig beginnt. Wir haben gerade sechs Uhr. Ich mache mich gleich auf, um mir einen Kaffee zu besorgen. Und im Moment trage ich mal keine Flipflops, sondern Laufschuhe.

Ich wünschte, Sie könnten sehen, wie wunderschön es hier ist. Nur die Bucht – die in den verschiedensten Blautönen schimmert, ganz ruhig, als hätte sie rein gar nichts mit dem tobenden Ozean am Bondi Beach gemeinsam – und ich. Die Sonne ist schon aufgegangen, aber der Himmel, an den sich auch heute wieder keine Wolke verirren wird, ist noch ein bisschen blass. Es ist noch nicht dieses strahlend klare, fast leuchtende Himmelblau, eher eine pastellfarbene Version davon. Aber das alles ist trügerisch, denn in wenigen Stunden wird es verdammt heiß sein, was die Menschen nicht davon abhalten wird, in Massen herzukommen. Ich versuche, jeden Tag vor der Arbeit für ein paar Minuten hier zu sitzen, die Ruhe zu genießen und zu denken: Vollkommen egal, wie stressig es heute wird, ich halte durch, um morgen um diese Uhrzeit wieder hier sitzen zu können, der Natur zu lauschen und tief durchzuatmen.

Solche Pausen sollten ärztlich verschrieben werden, finden Sie nicht?

Nachher geht es dann zur Arbeit. In einen Surfshop, wo ich Touristen helfe, den passenden Neoprenanzug und das richtige Board zu finden. Ich mag meinen Job. Außerdem bin ich so immer in der Nähe des Strandes. Wie jeder echte Australier (so lautet zumindest das Klischee) fühle ich mich am wohlsten, wenn ich am Ozean bin.

In der Mittagspause beobachte ich gern die Surfer, die sich in die Wellen stürzen. Aber nur, wenn nicht gerade Fütterungszeit für die Haie ist. Probleme, die Ihnen im trockenen München fremd sein dürften, oder?

Vor welchen Tieren müssen Sie sich denn in Acht nehmen?

Abends helfe ich manchmal noch in der Bar eines Freundes aus, wenn da viel los ist. So verdiene ich mir etwas dazu, um mir irgendwann meinen kleinen Traum erfüllen zu können. In den Sommermonaten sind die Gäste spendabler mit dem Trinkgeld. Und ja, dort trage ich dann manchmal Flipflops. Ich melde mich später noch mal. Jetzt ruft der Kaffee.

★

Inzwischen ist es Mittag und der Surfshop hat Pause. Ich habe Sie wieder mitgenommen, gönne mir gerade ein Sandwich bei meinem Lieblingsimbiss. Ich kann mir vorstellen, was Sie jetzt wissen wollen: Wieso ist ausgerechnet dieser kleine, abgewrackte Laden, in dem es außer Burger und Sandwiches nicht viel gibt, mein bevorzugter Ort für die Mittagspause? Nun, Lena Beyer, spätestens mit den folgenden Worten werde ich Sie grün vor Neid werden lassen.

Wenn Sie zu schnell den Strand entlanggehen, verpassen Sie die kleine Holzhütte vielleicht, weil sie zwischen all den angesagten Coffeeshops in den neuesten architektonischen Wunderwerken (und schrecklichem Kaffee!) fast untergeht. Aber wenn Sie dem leckeren Grillgeruch folgen und dabei fast über die uralten, wackeligen Holzstühle stolpern, die um die wenigen runden Picknicktische mit den ausgeblichenen Sonnenschirmen stehen, dann sind Sie an der richtigen Adresse. *Don't judge a book by its cover* – nicht wahr? Ich weiß nicht genau, ob der Besitzer sich an alle Hygienebestimmungen hält und ob die Elektrogeräte wirklich noch einsatzfähig sind, aber ich kann Ihnen versprechen, dass Sie nirgends sonst so gute Burger (und Sandwiches) bekommen! Abgesehen von den besten Burgern, den nie stabil stehenden Tischen, ganz egal, wie viele umgeknickte Bierdeckel sie unter die Tischbeine schieben, und den unbequemen Stühlen, auf denen man sich nach kürzester Zeit einen Haltungsschaden zuzieht, hat der Laden einen weiteren großen Trumpf aufzuweisen (vielleicht den größten!): seinen Besitzer Dave. Ich kenne niemanden, der so laut lachen kann, ganz ehrlich. Aber dass man in Australien gern und laut lacht, wissen Sie vermutlich. Dave hat immer gute Laune. Er nimmt sich für seine Gäste Zeit, egal, ob sie nur eine Cola oder das ganze Menü bestellen. Natürlich ist er

Surfer – trotz seines hohen Alters, der weißen Haare und des kleinen Wohlstandsbäuchleins, das er unter einem riesigen Hawaiihemd versteckt. Dave und die Wellen, das ist eine Liebesbeziehung, auf die selbst Shakespeare neidisch wäre. Man sieht ihn oft mit seinem knallroten Longboard über die sanften Wellen reiten, als wäre er Mitte zwanzig und beweglich wie eine Gazelle. Ich wette, Dave steht auch noch mit neunzig auf dem Brett. Sobald er mich sieht, stellt er mir einen Kaffee und mein Lieblingssandwich auf die Theke und fängt an, mit mir zu fachsimpeln. Ich habe die Erfahrung gemacht, dass man sehr viel über einen Menschen erfährt, wenn er über das Surfen spricht. Paddelt er immer gegen die Welle, oder lässt er sich von ihr tragen? Kennen Sie das Buch »Endloser Sommer«? Jack London schreibt dort in seinem Kapitel »Ein königlicher Sport« Folgendes: »Tauche durch die Welle, weiche dem Schlag aus und lass den Brecher über deinem Kopf hinwegrauschen, bevor er dir eine Ohrfeige verpasst.« So ungefähr zumindest, meine ich mich zu erinnern. Und so ist es doch oft auch im Leben, oder?

Heute hatte ich allerdings kaum Zeit, mit ihm zu quatschen, weil ich Schreibblock und Stift (also Sie) dabeihabe. Ich habe Dave nicht verraten, wem ich schreibe, aber er grinste, zwinkerte mir zu und wünschte mir »viel Spaß«. Es würde mich nicht wundern, wenn er ahnte, dass es da diese vielbeschäftigte deutsche Brieffreundin gibt. Er hat immer so ein wissendes Funkeln in den Augen, vor ihm kann man irgendwie keine Geheimnisse haben.

Heute lassen sich nur die besten Surfer des Strandes in die Fluten locken. Die meisten sehen nur beeindruckt zu, wie die Cracks den Kampf mit den Wellen aufnehmen. Wissen Sie, für mich ist der Ozean ein ziemlich gutes Sinnbild des

Lebens. Wie ich Ihren Zeilen aus der Flaschenpost entnehmen konnte, sind auch Sie ein großer Fan des Meeres, oder? Finden Sie es nicht faszinierend, wie ruhig die Oberfläche manchmal wirkt – als wäre es nichts weiter als ein flüssiger Teppich, der uns bis zu anderen Kontinenten tragen kann. Und sobald wir auch nur einen Fuß hineinsetzen, spüren wir die Strömung, die uns von unserem Ziel abbringen will, uns beständig zum Kampf herausfordert und viel Kraft kostet. Oder die tosenden Wellen, denen wir hilflos ausgeliefert sind. Sie kennen den Spruch sicher: Wir können die Wellen des Lebens nicht aufhalten, wir können nur lernen, elegant auf ihnen zu reiten. Ich wünschte, es wäre so einfach.
Können Sie eigentlich surfen? Ich nehme an, Sie haben es damals doch zumindest versucht? Enttäuschen Sie einen Australier jetzt bitte nicht. Statt mein Glück mit den Wellen zu versuchen, verbringe ich meine Mittagspause lieber mit Ihnen, Lena. Und das ist tatsächlich ein großes Kompliment.

★

Es ist jetzt schon nach Mitternacht. Ich sitze bei offenem Fenster hier und sollte eigentlich schlafen, zücke stattdessen aber doch noch mal den Stift. Besonders aufregend, das merken Sie sicher, ist mein Alltag gar nicht. Den Rest des Tages habe ich gearbeitet (mehr oder weniger) und schließlich das wohlverdiente Feierabendbier mit Freunden getrunken. Morgen ist mein freier Tag, den werde ich ganz entspannt abseits der Massen verbringen. Sie ahnen es sicher: mit dem Board an einem Secret Spot, wo nur wenige Surfer im Line-up auf die perfekte Welle warten. Ich kann Ihnen nicht erzählen, wo das ist, sonst müsste ich nach Deutschland

fliegen und mich erst davon überzeugen, dass Sie schweigen können.
Aber vielleicht nehme ich Sie eines Tages mit, in Gestalt von Briefpapier und Stift. Wenn Sie wollen.
Und jetzt sind Sie dran: Kann man in Deutschland surfen? Vor welchen Tieren muss ich mich fürchten? Stimmt es, dass alle Deutschen Bier trinken?
Ich sehe Ihren Antworten gespannt entgegen!

Bis dahin!
Sam

PS: Übersetzerin? Wow! Das erklärt natürlich einiges. Welchen Weltbestseller haben Sie denn schon übersetzt? Als bekennender Buchliebhaber bin ich sehr gespannt!

München, 22. Februar 2016

Lieber Sam,

ich muss mich bedanken!
Es ist eine Ewigkeit her, dass ich mich dem Ozean so nahe gefühlt habe wie nach Ihrem Brief. Vielleicht klingt es albern, aber gerade lese ich ihn zum vierten Mal, einfach, weil alles so wunderschön beschrieben ist, dass ich fast das Gefühl habe, mit Ihnen am Shark Beach zu sitzen. Das war der günstigste Kurzurlaub meines bisherigen Lebens – und er war bitter nötig!
Aber fangen wir vorne an. Ich bin Lena, die fleißige Deutsche, die einen Teil ihres verträumten Herzens damals in Australien gelassen hat. Inzwischen bin ich aber wieder ganz und gar in Deutschland angekommen. Das hat, wenn man meinen Freunden Glauben schenken mag, lange genug gedauert. Noch Jahre nach meiner Rückkehr habe ich ständig von meiner Zeit in Perth geschwärmt, was nur zu oft mit Augenrollen und ironischen Kommentaren quittiert wurde. Ich hatte mich wohl sehr verändert, meine Art zu sprechen, mein Kleidungsstil, mein Musikgeschmack. Davon ist heute aber nicht mehr viel übrig. Vielleicht habe ich mich auch deswegen so über Ihren Brief gefreut. Weil er mich an die Lena von damals erinnert hat. Aber zu Ihren brennenden Fragen:
Besonders viele Tiere, vor denen man sich fürchten muss, gibt es hier gar nicht. Obwohl so eine hinterhältige Hauswinkelspinne im Wohnzimmer durchaus ein Problem darstellen kann. Ich hasse Spinnen nämlich. Aber sie sind weder so giftig noch so groß wie die Exemplare bei Ihnen. Ansons-

ten haben wir sehr unangenehme Rauhaardackel, die einem gerne mal mit ihrem lauten Gebell den Sonntag im Garten ruinieren. Sonst fällt mir keine Spezies ein, die Ihnen Angstschweiß auf die Stirn treiben könnte. Sie sind ja im Land der Weißen Haie und Trichternetzspinnen aufgewachsen.

Und ja, es mag Sie überraschen, aber auch an Deutschlands Küsten wird gesurft. Mit Segel und allem Drum und Dran. Wir haben sehr erfolgreiche Windsurfer. Auch wenn das nicht unbedingt Ihre Art des Surfens ist, kann man sich auf dem Wasser ordentlich austoben. Deutschlands Küsten sind schön und sehr windig. Wir haben Seebäder, Kreidefelsen, Ebbe und Flut. Wir sind sehr europäisch und sehr viel kleiner und spießiger als Australien. Mit weniger giftigen Tieren, besserem Bier und gutem Essen. Na, habe ich Sie schon neugierig gemacht? Nein? Dann zücke ich jetzt den Joker: Auch in meiner geliebten Heimatstadt kann man surfen. Ganz ohne Ozean, Meer oder Segel. Riversurfen auf dem Eisbach – das sollten Sie unbedingt mal googeln, ich glaube nämlich, das könnte Ihnen gefallen. Vielleicht sollte ich am Wochenende mal wieder hingehen und mir die Surfer ansehen. Das ist ein echter Touristenmagnet geworden, vorbei die Zeit, als das Spektakel nur Einheimische anzog. Ich habe sogar gelesen, dass Kelly Slater sein Glück hier versuchen wollte. Und wenn Sie sich die Videos angeschaut haben, dann verraten Sie mir, Sam Miller, auf einer Skala von Grün bis Hulk: Wie neidisch auf meine perfekte Welle vor der Haustür sind Sie?

Sie sehen, über ein winzig kleines bisschen Surfwissen verfüge ich auch – Google sei Dank. Aber nein, selbst habe ich noch nie auf einem Brett gestanden. Auch nicht in Australien, da fand ich die Wellen schon vom Strand aus beeindruckend genug.

Sie, lieber Sam, scheinen hingegen mit dem Surfvirus infiziert zu sein. Vielleicht können wir uns ja mal auf ein Feierabendbier treffen, und Sie erzählen mir, was die Faszination beim Surfen für Sie ausmacht. Das, was Jack London gesagt hat, gefällt mir übrigens sehr, auch wenn ich das Buch nicht kenne, aber auf meinem Weg zur Arbeit komme ich an einem Buchladen vorbei. Vielleicht schaue ich mal danach. Sie sind Buchliebhaber? Verraten Sie mir Ihr Lieblingsbuch? Und für welchen Traum legen Sie Geld zur Seite – wenn ich fragen darf? Und, um Ihre letzte Frage zu beantworten: Ja, wir Deutschen trinken gerne Bier. Zumindest hier in München gehört es zum Leben dazu wie das Surfen in Sydney. Übrigens habe ich ebenfalls eine feste Joggingrunde, auch wenn ich sie nicht ganz so regelmäßig laufe. Manchmal grätscht das Leben, manchmal der innere Schweinehund dazwischen. Aber im Englischen Garten ist es morgens, bevor die Touristen kommen, auch noch schön ruhig. Wenn ich also die Laufschuhe erst mal anhabe (bei jedem Wetter!), gehört diese Stunde nur mir und meiner Musik. Musik ist nämlich meine heimliche Leidenschaft, die jeden Tag besser und jedes Problem leichter macht. Sie sehen, auch ohne Ozean kann man hier gut in den Tag starten. Um den Ausblick auf die Bucht beneide ich Sie allerdings. Zuerst wollte ich »Shark Beach« googeln und mir Fotos davon anschauen, aber die Wahrheit ist: Sie haben alles so gut beschrieben, dass ich das Bild genauso im Kopf behalten möchte. Fast war mir, als könnte ich den Fuß ins Wasser halten – aber der Name des Strandes ist doch bestimmt kein Zufall, oder? Was Ihren Secret Spot angeht: Wenn Sie mir schon nicht verraten können, wo er sich befindet, könnten Sie ihn mir doch zumindest beschreiben. Keine Sorge, ich verrate es auch niemandem.

Sam, danke, dass Sie mir heute die Mittagspause versüßt haben.

Liebe Grüße,
Lena

PS: Ich fürchte, Sie stellen sich meinen Job aufregender vor, als er ist. Heute habe ich zum Beispiel die Gebrauchsanweisung für eine Fernbedienung übersetzt. Beeindruckt?
Und verraten Sie mir, woher Ihre Wortgewandtheit kommt? Ihr letzter Brief hat mich sehr überrascht, Ihre Beschreibungen ... hach.

Secret Spot, 10. März 2016

Liebe Lena,

wir sind doch Brieffreunde, oder? Ziemlich schräg, in Zeiten des Internets. Gestern habe ich mir tatsächlich einen neuen Schreibblock gekauft. Keine Ahnung, wann ich das zum letzten Mal gemacht habe. Vermutlich während meiner Studienzeit. Du hast mich überredet, einer Brieffreundin aus Deutschland kann ich wohl gefahrlos von meinem liebsten Zufluchtsort erzählen. Ich bin extra hierher gefahren, damit ich ihn nicht aus der Erinnerung beschreiben muss. Gut möglich allerdings, dass ich dich als Ausrede benutzt habe, um schon wieder hier zu sein.

Es gibt keine Möglichkeit, mit dem Auto direkt an den Strand zu fahren, man muss etwas abseits parken und dann das letzte Stück laufen. Also habe ich mir mein Surfbrett und diesen Block geschnappt und bin los. Jetzt sitze ich hier, die Füße im Sand, den Ozean im Blick.

Natürlich könnte ich dir beschreiben, wie der Strand aussieht, aber dann würdest du nicht verstehen, wieso er für mich so etwas Besonderes ist. Wieso ich nur hier ganz ich selbst sein kann.

Ich könnte dir auch erzählen, wie die Wellen perfekt brechen und dich bis an den Strand tragen, wenn du den richtigen Moment für den Drop-in erwischst.

Aber das würde alles keinen Sinn machen.

Deswegen beschreibe ich dir, was ich empfinde. Damit dann hoffentlich in deinem Kopf das gleiche Bild entsteht (ganz ohne Googles Hilfe), das ich vor Augen habe.

Manche Orte erinnern viel mehr an ein Gemälde als an ei-

nen realen Ort. Weißt du, was ich meine? Sie sind so perfekt, als hätte ein Maler aus der Romantik sie auf eine Leinwand gebannt. So ist es hier, zumindest für mich. Dieses unwirklich tiefe Blau des Wassers, dieser feine, weiche Sand, der nicht an den Fußsohlen scheuert, sondern sie einfach nur sanft und warm empfängt – hier hat man nicht das Gefühl, mit der Schnelllebigkeit der Welt Schritt halten zu müssen, hier nervt selbst das Geschrei der Silberkopfmöwen nicht, sondern verschmilzt mit dem Geräusch der Wellen zu einer wunderbaren Musik. Du bist angekommen, weit weg vom Stadtlärm, den ständigen Alltagsgeräuschen, die du gar nicht mehr wahrnimmst, weil dein Unterbewusstsein sie als normal empfindet. Erst die Stille an Orten wie diesem erinnert dich daran, dass es dich stört, wenn überall die Autos hupen, WhatsApp-Nachrichten oder Tweets sich mit einem nervigen Piepton ankündigen, wenn Kinder lautstark nach Müttern, Schokolade oder Spielzeug verlangen und die angesagten Hip-Hop-Hits aus den Autoradios wummern.
Hier atme ich anders. Nicht im vorgegebenen Rhythmus der Umwelt, sondern so, wie ich es brauche: tief und langsam. Wenn ich besonders rebellisch aufgelegt bin, atme ich sogar gegen den Rhythmus der Wellen.
Hier steht die Zeit still, hier vergesse ich verpasste Chancen und unschöne Erinnerungen. Bisher habe ich nur dir erzählt, dass ich hierher komme. Ich möchte nicht erklären müssen, wieso ich ab und an eine Pause von allem brauche. Wieso ich nur hier surfen kann. Hier ist alles okay.
Jetzt erwarte ich natürlich im Gegenzug, dass du mich auf eine Joggingrunde mitnimmst. Vielleicht kann ich dir helfen, deinen Schweinehund niederzuringen, wenn dir die Stunde allein mit deiner Musik doch so guttut. Was hindert dich denn, die Laufschuhe anzuziehen? Wenn man etwas

liebt, sollte man es einfach tun. Ich habe mich schon gefragt, ob ich es nicht vielleicht mit einem Star zu tun habe, der ganze Stadien füllt – aber hättest du mir das nicht gesagt? Im Brief stand, du singst wie Janis Joplin? Ich würde dich gerne singen hören!

Riversurfen? Mitten in München? Daniel (mein bester Kumpel) hat mir mal davon erzählt, aber es ist mir nie in den Sinn gekommen, dass das wirklich *in* der Stadt ist! Also, so richtig! Ich habe mir einige Bilder und Videos im Internet angeschaut und bin total begeistert! Das sieht nach einer Menge Spaß aus. Wenn man nicht auf den Ozean zurückgreifen kann, muss man wohl erfinderisch werden. Sogar Jack Johnson war schon dort surfen. Den müsstest du kennen, immerhin ist er nicht nur Surfer, sondern auch Musiker. Und damit sind wir wieder bei deiner Leidenschaft!

Eisbachwelle steht jetzt auf jeden Fall auf meiner Bucket-List. Danke für den Tipp! Im Gegenzug habe ich dir ja schon mal ein Buch empfohlen. Jede dieser Geschichten ist auf ihre Weise besonders, und ich lese sie alle immer wieder gerne. Auf den ersten Blick mag es nur ums Surfen gehen, aber nicht nur. Mein Lieblingsbuch ist vermutlich »Surf« von Daniel Duane. Ein Typ, der seinen Job kündigt, sein Surfbrett einpackt und die perfekte Welle sucht. Und so viel mehr findet. Wenn du Nick Hornby magst, gefällt dir Daniel Duane bestimmt auch. Was liest du denn gerne?

Und was diese Rauhaardackel angeht, die klingen wie gemeingefährliche Tiere, vor denen ich mich sehr wohl in Acht nehmen sollte – falls ich jemals in den Flieger nach Deutschland steige.

Was meinen Traum angeht: Eigentlich ist es Daniels und mein gemeinsamer Traum. Wir arbeiten seit einer kleinen Ewigkeit an verschiedenen Designs für Surfbretter, die wir

später verkaufen wollen. Wir shapen sie in Daniels Garage, verbessern sie ständig, passen die Schnauze und die Finnen an, versuchen verrückte Dinge und testen, ob sie funktionieren. Mit der Idee sind wir natürlich weder die Ersten noch die Einzigen. Aber du weißt ja, wie das mit Träumen so ist. Sie lassen dich nicht wieder los, wenn sie sich erst mal in deiner Seele festgekrallt haben.
Jetzt entschuldige aber bitte, die Wellen sehen so einladend aus, ich muss einfach raus!
Wenn dich dieser Brief erreicht, weißt du, dass ich auch diesmal von der Speisekarte der Haie gesprungen bin. Und ja, ich habe tatsächlich schon mal einen Hai gesehen, allerdings aus sicherer Entfernung. Entweder habe ich also sehr viel Glück, oder ich kenne ihre Essenszeiten zu gut. Wie dem auch sei, gesteigerten Wert auf eine Face-to-Face-Begegnung mit ihnen lege ich nicht.
Und jetzt du, Lena, erzähl mir etwas über dich.

Liebe Grüße,
Sam

PS: Oh wow. Eine Fernbedienung also? Was war der absurdeste Text, den du jemals übersetzen musstest?
Und danke für das Kompliment – hast du es dir absichtlich bis zur PS-Zeile aufgehoben? Wie du inzwischen weißt, bin ich ein großer Bücherfreund. Die Begeisterung für fremde Welten und große Abenteuer hatte ich schon als Kind. Vielleicht hat es ein bisschen abgefärbt? Auch wenn ich kein Mark Twain oder Jack London bin.

München, 21. März 2016

Lieber Sam,

die Haie haben dich nicht erwischt! Dein Brief kam heute sicher im deutschen Hafen an. Es freut mich immer, wenn so ein Briefumschlag mit dem Stempel »Air Mail« eintrifft, ich fiebere dem Briefträger richtig entgegen. Du hast dich langsam, aber sicher zu meinem geheimen Highlight entwickelt. Dein Secret Spot klingt übrigens traumhaft! Ich hoffe, es macht dir nichts aus, dass ich mich jetzt dazusetze und meinen Morgenkaffee lieber dort trinke als in München. Gerade ist es hier nämlich nicht besonders einladend. Alles ziemlich grau in grau, kaum Sonne, und wenn sie mal scheint, kann man vielleicht den Schal, aber sicher nicht die Mütze abnehmen.
Deine Worte, die wirklich wie Sonne auf meiner Haut wirken, tun echt gut. Es ist albern, aber du bist mein Sommer im spätwinterlichen Alltag, womit ich überhaupt nicht mehr gerechnet hatte. Wenn sich nämlich alles irgendwie festgefahren hat und ein Tag dem anderen ähnelt, dann ist ein Brieffreund aus Sydney so ziemlich das größte Abenteuer, das man sich vorstellen kann.
Und alles nur, weil ich damals so romantisch war und einen Brief an den Ozean geschrieben habe. Verrückt, oder? Übrigens habe ich nie jemandem von der Flaschenpost erzählt. Nicht damals in Australien und auch nicht, als ich wieder in Deutschland war. Es war mein Geheimnis. Bis gestern – einfach nur, weil ich sonst geplatzt wäre. Ich wollte meiner besten Freundin Vanessa nicht länger ins Gesicht lügen, wenn sie mich fragt: »Na, Lena, was gibt's Neues?« (Vanessa

glaubt nämlich, dass immer irgendwas *Neues* passiert.) Wie soll ich da sagen »Nichts«, wenn ich mich über jeden deiner Briefe so sehr freue?
Also habe ich ihr von meinem Brieffreund erzählt und war dann sehr gespannt auf ihre Reaktion. In Zeiten von Facebook, Twitter und E-Mail klingt es ja richtiggehend absurd, fast zwei Wochen auf eine Antwort zu warten und jedes Mal zu hoffen, dass der andere nicht den Spaß an dem Briefwechsel verloren hat. Denn ich weiß natürlich, dass ich nicht ganz so spannend bin. Es mag nicht besonders fair sein, Sam, dass ich das sage, aber du bist gerade wirklich der Mensch, der mich vom Durchdrehen abhält.
Nach außen bin ich so stark und klar wie möglich, dabei wächst mir alles über den Kopf. An manchen Tagen würde ich am liebsten schreien. Wenn man aber einmal eine Schwäche eingesteht, nutzen andere das aus, um deine schwache Stelle zu erwischen oder dich gar in die Knie zu zwingen.
Für dich macht das alles gar keinen Sinn, was ich hier schreibe. Verzeih! Es liegt mir nur schon so lange auf der Seele, dass es jetzt rauswill und muss. Vielleicht hätte ich längst mal wieder eine Flaschenpost schreiben sollen. Einfach nur, um mir alles von der Seele schreiben zu können.
Entschuldige diesen absurd emotionalen Brief, Sam.
Und nein, ich mache keine Musik mehr. Es hat sich irgendwann schlicht nicht mehr ergeben. Nach Australien habe ich noch eine Weile am Wochenende in einer Band gesungen, aber die haben sich irgendwann für eine neue Musikrichtung entschieden – und ich bin ausgestiegen. Allein habe ich kein Glück gehabt, nur bei ein paar Open-Mic-Sessions bin ich noch aufgetreten, aber es war wohl nicht die Zeit für eine Singer-Songwriterin mit großen Träumen von ausverkauften Stadien.

Also habe ich das getan, was alle meine Freunde auch getan haben: Ich habe studiert. Jetzt arbeite ich als Übersetzerin in einer Agentur, zu deren Kunden die verschiedensten Unternehmen zählen, und sitze meine Zeit ab, bis ich nach Hause in den anderen – deutlich schöneren – Teil meines Lebens wechseln kann. Dort wartet meine Tochter Mathilda auf mich. Sie ist sechs und wirklich das Beste, was mir passiert ist. Gerade hat sie ein paar Probleme in der Schule und wird schnell bockig, wenn sie etwas nicht sofort versteht. Sorgen einer Erstklässlerin. Und Mama muss helfen, aber Mama muss auch arbeiten. Da Mathilda keinen Platz an einer Ganztagsschule bekommen hat, mussten wir sie in einen Hort geben. Dort kriegt sie nach der Schule Mittagessen und eine Hausaufgabenbetreuung. An manchen Tagen holt sie dann Johannes, ihr Vater, um 16 Uhr ab, an anderen Tagen ich. Offensichtlich ist es nicht vorgesehen, dass man Kinder und Karriere haben kann, also habe ich meine Arbeitszeiten reduziert, seit Mathilda zunehmend Schwierigkeiten mit ihren Mitschülern hat. Sie bleibt gerne für sich, weigert sich, an Gruppenaktivitäten teilzunehmen, und wird schnell wütend – manche Lehrer sagen sogar, sie wäre ihren Klassenkameraden gegenüber aggressiv. Das alles hat angefangen, als sie nach der Schule nicht mehr von meinen Eltern betreut werden konnte. Mein Vater hat letztes Jahr einen Schlaganfall erlitten, und meine Mutter kümmert sich die meiste Zeit alleine um ihn, zweimal die Woche schaut eine Pflegekraft vorbei. Ich kann ihr Mathilda nicht auch noch aufladen, aber das versteht die Kleine natürlich nicht. Sie sieht nur, dass sie, statt zu Oma und Opa gehen zu können, jetzt mit anderen Kindern an einem ihr fremden Ort bleiben muss, weil Mama und Papa arbeiten. Wenn wir abends endlich zu Hause sind, will meine Tochter ihre Erlebnisse, Sorgen und

Abenteuer natürlich mit ihrer Mutter teilen. Dabei bin ich nach der Arbeit immer so müde und habe große Mühe, ihr wirklich die Aufmerksamkeit zu schenken, die sie verdient. Aber eine vernünftige Kinderbetreuung ist nicht eben billig, und so kommt es mir eigentlich ganz recht, dass mein Chef mir kürzlich einen neuen Auftrag übergeben (und einen Bonus in Aussicht gestellt) hat, der allerdings ein paar Extraschichten bedeutet. Mehr Geld bedeutet leider auch weniger Zeit, und mein Versuch, das Chaos einzudämmen, ist nach hinten losgegangen. Ich komme mir vor, als würde ich Mathilda anflunkern, wenn ich so tue, als hätte ich alles im Griff, denn tatsächlich liege ich nachts oft wach und frage mich, wie wir das alles schaffen sollen. Manchmal glaube ich, keine besonders gute Mutter zu sein. Warum werde ich das Gefühl nicht los, dass ich dich spätestens mit diesem Brief über mein Leben im Alltagschaos endgültig verscheucht habe?

Aber nicht alles war mies heute. In der Bahn habe ich mit »Endloser Sommer« angefangen und bin begeistert. Zuerst wollte ich nur mal sehen, was du so liest, was dich begeistert, und dann war ich irgendwie mit Mark Twain in Hawaii und habe mehr über Captain Cooks Geschichte gelernt. Zu lesen, was du bereits gelesen hast, macht dich irgendwie ein bisschen greifbarer.

Und Nick Hornby? Du machst Witze, oder? Ich liebe Nick Hornby. Mein liebstes Buch von ihm heißt »31 Songs«. Du siehst, wenn es bei dir ums Surfen geht, kann ich die Musik wohl nicht so recht loslassen. Wenn auch nur noch in den Geschichten anderer. Es ist wunderbar zu lesen, welchen Eindruck bestimmte Songs im Leben der Menschen hinterlassen. Falls du es noch nicht kennst, ich lege es dir sehr ans Herz. Und »Surf« habe ich bereits bei dem Buchhändler meines Vertrauens bestellt.

Lieber Sam, ich hoffe, du antwortest wieder und ich darf noch immer an deinem Secret Spot meinen Kaffee trinken. Wenn auch nur in Gedanken ...

Alles Liebe,
Lena

PS: Die Gebrauchsanweisung für ein digitales Nachtsichtgerät. Ich weiß, mein Leben am Limit, hm?
Je mehr ich über dich und deine Bücherliebe erfahre, desto mehr stelle ich mir dich nicht nur mit Surfbrett, sondern auch mit einem Buch in der Hand vor. Und das Kompliment habe ich mir tatsächlich bis zum Schluss aufgehoben. Ich hoffe, du liest meine Briefe wirklich bis zum PS ...

Sydney, 31. März 2016

Liebe Lena,

ich hoffe doch sehr, dass du noch immer an meinem Secret Spot auf mich wartest. Wie kannst du annehmen, dass dein sehr offener Brief mich langweilen oder gar verscheuchen würde? Jetzt möchte ich noch viel mehr über dich erfahren. Ich habe so viele Fragen.

Wieso machst du keine Musik mehr? Wenn nicht für die ausverkauften Stadien, dann für dich oder deine Tochter? Hat sie dich denn jemals singen gehört? Du klangst so musikverliebt und lebenshungrig in deiner Flaschenpost. Es bricht mir ein bisschen das Herz, dass du jetzt so resigniert über deine große Leidenschaft sprichst.

Gebrauchsanweisungen für digitale Nachtsichtgeräte? Das ist ziemlich weit weg von der kreativ-musikalischen Lena, die ich mir in meinem Kopf gezeichnet habe. Aber macht dich dieser Übersetzerjob denn glücklich? Ich verstehe, dass du das Geld brauchst, aber gibt es keine Alternative?

Das mit deinem Vater tut mir sehr leid. Ich kann mir in etwa vorstellen, wie du dich fühlst. Bei meiner Mutter wurde vor einer Weile Brustkrebs diagnostiziert, und auch wenn es ihr heute gut geht, war die Diagnose und die Zeit danach für uns alle sehr belastend. Sie diese Schlacht alleine schlagen sehen zu müssen, das hat ziemlich wehgetan. Könnte deine Mutter vielleicht eine dauerhafte Pflegekraft als Hilfe bekommen? Mein Dad hatte immer wieder Hilfe, als es meiner Mutter schlecht ging. Ich weiß natürlich nicht, wie das in Deutschland läuft, und es wäre wohl eine zusätzliche finanzielle Belastung?

Und eine Tochter! Wie schön! Mathilda ist übrigens hier in Australien ein sehr beliebter Name. Das Volkslied »Waltzing Matilda« kann jeder Wombat mitsingen. Wir versuchen, es irgendwann als offizielle Nationalhymne durchzukriegen. Ist der Name nur Zufall oder ein Überbleibsel deiner Liebe zu meinem Kontinent? Was du so schreibst, klingt nach einem ziemlich cleveren, sturen kleinen Mädchen, und hey, sei nicht so streng mit dir. Mathilda weiß sicher, dass du sie über alles liebst, auch wenn du nicht so viel Zeit mit ihr verbringen kannst. Du bist keine schlechte Mutter, da bin ich mir sicher.

Ich fürchte, ich habe mich von der Idee einer eigenen Familie verabschiedet. Manche Dinge sollen vielleicht einfach nicht sein, egal wie sehr man es sich wünscht. Hast du noch alte Songs von dir, für die die Welt noch nicht bereit war und die du vielleicht deinem merkwürdigen (nicht mehr ganz so geheimen) Brieffreund an den Secret Spot schicken könntest? Ich habe (ganz Old School) auch noch einen CD-Player in meinem Auto.

Ach, Lena, ich spüre Melancholie in deinen Worten. Einige meiner Freunde haben Kinder, und ich sehe oft nur die schönen Seiten, wenn ich sie zusammen am Strand erlebe, aber selten die ganze Arbeit dahinter. Dein letzter Brief klang fast schon niedergeschlagen. Umso froher bin ich, wenn ich dir ein bisschen Abwechslung verschaffen kann. Im Notfall mit weiteren Buchtipps. Und falls du dich fragst, was es mit der kitschigen Muschel auf sich hat, die diesem Brief beiliegt:

Ich habe sie am Secret Spot gefunden und dachte, es wäre nur fair, wenn du sie bekommst. Ich habe deine Flasche, die sich wirklich als Vase etabliert hat, jetzt hast du auch etwas von mir. Es mag nicht viel sein, und vielleicht kassieren sie meinen Brief deswegen auch am Zoll ein, aber ich wollte es zumindest versuchen. Ein bisschen Australien für dich, damit du dich wieder daran erinnerst, wie es ist, Down Under zu sein.

Du hast damals geschrieben, dass du etwas von dir hier zurückgelassen hast, und ich hoffe sehr, dass es nicht deine Leidenschaft für Musik war. Das wäre wirklich unfassbar schade.

Ich weiß, wie das mit Träumen ist. Vor allem mit denen, die nie wahr werden. Ich wollte früher Profisurfer werden, habe aber schnell gemerkt, dass ich an Mick Fanning nicht herankomme. Stunden um Stunden habe ich paddelnd auf dem Brett verbracht, Welle um Welle geritten – und dann einsehen müssen, dass ich nicht die Extraportion Talent mitbringe, die den Schritt zum Profisurfer ermöglicht. Also habe ich es irgendwann nur noch aus Spaß betrieben, weil das Surfen einfach zu mir gehört. Oder gehörte. Wie auch immer. Meinst du nicht, dass dir die Musik vielleicht fehlt? Kein Wunder, dass du Nick Hornby magst, er ist ein totaler Musiknerd. »31 Songs« kenne ich noch nicht, aber »A long way down« habe ich mit Begeisterung verschlungen. Du siehst, es muss nicht immer um das Surfen gehen.

Ich habe noch mehr Fragen, tut mir leid. Aber dein letzter Brief lässt mir keine Ruhe. Jetzt wünschte ich, wir könnten doch mailen, damit ich nicht wieder so lange auf deine Antworten warten muss.

Ich habe wenig Aufregendes zu erzählen. In der Zwischenzeit habe ich nur meiner Mutter im Garten geholfen und mit Daniel an einem Logo für unsere Boards gearbeitet.

Lena, niemals würde ich wegen deiner Ehrlichkeit den Kontakt abbrechen. So schnell wirst du mich nicht los! Und ja, ich bin mir bewusst, dass sich das wie die Drohung eines Stalkers anhört. Allerdings solltest du mir zugutehalten,

dass ich bisher dem dringenden Impuls widerstanden habe, dich bei Facebook zu suchen. Auch wenn ich unbedingt wissen möchte, wie meine Brieffreundin aussieht.
Falls du meine Fragen nicht beantworten willst, verstehe ich das natürlich.

Ein nachdenklicher Sam

PS: Und die wichtigste Fragen von allen: Wie hat Vanessa reagiert, als du ihr von deinem Brieffreund erzählt hast?

München, 13. April 2016

Lieber Sam!

Mir ist ein Stein so groß wie der Ayers Rock vom Herzen gefallen, als ich deinen Brief gesehen habe. Die Wartezeit kam mir diesmal um einiges länger vor – du weißt schon, warum. Für gewöhnlich spreche ich nicht so offen über meine Sorgen, nicht mal mit meinen Freunden. Ich gebe nicht gern zu, wenn mir etwas über den Kopf wächst, ich bin lieber die, die alles im Griff hat. Bisher habe ich das immer mit mir alleine ausgemacht, aber irgendwie ... ich weiß auch nicht, bei dir fühlt es sich anders an, als könnte ich ehrlich sein – und das ist ein gutes Gefühl.

Geht es deiner Mutter denn inzwischen wieder richtig gut? Ist sie geheilt? Und ja, es ist schrecklich, wenn den Eltern sowas zustößt und das Podest der Unverwundbarkeit, auf das wir sie als Kinder stellen, ins Wackeln gerät. Ich hoffe sehr, dass sie wieder ganz gesund ist und bleibt! Wie bewundernswert, dass du mich nicht gesucht hast. Du wärst aber nur enttäuscht worden, denn ich habe gar kein Facebook-Profil. Vergiss nicht, du sprichst mit einer Frau, die Briefe ins Meer wirft. Wie würde Facebook zu dem Bild der analogen Lena in deinem Kopf passen?

Allerdings muss ich zugeben, dass ich nicht ganz so zurückhaltend war wie du. Hast du eigentlich eine Ahnung, wie viele Sam Millers es gibt? Ich nehme an, du hast mir deine Sportlerkarriere nicht verschwiegen, sondern bist einfach nicht dieser gleichnamige Kricketspieler aus Australien?

Es gab noch einige andere interessante Fotos zu »Sam Miller«, und natürlich frage ich mich, ob du wohl einer von ihnen bist und wenn ja, welcher. Aber so, wie du eine Lena in deinem Kopf hast, tummelt sich auch in meinem Kopf ein Sam: in Boardshorts, Flipflops, ein Buch unterm Arm, an seinem Kaffee nippend, während er das Meer genau im Blick behält, immer auf der Suche nach der perfekten Welle. In meiner Vorstellung bist du ziemlich groß (ich weiß nur nicht, wieso) und hast dunkelblonde Haare, die aber im Sommer viel heller sind. Vermutlich hast du blaue Augen und flirtest mit all deinen Kundinnen, während sie an deinen Lippen hängen.

Und ich werde einige deiner Fragen beantworten. Natürlich habe ich für Mathilda gesungen. Vor allem, als sie noch sehr klein war. Aber machen das nicht alle Mütter? Sie hat mal eine CD mit ein paar Songs von mir gefunden, als sie vier oder so war, aber da fand sie es viel spannender, das Ding wie ein Frisbee durch die Wohnung zu schleudern. Musikmachen gehört für mich in ein anderes Leben, es hat hier leider keinen Platz mehr, ich habe ja kaum Zeit für den Haushalt, geschweige denn für ein Hobby. Gut möglich, dass du recht hast und dieser Teil von mir in Australien geblieben ist. Die Leidenschaft hängt am Zoll fest – anders als dein Brief und deine Muschel, die ich gerade in den Händen halte und dabei meine, die Wellen rauschen zu hören, den Sand an meinen Füßen und den Wind in meinen Haaren spüren zu können. Es ist verrückt, wie so ein kleines Geschenk die Erinnerung an Geräusche und Gerüche triggern kann. Danke, dass du ein bisschen Australien (sogar ein bisschen Secret Spot) in mein Leben gespült hast.

Ich melde mich später noch mal, Mathilda geht es nicht so gut, sie hat Fieber. Das wird eine lange Nacht.

★

Mathilda schläft. Zumindest für den Moment. Sie hat sich wohl in der Schule angesteckt. Jetzt sitze ich an ihrem Bett und beobachte sie beim Schlafen. Ich hätte mir heute freinehmen sollen, stattdessen habe ich von zu Hause gearbeitet. Rein theoretisch zumindest, denn Mathilda hat mich keine Minute losgelassen und sich erst beruhigt, als ich mich neben sie gelegt habe. Ich habe ihr sogar leise vorgesungen, vielleicht hat das geholfen. Weißt du, manchmal frage ich mich, wieso ich es nicht noch einmal versucht habe mit der Musik und ob ich es nicht doch heimlich bereue. Aber dann sehe ich in ihr Gesicht und weiß, dass es so richtig ist. Die Leute sagen, Mathilda sieht aus wie eine perfekte Mischung aus Johannes und mir – und sie haben recht. Ach Sam, manchmal geben wir Dinge aus den falschen Gründen auf. Aber manchmal auch aus den richtigen. Ich würde für dieses wunderhübsche kleine Mädchen (das hört sie übrigens nicht gerne) alles genauso wieder tun. Ja, manchmal ist der Stress zu viel, sind die Sorgen zu groß, aber für Mathilda ist mir nichts zu schwer.
Und du? Würdest du alles in deinem Leben wieder so tun? Wenn du damals wirklich Profisurfer geworden wärest, hätte ich dich bei meiner Recherche im Web bestimmt gefunden. Wie sieht es denn bei dir aus? Ist jemand zu Hause eifersüchtig, wenn du den Strandschönheiten Tipps für das perfekte Brett gibst? Eine Frau, mit der du vielleicht doch eines Tages eine kleine Familie gründen willst?
Ich finde es schön, dass du noch immer surfst. Aber ich stelle es mir für dich auch etwas leichter vor, in der Mittagspause oder zur Morgenrunde das Brett mitzunehmen, ein paar Wellen zu reiten und dann in dein Leben zurückzukehren. Für mich ist das anders. Ich kann abends nicht mehr an Open-Mic-Sessions teilnehmen oder in ein Studio abhauen,

um einem Hobby nachzugehen. Mein Leben ist jetzt ein anderes. Wenn du mich sehen könntest. Wirre Haare, müde Augen, einen Stapel unerledigte Arbeit auf dem Schreibtisch und ein krankes Kind im Bett. Da ist wenig Platz für Rock 'n' Roll.
Wie würde ich den Aufwand rechtfertigen für ... für was eigentlich? Für ein paar nette Lieder, die ich eines Tages Mathilda vorspielen könnte, damit ihre Mutter auch richtig schön peinlich für sie wird?
Ich bin eben keine neunzehn mehr. Das Leben hat jetzt andere Regeln, und ich habe mich daran zu halten. Wie wir alle.
Deine Briefe strotzen nur so vor positiver Energie. Wie alt bist du überhaupt, Sam? Nur, damit ich den Sam in meinem Kopf deinem tatsächlichen Alter anpassen kann.
Ich schaue mal, ob ich diesem Brief ein altes Frisbee beilege, damit du zumindest meine Stimme kennst. Bitte denk daran, dass die Songs vor Jahren aufgenommen wurden, und das ganz ohne professionelles Studio-Equipment. Erwarte also bitte nicht zu viel, ja?
Natürlich erhoffe ich mir im Gegenzug auch etwas, das ich als Puzzlestück deinem Bild hinzufügen kann.
Danke, dass du noch immer mein Brieffreund bist und mich so fleißig mit Buchtipps versorgst. Aber jetzt fallen mir die Augen zu, auch wenn ich dir gerne noch länger schreiben würde. Johannes kann sich so spontan morgen nicht freinehmen, also bleibe ich wieder bei Mathilda – und dem Stapel an Übersetzungen, von dem du mich heute abgehalten hast. Aber jetzt kuschle ich mich ins Bett, schließe die Augen und flüchte für eine kurze Pause an deinen Secret Spot, wenn das okay ist.

Deine Lena

PS: Vanessa findet es komisch, dass ich einem Fremden schreibe, den ich nicht kenne und von dem ich nicht mal weiß, ob er »echt« ist. Du bist aber doch echt, Sam? Sag mir, dass ich mir dich nicht nur einbilde.

Sydney, 25. April 2016

Liebe Lena,

ich sitze in meinem Wagen und höre mir die CD an, die du geschickt hast. Vielen Dank für dein Vertrauen, ich weiß, dass es dir nicht leichtgefallen ist, aber deine Sorge ist vollkommen unbegründet.

Ich bin sprachlos! Und ja, ich werde auf alles eingehen, was du geschrieben hast, aber später, jetzt bin ich einfach nur hin und weg! Von deiner Stimme, dem Text, der Musik, dieser Zerbrechlichkeit, die eine lange Reise von Europa bis zu mir überstanden hat. Du singst über Erinnerungen, die nicht meine sind, und doch scheint es mir, als hätte ich das alles selbst erlebt. Deine Stimme ist so unaufdringlich laut und gleichzeitig so leise. In Zeiten, in denen die meisten Songs von der großen Liebe, von schnellem Sex oder einem Treffen in einem Club handeln, hat mir deine CD gerade den Glauben an die Musik zurückgegeben. Tut mir leid, ich erfülle wohl tatsächlich alle Klischees des blonden »Surfer Dude«, denn ich stehe auf leise Gitarrenklänge, die ich während nicht enden wollender Roadtrips hören kann. Du triffst also bei mir mitten ins Schwarze.

Ich höre deinen Song »Forever lost in you« gerade zum gefühlt hundertsten Mal. Nur deine Stimme und die Gitarre. Mehr braucht es nicht. Wie ist es möglich, dass du noch keine Welttourneen unternimmst und ganze Stadien füllst? Gut, ich bin nicht besonders objektiv, schon klar, so ein Brieffreund ist natürlich befangen. Aber selbst wenn ich unsere bisherigen Briefe ausblende, wäre das ein Lied im Radio, das ich noch am Ende des Tages summen würde.

Lena, du hast Talent! Und auch wenn sich dein Leben gerade zur Olympiade der Bodenturner anmelden will, nichts rechtfertigt deinen Rückzug aus der Musik! Deine Fans (also ich!) warten auf Nachschub!
Ich wette, sobald Mathilda die CDs in MP3s umwandelt und auf ihrem iPhone abspielt, wird sie derselben Meinung sein. Wie geht es der kleinen, perfekten Mischung aus dir und Johannes eigentlich? Ich hoffe sehr, sie hatte nur eine kurze Grippe und nichts Ernstes? Und entschuldige, falls ich dich von deinem Job abgehalten habe, ich hoffe, du hast den Stapel inzwischen erledigt? Was übersetzt du denn gerade Spannendes?
Ich spüre viel Liebe für deine kleine Familie in deinen Briefen. Es ist schön zu sehen, dass du deinen Heimathafen hast, auch und vor allem, wenn es in deinem Leben mal stürmisch zugeht. Du fragst nach meiner Mutter: Ja, es geht ihr gut. Sie hält alle Nachuntersuchungstermine ein, und wir sind sehr optimistisch, aber erst nach fünf Jahren kann man sagen, ob sie tatsächlich krebsfrei ist. Komisch, ich spreche sonst so gut wie nie über die Krankheit meiner Mutter, und dann erzähle ich es meiner Brieffreundin. Wirst du mir jetzt eine Rechnung für deine Leistungen als Therapeutin stellen? Moment, ich lege kurz den Stift zur Seite, damit ich mir die drei (wieso nur drei???) Lieder noch einmal anhören kann.
Ich stehe mit dem Wagen in der Auffahrt zu meinem Haus und fühle mich ganz beseelt. Noch nie ist mir die Schönheit meiner Auffahrt bewusst gewesen: drei Bäume, der Ozean, der sich irgendwo hinter dem Haus erahnen lässt, und die untergehende Sonne. Lena, mit deiner Musik kommen mir die mickrigen Bäume und Büsche, die ich nicht besonders gut pflege, wie die Royal Botanic Gardens vor! Es ist, als würdest du meinen Blick auf die Dinge verändern. Und alles

nur, weil du von einer Schönheit singst, die du vermisst und nach der ich mich jetzt auch sehne – ohne den Mangel bisher gespürt zu haben. Ich wünschte, du könntest verstehen, wie sehr deine Musik selbst etwas so Profanes wie eine Auffahrt verändern kann. Und wenn wir schon dabei sind: Wie machst du das? Dich trotz der riesigen Entfernung zwischen uns auf meinen Beifahrersitz zu zaubern? Die Lena in meinem Kopf lächelt gerade ziemlich stolz.
Ich hoffe, du tust das auch. Nick Hornby müsste, wenn er »Forever lost in you« hören würde, sein Buch in »32 Songs« umbenennen. Weil er sicher was dazu schreiben würde.
Du sprachst von einem Puzzlestück – und genau das ist diese CD. Ich habe dich noch nie gesehen, dich auch noch immer nicht gegoogelt, dennoch habe ich ein recht klares Bild vor Augen, wie du wahrscheinlich aussiehst. Aber deine Songs sind das letzte Puzzlestück, das mir noch gefehlt hat, um sicher zu sein, dass ich dich mag.
Da, ich habe es gesagt.
Ich mag dich, Lena.
Auch und obwohl du so weit weg bist. Ich wünschte, du würdest nach Australien kommen, um wieder zu spüren, was du eigentlich vermisst. Du kannst Vanessa also Grüße von deinem sehr wohl existierenden Brieffreund ausrichten!
Und wer behauptet, ich klinge positiv? Viele meiner Kumpel sind da ganz anderer Meinung. Hier nennen sie mich nämlich »Der Grübler« (in Anlehnung an den Denker von Rodin). Ich habe lange gebraucht, um mir eine positive Haltung zurückzuerobern, und sie ist alles andere als stabil. Manche Dinge vergisst man eben nicht, die trägt man immer mit sich herum, auch wenn sie noch so schwer sind. Aber deine Briefe helfen mir, etwas leichter zu gehen, nach vorn zu schauen.

Und, tut mir leid, dich enttäuschen zu müsse, ich bin weder der Sam Miller, der als Kricketspieler Geschichte schreibt, noch hängen die weiblichen Kunden an meinen Lippen. Blaue Augen suchst du ebenfalls vergebens. Meine sind braun und wenig spektakulär. Aber deine Beschreibung kommt meinem Freund Daniel ziemlich nahe. Wenn du möchtest, kann ich euch gerne bekannt machen – aber ich nehme an, Johannes hätte was dagegen.
Stichwort Johannes. Du erzählst nicht besonders viel von ihm, und ich weiß nicht, ob ich nachfragen darf, aber hast du ihm von unseren Briefen erzählt? Was ist er so für ein Typ? Ein bisschen neugierig bin ich schon, muss ich gestehen.
Wo war ich? Ach so. Ja, deine Beschreibung meiner Haare trifft es ganz gut. Im Sommer sind sie heller als sonst, aber nie so richtig blond. Ich bin wohl eher der durchschnittliche Typ. Hier in Sydney am Strand findest du aber viele attraktive Männer in Surfmontur, die als Posterboy durchgehen würden. Brichst du jetzt enttäuscht den Kontakt ab?

Dein 31-jähriger Sam, aktuell dein größter Fan

PS: Du bildest dir weder mich noch unsere Briefe ein. Aber ich verstehe Vanessas Sorge durchaus. Sie scheint dich sehr gern zu haben.

München, 7. Mai 2016

Lieber Grübler,

danke für deine begeisterte Reaktion auf meine Lieder. Es freut mich sehr, dass sie dir gefallen. Auch wenn ich sie kaum noch hören kann. Und irgendwann würde ich deine Version der Royal Botanic Gardens gerne mal sehen. Verlangst du Eintritt?

Dein Brief klingt über weite Strecken schon wieder so optimistisch und voller Lebensfreude. Auch wenn ich zwischen den Zeilen eine gewisse Traurigkeit wahrnehme. Willst du mir erzählen, was du immer mit dir rumträgst – ganz ohne Honorar, einfach nur unter Freunden? Immerhin sind wir das. Oder?

Und danke der Nachfrage, Mathildas Grippe ist schon lange überstanden. Bei solchen Dingen merke ich immer, wie zeitversetzt wir alles erleben. Du bist mir in der Realität voraus, durch die Briefe landest du aber wieder in der Vergangenheit. Sind wir womöglich wirklich Zeitreisende, Sam? Falls ja, kann ich mir dann eine Zeit aussuchen, in die ich zurückreise?

Vanessa fragt übrigens jetzt regelmäßig nach dir, und ich bin froh darüber. Denn mit irgendjemandem muss ich über dich sprechen. Es macht dich realer.

Gestern sind wir spontan etwas trinken gegangen, weil Johannes Mathilda-Duty hatte und ich meinen freien Abend! Du warst Thema Nummer 1. Ich glaube ja, Vanessa ist ein bisschen neidisch. Irgendwann meinte sie: »Einen Brieffreund wie deinen Surfer hätte ich schon auch gerne.« Eigentlich sprechen sie und ich nicht mehr über meine abgebrochene »Karriere« als Musikerin, weil sie intuitiv weiß, wie langsam manche Wunden heilen. Und dann kommt dein Brief, deine Begeisterung für meine Songs, all das! Und ob du es glaubst oder nicht, deine Euphorie fühlt sich wie eine heranrauschende Welle an, die du mit deinem Surfbrett bis an den Strand reitest. Nur habe ich kein Surfbrett und werde von deinen Komplimenten schlicht überrollt. Nicht falsch verstehen, ich freue mich, und ja, ich habe sogar gelächelt. Ja, ich war sogar ein bisschen stolz – vor allem auf das Hornby-Kompliment, dass du nicht erst im PS-Teil versteckt hast. Allerdings weiß ich nicht mehr so genau, wie ich mit Lob zu meiner Musik umgehen soll, denn in den letzten Jahren war das einfach kein Teil meines Lebens.

Mein Vater macht nur sehr langsam Fortschritte, er ist noch immer nicht so mobil, wie wir es uns erhofft hatten. Eine dauerhafte Pflegekraft würde natürlich helfen, aber die Krankenkasse sieht das anders, also werden wir uns wohl um private Unterstützung bemühen müssen. Johannes sagt, er kümmert sich darum. Ich weiß, dass er es gut meint, aber für mich fühlt es sich so an, als wäre es eigentlich meine Aufgabe – noch etwas, das ich nicht schaffe, weil ich den Überblick über meine vielen Baustellen verloren habe. Und ich schaffe so was sonst immer, Sam! Johannes unterstützt mich auch bei der mühsamen Suche nach einem neuen Hort für Mathilda, in ihrem aktuellen fühlt sie sich einfach nicht wohl. Sie weigert sich strikt, dort zu essen, und zieht sich immer mehr zurück. Und ich habe manchmal das Gefühl, sie »abzuschieben«, aber im Moment kann ich auf keinen Fall weniger Stunden arbeiten. Zum neuen Schuljahr einen freien Betreuungsplatz zu ergattern, wäre ein Traum. Du siehst, in meinem Leben ist schlicht kein Platz für die Musik, selbst wenn ich wollte. Für Träume muss man auch Zeit

haben. Selbst der Abend mit Vanessa hat mir ein schlechtes Gewissen eingebracht, weil ich weder bei Mathilda war noch gearbeitet oder mich um meinen Vater gekümmert habe. Aber ich brauchte diesen Abend einfach. Meinst du, das ist okay?
Was deinen Freund Daniel angeht, richte ihm meine Grüße aus, aber ich habe kein Interesse. Solange er nicht solche Zeilen schreibt wie du, kann er seine blauen Augen und den Beachbody behalten.
Ich habe dem Sam in meinem Kopf die braunen Augen verpasst – weniger spektakulär sieht er jetzt trotzdem nicht aus.

Es ist verrückt, Sam, aber dir zu schreiben, tut mir so gut. Inzwischen bedanke ich mich schon in jedem Brief, oder? Aber es ist so. Immer, wenn ich dir geschrieben habe, frage ich mich nachher, ob du antwortest oder ob du das Interesse verlierst und ebenso überraschend verschwindest, wie du aufgetaucht bist.
Für den Fall, dass das jemals passieren sollte, sage ich dir jetzt, dass ich dir die Lena von früher mit großer Freude überlasse. Behalte sie als Erinnerung an diese wenigen Briefe und unsere Retrorebellion gegen die Schnelllebigkeit des Internets. Ich liebe deine abgehackten Bäume (wie du deine Handschrift beschrieben hast) und die Bilder, die du damit in meinem Kopf entstehen lässt.
Und ja, vielleicht mag ich es auch, wie du mich siehst. Weil ich weiß, dass ich so nicht mehr bin, und das insgeheim bereue. Als du mir die vergessene Flaschenpost geschickt hast, kamen mir meine Zeilen wie ein versteckter Vorwurf meines enttäuschten Teenager-Ichs vor. Weil ich nichts von all dem getan und erreicht habe, was ich mir vorgenommen hatte.

Nein, ich habe Mathilda noch keine Sekunde bereut. Sie ist es, die mich davon abhält, einfach alles hinzuschmeißen. Weil sie mein Ein und Alles ist, weil sie mich braucht und mich mit leuchtenden Augen ansieht, als wäre ich ihr Anker, ein Fels in der Brandung, wann immer irgendwas schiefläuft.

Ich hoffe so sehr, dass sie eines Tages wie mein Vergangenheits-Ich sein wird. Lebhaft, voller Träume und Liebe. Denn gerade bin ich kein besonders gutes Vorbild für sie. Zum Glück hat sie Johannes, der das Chaos irgendwie besser überblickt und immer diese Alles-wird-gut-Ausstrahlung hat. Ich weiß, dass ich nicht viel über ihn schreibe, er hat in diesen Briefen keinen Platz. Aber er ist ein großartiger Vater, und Mathilda liebt ihn über alles. Ich wusste, dass du nach ihm fragen würdest, und möchte ihn auch nicht verheimlichen, aber das hier sind meine, unsere Briefe.

Was Mathilda angeht – vielleicht hast du recht, und sie wird irgendwann Gefallen an meinen Songs finden. Ich habe mir »Forever lost in you« tatsächlich noch mal angehört. Hier und da würde ich ein paar Dinge an der Melodie ändern – vor allem, bevor es Mr Hornby zu hören bekommen würde –, aber alles in allem ist es nicht so mies, wie ich dachte.

Und jetzt verrate mir, wieso du »Der Grübler« genannt wirst. Irgendwie habe ich dich immer mit einem Lächeln auf den Lippen vor Augen.

Deine (nur fünf Jahre ältere) Lena

PS: Vorsicht, Vanessa stalked alle Sam Millers bei Facebook, du solltest dein Profil also lieber auf »privat« stellen, wenn du nicht gefunden werden willst.

Sydney, 27. Mai 2016

Liebe Lena,

ich hatte Daniel von dir erzählt, und er schien ganz verrückt danach zu sein, dich kennenzulernen. Als ich nun deinen Johannes erwähnte, war er ziemlich enttäuscht. Ich glaube, du hast ihm das Herz gebrochen. Außerdem meint er, ich hätte keine gute Werbung für ihn gemacht und dir womöglich von seiner betrunkenen Eskapade (inklusive Nacktauftritt vor dem Opernhaus – das kam sogar in den Nachrichten) erzählt, um dich abzuschrecken ...
Ich hingegen bin nicht traurig, dass du kein Interesse an ihm hast.
Kein Stück.
Er wollte wissen, ob ich mir nicht schäbig vorkomme, mit einer vergebenen Frau und Mutter zu flirten. Es hat einige Biere gedauert, bis ich ihn davon überzeugen konnte, dass wir nicht flirten, sondern Freunde sind. Zwar in verschiedenen Hemisphären, aber Freunde. Es fällt mir eben leichter, dir heikle Dinge zu erzählen als meinen Freunden. Das mag daran liegen, dass du so weit weg bist. Oder daran, dass du so nah dran bist. Obwohl uns auch noch die Zeit auf so merkwürdige Weise trennt. Der Gedanke, dass wir auf dem Briefpapier Zeitreisende sein könnten, gefällt mir ausgesprochen gut. Und ja, du darfst dir eine Zeit aussuchen, in die du reist. Welche wählst du und warum?
Stichwort Zeitreisen: Ich soll dich auch von Lena1999 grüßen. Ich kümmere mich um sie – versprochen.
Gerade komme ich vom Vivid Sydney Festival. Ich weiß nicht, ob du davon schon mal gehört hast, aber bis Mitte

Juni gibt es in der ganzen Stadt verstreut Lichtinstallationen, Konzerte, Workshops und lauter so Zeug. Ich wette, das würde dir gefallen. Ich streife ganz gerne alleine durch die Straßen, weil Sydney, das ich so gut kenne, dann selbst für mich neu und fremd aussieht. Das Opernhaus ist angestrahlt, und seine sonst so weißen Keramikfliesen leuchten bunt in die Nacht. Dazu die Musik, die besondere Stimmung, und plötzlich bin ich ein Fremder in meiner Heimatstadt. Manchmal brauche ich das.

Ich drücke übrigens die Daumen, dass ihr für Mathilda einen Platz in einem neuen Hort bekommt. Es klingt so, als würde dir eine Sorge weniger auf der Liste guttun. Und schön zu hören, dass Johannes dich unterstützt. Danke auch für die Erklärung, ich habe nie bezweifelt, dass er ein guter Vater ist, ich wollte nur ein wenig mehr über ihn erfahren. Aber du hast recht, das hier sind unsere Briefe. Belassen wir es dabei. Es freut mich übrigens, dass du deinen Song nicht ganz so übel findest, wie du befürchtet hattest. Wobei es mich brennend interessiert, was du an der Melodie verändern würdest. Wäre deine Musik heute anders? Worüber würdest du singen? Ich verstehe, dass dir die Arbeit und Mathilda wenig Zeit dafür lassen, aber falls du jemals die Gitarre aus dem Keller holen solltest, ich würde mich als Testpublikum sofort freiwillig melden. Es ist schon seltsam, dass man etwas aufgeben kann, von dem man früher dachte, es würde untrennbar zu einem gehören. Erinnerst du dich, was ich über das Surfen gesagt habe? Und jetzt vertraue ich dir etwas an: Ich surfe nicht mehr gern. Zumindest nicht, wenn andere zuschauen. Stattdessen lese ich lieber davon, wie andere es empfinden.

Verrückt, ich weiß. Immerhin arbeite ich in einem Surfshop, sehe Tag für Tag die Wellen und den Strand, bastle mit Da-

niel an Board-Designs. Ich surfe nur noch am Secret Spot, wo keiner meine Geschichte kennt, wo ich nicht Sam Miller bin.
Du wolltest wissen, wieso meine Freunde finden, ich würde zu viel grübeln? Nun, ich war nicht immer so. Früher war ich ziemlich genau so, wie du mich in deinem Kopf hast. Aber manchmal kann etwas schlagartig vorbei sein, und man fragt sich: Wieso bin ich eigentlich noch hier?
Eine Antwort darauf habe ich noch nicht gefunden, also grüble ich fleißig weiter.
Aber jetzt höre ich mir deine CD noch mal an und versuche, mir vorzustellen, wie die Lena von damals wohl ausgesehen hat.
Soll ich dich vielleicht doch mal googeln? Wobei du ja schriebst, du hättest kein Facebook. Schade …
Sag mal, wenn ich an deinem freien Abend Thema Nummer 1 war, was hast du Vanessa nur alles von mir erzählt?
Solltest du meinem Freund Daniel doch eine kleine Freude machen wollen, könntest du mal ein Foto von dir mitschicken. Das würde seinen Herzschmerz sicherlich lindern.

Bis bald,
Dein Sam

PS: Vanessa ist also ziemlich versessen darauf, mich zu finden. Soll ich ihr meine Geburtsurkunde zukommen lassen?

München, 4. Juni 2016

Lieber Sam,

ich habe die Antwort auf deine Frage. Du bist noch hier, weil ich dich und deine Briefe brauche! Weil unsere Brieffreundschaft mein Leben ein klitzekleines bisschen leichter macht. Damit du, aktuell größter Fan und Grübler, mal auf andere Gedanken kommst, entführe ich dich jetzt auf eine kleine Tour à la Lena durch München. Das ist vielleicht keine Zeitreise, aber ich werde mir Mühe geben, dir alles so anschaulich zu beschreiben, dass du glaubst, hier zu sein.
Damit schenke ich dir nicht nur meine Stadt, sondern auch meine Mittagspause. Ich esse heute nicht in der Kantine, sondern habe mir ein Sandwich und einen Smoothie gekauft und genieße die Sonne (du weißt ja, wir haben Sommer!) mit Stift, Block, meiner alten Polaroidkamera und dir.
Bist du bereit?
München ist eine sehr lebendige Stadt, modern und alt, neu und geschichtsträchtig, bunt und grau. Manchmal, gerade im Sommer, habe ich in manchen Vierteln den Eindruck, in einer italienischen Stadt zu sein. Wenn die Cafés und Restaurants ihre Tische auf den Gehweg stellen, die Markisen ausfahren und Sonnenschirme in bunten Farben Schatten spenden. Es riecht nach gutem Kaffee, köstlichem Eis und Urlaub. Weißt du, wie lange ich nicht mehr einfach so durch mein geliebtes Glockenbachviertel geschlendert bin? Eine Ewigkeit!
Eigentlich darf man gar nicht zugeben, sich dort wohlzufühlen, denn die Gegend hat sich über die Jahre sehr verändert und ist inzwischen zu einem angesagten Szene-Hotspot ge-

worden. Aber ich mag die kleinen Läden mit den liebevoll dekorierten Schaufenstern, die entspannten Cafés, die keiner großen Kette angehören. Und das Coolste ist: Freddie Mercury hat hier gewohnt!
FREDDIE MERCURY!
Stell dir das mal vor! Sechs Jahre war einer der größten Musiker unserer Zeit hier zu Hause. Berlin hatte Bowie, wir hatten Mercury! Und manchmal meine ich, genau das zu spüren. Zum Beispiel heute. Egal, wie hip die Gegend jetzt ist, sie bleibt für mich immer ein bisschen wild, ein bisschen sexy. So wie Mercurys Stimme.
Klingt das zu weit hergeholt? Du verstehst vielleicht, was ich meine. Es gibt Menschen, die können, auch wenn sie schon lange weg sind, noch immer einer ganzen Stadt ihren Stempel aufdrücken. Und obwohl immer alle sagen, München sei schick, sauber und ein bisschen versnobt, sehe ich mehr. Ich spüre, dass ER hier war. Weil hier meine Schritte leichter sind, als würde ich zur Musik von »Don't stop me now« über die Kopfsteinpflaster tanzen. Ach Sam, ich war viel zu lange nicht mehr an einem so schönen Tag hier.
Ich liebe meine Stadt. Sie ist wie Berlin, London und New York, je nachdem, in welchem Stadtteil man gerade ist und wie man sich fühlt. Heute bin ich in New York – während alle um mich herum nur in München sind.
Ich mache mal ein Foto für dich, damit du siehst, was ich sehe! Und nein, das ist nicht einfach ein normales Klohäuschen, mein Lieber. *The Pissoir* hier am Holzplatz ist etwas Besonderes. Wollen wir wetten, dass sich Freddie dort mal erleichtert hat?
Ich sehe gerade, dass das Foto etwas unscharf geworden ist. Das kommt davon, wenn man gewöhnt ist, sich auf den Autofokus der Handycam zu verlassen und Retro-Polaroid-

kameras nicht mehr anständig bedienen kann. Ich hoffe, du erkennst es trotzdem.
Verdammt! Sam, ich habe mich total festgequatscht! Ich komme zu spät zurück zur Arbeit! Wir lesen uns später!

*

Eigentlich wollte ich nur kurz einkaufen, damit ich Mathilda heute ihr Leibgericht kochen kann. Sie hat eine 1 mit Maikäfer in Mathe, und ich habe ihr versprochen, dass wir das feiern. Da sie noch bei einer Freundin ist, habe ich es nicht eilig, nach Hause zu kommen, und bin an der Isar gelandet. Seit wir uns schreiben, zieht es mich immer wieder ans Wasser. Irgendwie habe ich die Isar in den letzten Jahren gar nicht mehr richtig wahrgenommen. Sie war da, klar, aber ich habe sie nicht gesehen. Ich bin über Brücken gefahren, ohne ihre Schönheit auch nur eines Blickes zu würdigen. Und jetzt sitze ich hier am Ufer, obwohl ich nach Hause müsste, und bin fast zu Tränen gerührt von dem Anblick. Das Wasser ist so klar, der Himmel spiegelt sich wolkenlos auf der Oberfläche, ich höre ausgelassene Jugendliche, sehe Menschen mit ihren Hunden spazieren gehen. Die Hektik der Großstadt ist ebenso wenig spürbar wie an deinem Secret Spot, und das, obwohl ich von hier die Maximilianskirche sehen kann. Selbst die Luft kommt mir so viel frischer und reiner vor, als würde der Stress des Alltags es nicht bis hier raus schaffen. Vielleicht halte ich gleich mal die Füße ins Wasser. Sam, darf ich dich was fragen: Wieso surfst du nur dort, wo niemand dich und deine »Geschichte« kennt? Natürlich musst du es mir nicht erzählen. Aber vielleicht magst du doch? Ich würde mich freuen. Und danke fürs Mitnehmen zum Vivid Sydney, ich habe mir bei Youtube ein paar Videos

angeschaut und muss sagen: Das sah absolut großartig aus. Wie gerne wäre ich wirklich mit dir vor Ort gewesen. Wir wären zusammen wie zwei Fremde durch deine Stadt geschlendert. Laut der WetterApp auf meinem Handy sind es in Sydney heute gerade mal dreizehn Grad (und bevor du fragst, ja, ich habe Sydney sowohl beim Wetter als auch bei der Uhrzeit eingestellt, damit ich up to date bin, was das Leben bei dir angeht). Dreizehn Grad! Das muss für euch eisig sein. Nun bin ich wohl dran, dir etwas Sonne zu schicken. Wir haben hier heute sechsundzwanzig Grad, und ich freue mich auf den Sommer, auch wenn das bedeutet, dass bei dir Winter ist. Jetzt trennen uns auch noch die Jahreszeiten. Ein bisschen unverschämt, findest du nicht?
Letzte Woche waren wir bei meinen Eltern. Meinem Vater geht es gerade nicht so gut, also habe ich meiner Mutter im Haushalt geholfen. Es ist für mich nicht besonders leicht zu sehen, wie mein Vater, der immer mein Fels in der Brandung war, bei den Umzügen all die Kartons geschleppt hat und immer die Antwort auf alle meine Fragen wusste, jetzt auf den Rollstuhl angewiesen ist. Ich fürchte, es ist nur eine Frage der Zeit, bis meine Mutter an ihre Grenzen stößt und wir über einen Heimplatz für ihn nachdenken müssen. Aber er hat sich sehr gefreut. Wenn er Mathilda sieht, blüht er jedes Mal richtig auf. Das hat ihm sehr gutgetan und mir auch.
Beim Ausmisten meines alten Zimmers – es soll eine Art Rückzugsort für meine Mutter werden – habe ich einen Karton mit den Fotoalben von meinem Gap-Year gefunden – da drin lag auch die Polaroid-Kamera, die dir meine Füße in der Isar eingefangen hat. Die Alben hab ich mitgenommen, deswegen schicke ich dir (verzeih, Daniel natürlich) anbei ein Foto von der Australien-Lena. So sah ich also mit neun-

zehn aus, als die Welt noch wie ein großer Spielplatz meiner Träume zu sein schien. Es ist am Strand in Perth aufgenommen, und ja, im Sommer habe ich so viele Sommersprossen. Meinst du, Daniel wird begeistert sein von meiner Frisur, die an den Kopfschmuck eines Cassowary erinnert? Gerade fühle ich mich ein bisschen wie das Mädchen auf dem Foto. Ich komme mir so sorglos vor. Auch wenn es nur eine Momentaufnahme ist – ich weiß, dass all meine Sorgen artig auf mich warten werden. Aber jetzt ist es gerade schön. Daran bist du nicht ganz unschuldig. Meine alte Gitarre habe ich, ohne dass es jemand bemerkt hätte, ebenfalls in den Kofferraum gelegt. Nun lehnt sie zu Hause wie ein Fremdkörper in meinem Arbeitszimmer an der Wand. So wie sie mich ansieht, stellt sie sich die gleiche Frage wie du dir, mein lieber Grübler: Wieso bin ich eigentlich noch hier?
Ich weiß darauf keine Antwort, denn gespielt habe ich noch nicht wieder.
Worüber ich heute singen würde? Gute Frage. Ich habe lange darüber nachgedacht. Vielleicht über Mathilda. Oder über dich, Sam. Wie es ist, Briefe von jemandem zu erhalten, den man noch nie gesehen hat.
Ich muss nur den Mut dafür aufbringen.

Deine Lena

PS: Und die Zeitreise … auch eine gute Frage. In die 80er-Jahre, als Freddie hier gelebt hat. Oder noch mal in mein Australien-Jahr. Würden wir uns dort treffen, damals?
Und nein, natürlich flirten wir nicht!
Oder doch?

Sydney, 20. Juni 2016

Liebe Lena,

was für ein Brief! Ein Trip durch deine Stadt, voller Momentaufnahmen, eingefangen in deinen verwackelten Polaroids, deinen Beschreibungen ... das war wie eine Wortreise! Ich habe alles mit deinen Augen gesehen und mich sofort in dein München verliebt.
Danke für diesen Ausflug, der genau zur richtigen Zeit kam. Du hast recht, hier ist es kalt und nass. Aber ich habe trotz des Regens die Sonne Münchens auf meinem Gesicht gespürt. Danke, Lena, das tat gut.
Daniel wird dein Foto übrigens niemals zu Gesicht bekommen, denn die Australien-Lena würde ihm viel zu gut gefallen. Dann würde er versuchen, sich vorzustellen, wie du inzwischen aussiehst – und das würde ihm noch viel mehr gefallen! Das wiederum würde dann mir ganz und gar nicht gefallen. Übrigens siehst du dem Bild in meinem Kopf sehr ähnlich. Ich mag dein Lachen, den wilden Cassowary-Look und das Leuchten in deinen Augen. Der neunzehnjährigen Sam hätte dir definitiv hinterhergeschaut. Und wäre er damals nicht in einer Beziehung gewesen, hätte er dich sicherlich auch angesprochen. Und damit wären wir schon beim Thema. Meine Geschichte also? Wenn es so einfach wäre, liebe Lena, würde ich sie dir erzählen. Alles davon. Aber das kann ich nicht, höchstens ein kleines bisschen. Früher habe ich mein Leben auf dem Brett irgendwo im Ozean gesehen, immer auf der Jagd nach dem nächsten Kick, auf der Suche nach der perfekten Welle – so wie in dem Buch von Daniel Due. Ich dachte, ich wäre unbesiegbar! Wie das halt

so ist, wenn man jung und dumm ist. Erwachsen wurden andere, ich nicht. Wieso auch? Ich wollte in einem Bulli leben, von einem Strand zum nächsten fahren, Wellen jagen und mich mit Gelegenheitsjobs über Wasser halten. Während all meine Freunde also vernünftige Pläne hatten, ließ ich mich treiben wie ein Blatt im Wind. Das Leben von Sam19 war wunderbar.

Zeitsprung.

Neun Jahre später wird Sam28, noch immer den Kopf voller Träume, binnen weniger Stunden alles verlieren. Und das nur wegen eines dummen Streits.

Damals habe ich mir geschworen, nie mehr zu surfen. Weil ich dachte, es wäre nur fair, wenn ich diesen Teil meines Lebens aufgebe und mich auf das Vermissen konzentriere.

Doch ich bin schwach.

Irgendwann konnte ich mir den Ozean nicht mehr nur ansehen, habe mir mein Surfbrett geschnappt, bin an den Secret Spot gefahren und habe mich dort in die Wellen gestürzt. Plötzlich fühlte ich mich wieder lebendig – und gleichzeitig wie ein mieser Verräter. Ich schäme mich so, dass ich nicht mal in der Lage bin, das Surfen aufzugeben.

Du siehst, Lena, auch ich hatte ein Leben, zu dem ich keinen Zugang mehr finde. Ein Abschnitt, der auf ewig ein Teil von mir bleiben wird und sich doch so taub anfühlt.

★

Ich wollte gerade diesen Brief einwerfen gehen, da habe ich das Foto am Kühlschrank entdeckt. Du hast mir eins geschickt, also schulde ich dir wohl ebenfalls eins. Und weil wir unsere Vergangenheits-Ichs mehr zu mögen scheinen, kriegst du eines von dem neunzehnjährigen Sam. Die letz-

ten Jahre hing es hier in meiner Küche, aber jetzt gehört es dir. Es wurde am Flughafen aufgenommen, als Reisen für mich noch das Größte war. Was hätte die neunzehnjährige Lena dazu gesagt, was meinst du?
Ich sende dir eine Umarmung, die so lange dauern kann, wie du es dir wünschst.

Dein Sam

PS: Ich würde mit dir in jede Zeit reisen, Lena. Egal ob zu Freddie oder nach Perth. Am liebsten irgendwohin, wo du Johannes noch nicht kennst. Das sage ich nicht ganz flirtfrei.

München, 2. Juli 2016

Lieber Sam,

die Umarmung dauert noch immer an. Und zwar, weil ich glaube, du brauchst sie ebenso sehr wie ich. Dein letzter Brief klang (neben all der Begeisterung für meine kleine Stadttour) auch sehr, sehr traurig. Mir ist bewusst geworden, dass ich bisher nur einen kleinen Ausschnitt von dir gesehen habe. Dich, gut gelaunt am Strand, mit der Freiheit, das zu tun, was du willst. Wenn dir alles zu viel wird, schnappst du dir dein Brett und stürzt dich in die Wellen. Aber jetzt verstehe ich, dass vor unserem Briefwechsel ein ganzes Leben stattgefunden hat, von dem ich so gut wie nichts weiß.
Ich kann dir nur anbieten, ein offenes Ohr für dich zu haben, wann immer du mir mehr davon erzählen möchtest.
Natürlich habe ich zahlreiche Fragen, die mir seit deinem Brief wie ein Schwarm überdrehter Wespen im Kopf herumschwirren, aber ich traue mich nicht, sie zu stellen.
Was, wenn mich das alles nichts angeht? Wenn du ganz bewusst die Tür zu diesem Teil deines Lebens vor mir verschlossen hältst?
Ich werde diesen Brief übrigens immer mal wieder unterbrechen, weil ich Mathilda im Auge behalten muss. Wir sind – Überraschung! – an der Isar. Es ist ein herrlicher Sommertag, und ich habe beschlossen, endlich ein paar Überstunden abzufeiern. Das habe ich noch nie gemacht. Bei dem Wetter ist es einfach zu verlockend, den Nachmittag am »Strand« mit meiner Tochter (und dir) zu verbringen statt im Büro. Die Isar ist zwar nicht der Ozean, doch auch hier gibt es ziemlich fiese Strömungen, die gefährlich für Mathilda werden kön-

nen. Obwohl sie schon ihr erstes Schwimmabzeichen hat. Das war Johannes von Anfang an wichtig. Selbst das Babyschwimmen mit ihr hat er kein einziges Mal verpasst. Du hättest ihn sehen sollen, wenn er mit der Kleinen im Wasser war. So stolz! Und als sie das »Seepferdchen« gemacht hat, hätte er am liebsten die Presse informiert!
Aber Zeiten ändern sich.

★

Sorry, ich bin in der Sonne weggedöst. Mit Mathilda im Arm. Nachdem sie sich im Wasser ausgetobt hatte. Ich wünschte, die Polaroidkamera könnte den Klang ihres Lachens einfangen. Manchmal denke ich, wir verbringen viel zu viel gemeinsame Zeit mit langweiligem Alltagskram – Hausaufgaben machen, Zähne putzen, Abendessen. Jetzt liegt sie in ein Handtuch gewickelt neben mir auf der Strohmatte und schläft. So viel Zeit für sie – ja, auch für mich – habe ich mir lange nicht mehr gegönnt. Dabei weiß ich gar nicht, wieso ich das nicht schon viel früher gemacht habe. Ich dachte wohl, wenn ich kurz loslasse, fällt alles zusammen, was ich so mühsam zusammenhalte. Aber das ist heute gar nicht passiert. Mein Chef hat nur genickt, als ich früher gegangen bin, Mathilda hat sich gar nicht mehr eingekriegt vor Freude, als ich sie von der Schule abgeholt habe, und auch mir tut dieser Nachmittag so gut.
Danke, Sam. Ich werde das Gefühl nicht los, dass du an dem Entschluss nicht unschuldig bist.
Und jetzt tue ich es schon wieder. Wieder ertappe ich mich dabei, wie ich mir wünsche, dich wirklich in den Arm nehmen zu können, dich festzuhalten und für eine kleine Ewigkeit nicht mehr loszulassen. Dein letzter Brief lässt mich

nicht los. Das Kühlschrankbild vom neunzehnjährigen Sam habe ich dabei, ich sehe es mir schon den ganzen Tag immer wieder an und frage mich, was zwischen diesem unbeschwerten Moment am Flughafen und deinem letzten Brief passiert sein mag, dass du so traurig schreibst. Ich sehe das Gesicht eines jungen Mannes, dessen Augen strahlen. Du hast wunderschöne Augen, weißt du das? Egal, wie sehr du dich in all den Jahren von Sam19 zu SamToday verändert haben magst – ich glaube nicht, dass deine Augen mich anders ansehen würden. Das Foto steckt übrigens in meinem Geldbeutel beim Notfalltaxigeld. Deine Haare sehen mindestens so wild wie meine damals aus. Und mein Gott! Wie viel wiegt dieses Surfbrett neben dir? Es sieht riesig aus!
Sam, das Foto war so eine schöne Überraschung. Unsere Vergangenheits-Ichs mögen sich schon mal.
Ja, LenaToday mag dich auch. Irgendwie seit deiner Weihnachtskarte, die aus heiterem Himmel kam.
Und eben weil ich dich mag.
So sehr.
Mehr als ich sollte.
Viel mehr, als ich dürfte.
Deshalb mache ich mir Sorgen um dich.
Wieso schämst du dich, dass du wieder surfst? Es klingt, als hättest du einen geliebten Menschen verloren, aber wenn es so ist, kann es nicht deine Schuld gewesen sein, auch wenn ich nur Bruchstücke der Geschichte kenne und vermutlich zu viel zwischen den Zeilen lese. Wie gesagt, wenn du irgendwann möchtest, bin ich da und höre mir alles an. Es macht mich traurig, dass du so fühlst. Niemand sollte von uns verlangen, die Dinge aufzugeben, die wir so sehr lieben. Das Surfen ist nun mal ein wichtiger Teil deines Lebens, ja deines Selbst.

Schau *mich* nur an:
Johannes hält meine Musik für ein albernes Hobby, das nur Zeit kostet und sowieso in einer Sackgasse geendet hätte. Deswegen habe ich es aufgegeben.
Das ist die Wahrheit.
Ich habe aufgehört, ich selbst zu sein. Und jetzt war ich so lange eine Version von mir, die ihm gefallen hat, dass ich gar nicht mehr weiß, wer ich eigentlich wirklich bin. Ich ertappe mich immer öfter dabei, dass ich mich frage, ob ich diese Version von mir überhaupt mag.
Lass dich nicht von deinen Schuldgefühlen unterkriegen, weswegen auch immer du sie hast. Wir haben doch nur dieses eine Leben. Wenn wir es nach den Regeln, Wünschen und Erwartungen der anderen gestalten, enden wir nur verbittert. Und das ist dann die wahre Sackgasse.
Ich verrate dir ein Geheimnis, Sam: Seit wir uns schreiben, habe ich mir noch nie so sehr wie heute gewünscht, dich einfach hier zu haben. Dir in die Augen sehen zu können. Dich zu berühren. Gefühle, die ich mir nicht eingestehen will, weil ich dich noch nie in Fleisch und Blut gesehen habe. Weil ich nicht weiß, wie deine Stimme klingt. Trotzdem sind sie da. Also werde ich mich dafür nicht entschuldigen.
Du fehlst mir, Sam. Deswegen bekommst du ein Polaroid von diesem Moment, weil es dann leichter ist, mir vorzustellen, du wärst hier.

Deine Lena

PS: So viel zu »flirtfrei«.
Wenn ich Vanessa das nächste Mal treffe, habe ich ein dickes Problem. Sie durchschaut mich mit einem Blick, und ich weiß nicht, was sie sehen wird, wenn sie mich ansieht.

Sydney, 18. Juli 2016

Meine liebe Lena,

danke für die neuen Fotos. Dieses Polaroidpuzzle, das du mir schickst, wird immer größer. Mir gefällt die Isar. Also, die Ausschnitte, die ich bisher von ihr habe. Alles sieht bei euch so anders aus als hier. Ich verstehe meine Freunde immer besser, die alle nach Europa wollten. Du kriegst mich noch dazu, mal nach München zu kommen.
Deine Fototechnik ist echt raffiniert. Die Ausschnitte sind jedes Mal so gewählt, dass man nicht zu viel, aber immer genug sieht. Jetzt habe ich also schon deine Füße, deine Hand, ein bisschen was von Mathildas Haaren und ihr buntes Handtuch.
Es freut mich, dass mein uraltes Kühlschrankbild dir gefallen hat. Zu deiner Information, das Surfbrett wiegt um die sechs Kilo. Also nicht so viel, wie du vielleicht denkst. Inzwischen arbeiten Daniel und ich daran, die Teile noch schnittiger zu machen. Damit fliegst du nur so über die Wellen. Sagt Daniel.
Ich bin noch nie mit einem unserer geshapten Boards gesurft. Verrückt, ich weiß. Ja, du hast recht, ich habe einen geliebten Menschen verloren. So, nun habe ich es gesagt, und es fühlt sich ganz komisch an. Aber nicht so schlecht, wie ich erwartet hätte. Merkwürdig. Das muss an dir liegen.
Daniel findet, es wäre Zeit für mich, über meinen Schatten zu springen. Aber weißt du, hier in Sydney, hier begegne ich ihr überall. Manchmal erwarte ich noch immer, sie an der nächsten Straßenecke zu sehen oder dass sie an einem Tag

mit gutem Swell am Strand auftaucht und mir zuwinkt, als hätte ich das alles nur geträumt. Vielleicht will ich deswegen das perfekte Board entwerfen? Was ganz schön bescheuert von mir wäre. Als käme sie dann zurück.

Der Sam auf dem Foto, das war ein sehr glücklicher Sam.

Erinnerst du dich, was du über deine Flaschenpost gesagt hast? Dass du das Gefühl hattest, dein Teenager-Ich würde dir Vorwürfe machen?? Ich kann das so gut verstehen, denn jedes Mal, wenn ich an den Kühlschrank musste, hat mich Sam19 (guter Name übrigens) auffordernd angestrahlt. Als wollte er sagen: »Los, Mann, pack verdammt noch mal dein Board, flieg zum Bells Beach und surf ein paar Wellen für mich!«

Und ich habe ihn hängen lassen. Ein bisschen Secret-Spot-Surfen, aber mehr auch nicht. Nie lange genug, nie mit ganzer Leidenschaft. Immer nur ein bisschen. Damit es nur ein bisschen wehtut.

Vielleicht ist jetzt der Zeitpunkt gekommen? Vielleicht kann ich es nur nicht alleine.

Hilfst du mir, Lena?

Ich weiß, ich weiß, du kannst nicht surfen und möchtest auch nicht unbedingt auf ein Brett steigen. Aber wie wäre es, wenn du wieder singst?

Lass uns einen Deal abschließen, Lena.

Ich gehe surfen und du zu einem Open-Mic-Abend, wie früher!

Stellen wir uns den Dämonen, die uns seit Jahren verfolgen, die wir im Keller, an der Kühlschranktür oder in unserem Herzen verstecken. Lass uns etwas tun, worauf unsere 19er-Versionen stolz wären. Etwas Verrücktes! Etwas, womit wir zu lange gewartet haben! Lass uns im August etwas tun, von dem nur wir beide wissen.

Natürlich weiß ich, dass das nicht so einfach ist, mit Mathilda und Johannes und deinem Job und deinem Leben. Aber die IsarLena, die will doch wieder singen. So wie der SecretSpotSam wieder richtig aufs Brett will.
Johannes ist sicher ein guter Vater und toller Mann, aber er irrt sich, wenn er denkt, deine Musik wäre eine Sackgasse! Ich kenne ihn nicht, und daran möchte ich auch nichts ändern, ebenso wenig, wie ich die Grenzen unserer Freundschaft überschreiten möchte, aber er sollte dich nicht ausbremsen, dir den Mut nicht nehmen.
Du klingst in deinen letzten Briefen optimistischer, und ich möchte mir so gerne einreden, dass es etwas mit mir zu tun hat. Aber natürlich weiß ich auch, dass in deiner Beziehung kein Platz für den australischen Surfer mit dem emotionalen Übergepäck ist. Trotzdem möchte ich, wenn auch nur auf dem Papier, bleiben.
Dinge, die wir lieben, die uns begeistern, sind niemals Sackgassen, sondern immer der richtige Weg. Vielleicht haben sie kein Ziel, aber sie geben uns eine Richtung vor.

Überleg es dir einfach, Lena. Der August könnte unser Monat werden. Ein Geheimnis wie eine Flaschenpost.

Dein Partner in Crime,
Sam

PS: Ich würde zu gerne wissen, was Vanessa sieht, wenn sie dich ansieht. Hat sie es dir verraten? Verrätst du es mir?

München, 28. Juli 2016

Lieber SecretSpotSam,

ich sitze in einem Klassenzimmer in der letzten Reihe auf einem unbequemen Holzstuhl, der viel zu klein für mich ist, und habe Angst, dass Mathildas Klassenlehrerin mich dabei erwischt, wie ich dir heimlich schreibe. Wahrscheinlich nimmt sie mir dann Block und Stift ab. Zuzutrauen wäre es ihr, sie macht immer so ein strenges Gesicht und erinnert mich an meine Englischlehrerin von früher. Die mochte mich nicht, vielleicht, weil es andauernd etwas Dringendes mit meiner Freundin zu bereden gab. Du willst gar nicht wissen, wie viele Klassenbucheinträge ich in meiner Schullaufbahn deswegen kassiert habe. Mein Gott, das kommt mir unendlich weit weg vor.
Obwohl ich erwachsen bin, fühle ich mich jetzt wieder wie damals. Falls ich also gleich ermahnt werden sollte, trägst du eine Mitschuld, Sam. Dieser letzte Elternabend vor den Sommerferien ist einfach nur öde und langweilig. Wenn die Ferien vorbei sind, kommt Mathilda in die zweite Klasse. Wahnsinn, wie schnell sie groß wird.
Haben wir sie nicht erst gestern aus dem Krankenhaus mit nach Hause genommen, kaum größer als ein Teddybär? Bald wird mein kleines Mädchen sieben, Sam! Als Nächstes macht sie den Führerschein, bringt ihren ersten Freund mit nach Hause und zieht in eine andere Stadt, um zu studieren. Wenn wir es so weit schaffen. Mathilda gibt schnell auf, wenn mal was nicht so klappt, wie sie sich das vorgestellt hat. Ihre Wutanfälle sind spektakulär und treiben mich viel zu oft an die Grenzen meiner Geduld. Und leider

auch manchmal darüber hinaus. Ich frage mich, von wem sie das wohl hat, von Johannes oder von mir. Schmeiße ich zu schnell hin, sobald es schwierig wird? Ich weiß, das kannst du mir nicht beantworten, und keine Sorge, ich verlange es auch gar nicht von dir. Aber manchmal frage ich mich das schon, wenn Mathilda wieder in ihre Trotzphase zurückfällt. Dann ist es schwer, an sie heranzukommen. Vermutlich hat sie auch das von uns beiden. Johannes kann nämlich manchmal ein echter Betonkopf sein. Das würde er natürlich nie zugeben.

Deine Worte gehen mir übrigens nicht mehr aus dem Kopf. Obwohl ich hier zuhören und mir die Termine für das kommende Schuljahr notieren sollte, denke ich die ganze Zeit an deinen verrückten Vorschlag!

Heute Morgen im Büro habe ich mir, nur so aus Spaß, ein paar Cafés und Clubs in München angeschaut, die tatsächlich noch Open-Mic-Sessions abhalten. Ich dachte ja, die wären irgendwann ausgestorben und von total angesagten Poetry Slams abgelöst worden. Aber nein, es gibt sie noch immer!

Und nein, ich habe mich nicht angemeldet.

Ich schaue nur.

So, wie man sich den teuren Schmuck in den schicken Läden ansieht und doch weiß, dass man ihn nie kaufen wird.

So verlockend dein Plan auch klingen mag, ich weiß einfach nicht, ob ich das kann! Wie soll ich Johannes erklären, dass ich einen freien Abend nur für mich will? Ich könnte natürlich einen Mädchenabend mit Vanessa vorschieben. Ich könnte sie sogar mitnehmen. Als Alibi.

Ich klinge total paranoid. Was soll schon groß passieren, nur weil ich für einen Abend wieder die Rock-'n'-Roll-Version meiner selbst werde?

Ach Sam, was hast du mir mit deiner Idee nur für Flausen in den Kopf gesetzt. Dabei habe ich mich noch gar nicht entschieden, weil du …

*

Ich wurde erwischt. Entschuldige, aber ich musste abbrechen, weil die Lehrerin mich vor allen anderen angesprochen hat. Sie wollte wissen, was ich da so Interessantes zu schreiben hätte und warum ich dabei immerzu lächeln würde.
Ich bin knallrot geworden! Es hat sich tatsächlich kurz wie früher angefühlt, wenn man seinem heimlichen Schwarm ein Briefchen geschrieben hat. Vollkommen verrückt! Ich benehme mich gerade wirklich nicht so, wie ich sollte!
Ich bin Mutter, habe einen guten (wenn auch stressigen) Job, den ich zurzeit sträflich vernachlässige, und einen Haushalt, der funktionieren muss, stattdessen sitze ich jetzt hier vor dem Laptop und suche ganz München nach einer passenden Location für mein musikalisches Comeback ab.
Wann fliegst du denn zum Bells Beach? Meine Recherche hat ergeben, dass es ein Strand hauptsächlich für Profisurfer ist. Heißt das nicht, dass die Wellen dort besonders anspruchsvoll sind? Ich muss mir keine Sorgen um dich machen, oder? Ich will nämlich nicht hören, dass es dich vom Brett gefegt hat und du mit einer Gehirnerschütterung und ohne Erinnerung an deine Brieffreundin in Deutschland aufgewacht bist. Du musst mir versprechen, gut auf dich aufzupassen. Deinen nächsten Brief werde ich erst verspätet lesen können.
Ich fahre nämlich in vier Tagen in den Urlaub. Nach Frankreich, in die Nähe von Bordeaux. Genauer gesagt nach Arcachon. Ich war als Kind oft mit meinen Eltern dort, fast jeden Sommer, und wahrscheinlich ist da auch meine Liebe

zum Ozean entstanden. Der Abschied hat immer schrecklich wehgetan. Stell dir vor, du darfst nur einmal im Jahr für zwei Wochen an deinen geliebten Strand und musst dann wieder ein ganzes Jahr warten.
Der Ozean, das war meine Ferienliebe.
Ich war über fünfzehn Jahre nicht mehr dort. Kannst du dir das vorstellen? Und obwohl es total absurd ist, bin ich nervös wie vor einem ersten Date. Oder wenn man eine alte Liebe wieder trifft und sich nicht sicher ist, ob sie einen nach all den Jahren noch erkennt.
Aber es wird Zeit. Ich spüre es. Zeit, Mathilda mit dem Ozeanvirus zu infizieren.
Ich will ihr Gesicht sehen, wenn wir über die Düne zum kilometerlangen Strand gehen, wenn sie die Wellen sieht, den Wind in ihren Haaren spürt und die salzige Meeresluft schmeckt. Die Vorstellung, so lange ohne ein Wort von dir zu sein, ist komisch. Du musst also den nächsten Brief bitte extra lang machen, damit ich mich nach dem Urlaub in deine Worte flüchten kann.
Du bekommst natürlich eine Postkarte! Vielleicht werfe ich eine Flaschenpost in den Ozean. Aus alter Gewohnheit.
Hab eine schöne Zeit, Sam. Solltest du zum Bells Beach fliegen: PASS AUF DICH AUF!
Und geh mir da draußen nicht verloren.

Deine IsarLena

PS: Ich trete am 27. August beim Open-Mic-Abend in einer Bar namens Arts 'n' Boards auf – ich musste einfach zuschlagen. Danke für den Schubs, Sam.
Und Vanessa sagt, sie sieht ein Funkeln in meinen Augen, das viele, viele Jahre nicht mehr da war ...

Bells Beach, 5. August 2016

Liebe Lena,

ich sende dir windige Grüße vom besten Surfstrand der Welt (das ist nur meine Meinung!).
Ich kann nicht in Worte fassen, was gerade passiert ist.
Meine Hände zittern. Zum Teil wegen der Kälte – das Wasser ist eisig –, zum Teil aber auch wegen des Adrenalins, das noch immer durch meinen Körper rauscht.
Ich war surfen. Auf einem Board, das ich selbst entworfen habe! Zum ersten Mal in meinem Leben. Und obwohl ich eigentlich wusste, dass Daniel und ich gute Arbeit machen, habe ich nicht damit gerechnet, dass es so genial ist! Es fliegt mit den Wellen und über die Wellen, die Bottom Turns sind mir noch nie so gut gelungen. Es ist wendig, schnittig, leicht – einfach großartig! Ich kann noch immer nicht glauben, dass dieses Board von uns ist.
Als ich den ersten Duck Dive unter die Welle gewagt habe, ist der Ozean mit all seinen Erinnerungen über meinen Körper gerollt, und einen flüchtigen Augenblick lang war es so still, als hätte die Welt den Atem angehalten.
Nur um beim Auftauchen dann noch lauter, noch tosender in meinen Ohren zu rauschen.
Seit drei Jahren habe ich mich nicht mehr so lebendig gefühlt.
So sehr da.
Die erste Welle auf dem neuen Board war wackelig, und ich kam mir vor wie ein Anfänger. Aber dann habe ich mich an etwas erinnert, was sie immer gesagt hat: Es ist kein Kampf zwischen dir und der Welle, es ist wie ein gemeinsamer Tanz.

Also habe ich getanzt, Lena. Welle um Welle habe ich getanzt! Ich war ich.
Sam Miller.
Ich wünschte, du könntest hier bei mir sein, das alles sehen! Mich, die Wellen, das Board, den wild gewordenen Himmel, an dem die Wolken so tief hängen, dass man meint, sie mit den Fingern berühren zu können. Ich habe mir im Duty-free-Shop am Flughafen in Melbourne eine dieser neumodischen, auf alt getrimmten Polaroidkameras gekauft. Weil ich wollte, dass du dabei bist.
Natürlich werden die Bilder dem wahren Anblick nicht gerecht, aber ich hoffe, du kannst erahnen, wie atemberaubend das hier alles ist.
Es gibt solche Strände und solche. Bells Beach wird auf ewig etwas Besonderes für mich sein. Vielleicht so wie Frankreichs Strände für dich. Wenn du *hier* surfen kannst, dann bist du mehr als nur ein Freizeitsurfer. Wenn du *hier* auf dem Brett stehst, dann bist du ein Teil von etwas Größerem. Um es mit den Worten von Jack London zu sagen: »Ein königlicher Sport für die natürlichen Götter dieser Erde.« Klingt vielleicht kitschig für jemanden, der nicht surft, aber so fühlt es sich hier wirklich an.
Ach, Lena. Danke.
Danke dafür, dass du in mein Leben gespült wurdest.
Und bleiben wolltest.
Ohne dich wäre ich nicht hierher gekommen. Eines Tages, so hoffe ich, werde ich dir das alles erklären können.

★

Entschuldige meine übersprudelnde Begeisterung vorhin. Ich wollte gar nicht so ausführlich über das Surfen schrei-

ben. Inzwischen bin ich wieder im Hotel, draußen regnet es, und ich stelle mir vor, wie du am Strand in der Sonne liegst und Mathilda neben dir Sandburgen baut.
Ja, ich sehe deinen Urlaub durch einen johanneslosen Filter.
An manchen Tagen muss das einfach sein.
An anderen ist er dafür umso wichtiger. Denn nur, weil ich weiß, dass er in deinem Leben ist, kann ich diese Briefe so ehrlich schreiben. Er ist meine Versicherung dafür, dass ich nichts Falsches tue.
Du bist vergeben.
Wir sind nur Freunde.
Das hier ist harmlos.
Oder, Lena?
Sind wir nur Freunde?

Erzähl mir bitte alles von deinem Urlaub! Erzähl mir von Mathildas Gesicht, als sie die Wellen gesehen hat!
Hat der Ozean dich wiedererkannt?
Und, Lena, ich bin so stolz auf dich! Dein Auftritt! Bist du nervös? Aufgeregt? Welchen Song wirst du singen? Oder singst du gleich mehrere? Ich habe deine CD hier bei mir. Weil ich nicht ohne deine Stimme verreisen wollte. Wenn ich könnte, würde ich in ein Flugzeug springen und zu deinem Auftritt kommen. Wie gerne würde ich dir zuhören und dein Lächeln sehen, wenn du meine Augen in der Menge findest.
Genug Tagträume für heute.

Ich freue mich so sehr auf deinen nächsten Brief!

Dein surfender Sam

PS: Für mich bist du mehr als eine Brieffreundin.

Arcachon, Frankreich, 9. August 2016

Lieber Sam,

wir senden dir sonnige Urlaubsgrüße vom Strand!
Hier ist es traumhaft, unverändert, wunderbar! Die Meeresluft, der Sand unter unseren Füßen, der Wind im Haar!
Ich wünschte, du könntest hier sein. Mit uns. Es würde dir gefallen!
Alles weitere von zu Hause!

Fühl dich umarmt!
Lena & Mathilda (sie wollte unbedingt auch unterschreiben!)

Torquay, 14. August 2016

Liebe Lena,

eine klassische Postkarte darf natürlich nicht fehlen. Inzwischen bin ich in Torquay, wo die Great Ocean Road beginnt, die bis nach Allansford führt. Ich sag dir, hier lohnt sich ein Roadtrip so richtig, auch wenn ich dafür diesmal keine Zeit habe! Ich will trotzdem die Chance nutzen, dir dieses hübsche Motiv von meinem kleinen, sehr spontanen Urlaub zu schicken.

Alles Liebe,
Sam

München, 15. August 2016

Mein lieber Sam,

Polaroids!
Das nenne ich mal eine gelungene Überraschung!
Ach, Sam! Dein Brief! Er liest sich so schön! So wunderschön! Nicht nur, dass ich meine, das Tosen der Wellen zu hören und die Wolken fliegen zu sehen, ich kann deine Begeisterung spüren! Deine zittrige Schrift, die verrutschten i-Punkte, die vergessenen Kommas! So kenne ich deine Briefe sonst gar nicht. Du klingst so glücklich!
Ich weiß nicht, ob ich daran wirklich eine kleine Mitschuld trage, aber sollte dem so sein, freue ich mich umso mehr mit dir.
Und dann die Polaroids! Die Wellen sehen sehr hoch aus! Hast du denn gar keine Angst?
Auch das Foto von deinem Surfbrett! Es kommt mir so klein vor. Wie kannst du darauf nur dein Gleichgewicht halten?! Ich verstehe ja nun wirklich nichts von Surfbrettern, aber es ist sehr schick! Ich bin mir sicher, es wird ein Verkaufsschlager. Jetzt, da du es endlich getestet hast, hast du das perfekte Verkaufsargument.
Ich bin glücklich, Sam.
Weißt du, wie lange ich diesen Satz jetzt schon anstarre? Bestimmt eine halbe Stunde. Ich habe ihn einfach so hingeschrieben, und jetzt ist er da. Schwarz auf weiß. Ich kann ihn durchstreichen, aber dann ist er noch immer da. Dann habe ich ihn noch immer geschrieben.
Und er ist noch immer wahr.
Ich bin glücklich!

Nicht nur, weil dein Brief mich so sehr berührt und begeistert hat, oder weil ich deine Spiegelung in dem Schaufenster sehe, das du für mich fotografiert hast (ich habe mir den gespiegelten Mann intensiver angeschaut als das Surfbrett, das du mir eigentlich zeigen wolltest), sondern auch, weil die Zeit mit Mathilda, weit weg von München, der Arbeit, Johannes und auch meinen Eltern so gutgetan hat!
Wir waren fast jeden Tag am Strand und haben jeden Sonnenstrahl eingefangen. Leider haben die großen Wellen Mathilda ziemliche Angst gemacht. Sie wollte nicht mal mit mir zusammen ins Wasser. Für dich ist das bestimmt schwer nachvollziehbar, wo du große Wellen doch so liebst.
Da es dort immer sehr windig ist, hatten wir eine kleine Strandmuschel, in der wir ganz nah beieinanderliegen mussten. Mathilda wird viel schneller groß, als mir lieb ist, und deswegen will ich solche Momente, wenn sie sich an mich kuschelt und mich umarmt, festhalten. Weil ich weiß – weil ich hoffe! –, dass sie eines Tages voller Abenteuerlust ihre Sachen packen und die Welt entdecken will. Ich werde sie nur schwer loslassen können, und obwohl es noch eine Ewigkeit hin ist, wurde es mir während des Urlaubs bewusst. Ich möchte, dass Mathilda das Reisen für sich entdeckt. Die Welt erobert. Eine Leidenschaft findet, die sie glücklich macht.
Vielleicht habe ich ihr das bisher nicht oft genug gesagt. Wie wichtig es ist, für etwas zu brennen! Sie soll sich nicht aufhalten lassen, sich Wünsche und Träume nicht ausreden lassen, mögen sie auch noch so unerreichbar scheinen. Es muss nicht immer beim ersten Anlauf klappen, aber Hinschmeißen ist keine Option.
Ich möchte, dass sie glücklich ist, Sam. So glücklich, wie sie nur sein kann!

Ich war es lange nicht. Viel zu lange.
Das liegt nicht nur an Johannes, das wäre unfair ihm und uns gegenüber. Es gibt einiges, was ich dir nicht erzählt habe. Weil ich Angst hatte. Wovor? Keine Ahnung. Vielleicht davor, dass du mir zu nahekommst. Johannes war auch meine Versicherung. Ich wusste nicht, was diese Briefe bedeuten, wie sehr ich mich öffnen kann und will.
Was du für mich bist?
Ein Brieffreund?
Ein guter Freund?
Ein kleiner Tagtraum?
Johannes und ich sind nicht mehr zusammen. Wir waren schon getrennt, als ich deinen ersten Brief erhielt. Er hat noch immer den Schlüssel zu meiner Wohnung, er ist noch immer oft da, wir verbringen viel Zeit zusammen und versuchen, die Trennung für Mathilda so leicht wie nur möglich zu machen.
Liebe ich ihn noch immer?
Ja.
Ich kann dich nicht anlügen. Ich kann auch ihn nicht anlügen. Ich liebe ihn, weil er der Vater meiner Tochter ist. Weil er da war. In guten wie in schlechten Zeiten. Und doch liebe ich ihn nicht mehr so wie damals, als ich bereit war, alles für ihn aufzugeben.
Es sogar getan habe.
Ja, ich war eines dieser Mädchen, die sich selbst aufgeben, um einen Mann zu halten. Und wir waren glücklich, wirklich. Bis ich es nicht mehr war.
Dabei hat er mich weder betrogen noch schlecht behandelt. Er ist ein toller Vater für Mathilda, der sich so viel Zeit wie möglich nimmt und jetzt für ein paar Tage mit ihr zu seinen Eltern an die Ostsee fährt.

Und doch habe ich angefangen, etwas zu vermissen. Es war nicht nur die Musik, das wäre albern. Es war auch nicht nur Frankreich. Mit all dem wäre ich klargekommen.
Auf Dauer hat es sich so angefühlt, als würde sich mein Spiegelbild Stück für Stück auflösen. Jeden Morgen habe ich mich weniger erkannt. Da stand eine fremde Frau im Bad, die zeitgleich mit mir geblinzelt, gelächelt und sich die Zähne geputzt hat. Aber sie war nicht mehr ich.
Ich habe mich vermisst.
Bemerkt habe ich es an den Kleinigkeiten.
Das Radio blieb immer öfter ausgeschaltet, weil morgens Ruhe herrschen sollte. Im Auto wurde nicht mehr mitgesungen, falls ein wichtiger Anruf einging. An Buchläden bin ich vorbeigegangen, ohne einen Blick ins Schaufenster zu werfen, weil wir es immer eilig hatten. Das Album der Lieblingsband wurde nicht mehr gekauft, weil es nur Platz im Regal wegnimmt. Chips auf der Couch waren tabu, sie krümeln nur, und garniert mit einem vorwurfsvollen Blick haben sie nicht mehr geschmeckt. Natürlich sind das für andere alberne Dinge, aber es sind die Dinge, die den Alltag bunter machen. Wenn sie weg sind, wird es immer grauer.
Ausreden habe ich viele gefunden.
Und dann, aus dem Nichts, kommst du und bringst mir meine alten Worte mit. Gedanken, die zu mir gehört und mich daran erinnert haben, dass ich noch immer da bin. Nach jedem deiner Briefe habe ich ein Stück mehr von mir im Spiegel entdeckt. Bis ich schließlich wieder ganz da war.
So da, dass ich den Urlaub auf dem Campingplatz in Frankreich gebucht habe, ohne mir zigtausend Gedanken zu machen. Ohne Johannes um seine Meinung oder gar seine Erlaubnis zu fragen.
Und genau dort war ich endgültig wieder ich selbst.

Am Strand, entspannt, braun gebrannt und mit so vielen Sommersprossen wie auf dem Foto, das ich dir von Lena19 geschickt habe.
Und an genau diesem Strand habe ich auch gemerkt, dass ich dich viel mehr mag, als ich mir bisher eingestehen wollte. Johannes hat dich vielleicht auf Abstand gehalten, aber deine Briefe, lieber Sam, haben eine andere Sprache gesprochen. Ich verliebe mich in einen Mann, den ich noch nie gesehen habe, dessen Stimme ich nicht kenne und dessen Briefe ich in einer Schachtel sammle, weil sie mir so wichtig sind, dass ich sie immer wieder lese.

Jetzt liegt es an dir, Sam. Behält Vanessa recht mit all ihren Warnungen, ich solle mich ja nicht auf eine Phantombeziehung einlassen, weil du ein irrer Serienkiller sein könntest, der nur mein Geld und meine Nieren haben will? Oder entpuppst du dich als der Sam, den ich schon längst in mein Herz geschlossen habe?

Deine Lena

PS: Anbei ein paar Polaroids von unserem Frankreichurlaub.
Die verwackelten Bilder hat Mathilda gemacht.
Auch das von mir.

München, 26. August 2016

Lieber Sam,

entschuldige, falls ich in meinem letzten Brief eine Grenze überschritten habe. Es fühlt sich an, als hätte ich dich vergrault. Ich habe mich so sehr an die Regelmäßigkeit deiner Briefe gewöhnt, dass mich das plötzliche Ausbleiben nun verwirrt. Habe ich etwas Falsches gesagt? Bist du sauer, weil ich so gefühlsduselig geworden bin? Oder weil ich dir verschwiegen hatte, dass Johannes und ich kein Paar mehr sind?
Ich weiß, ich hätte es dir schon viel früher sagen sollen, aber weißt du, manchmal hatte ich so viele andere Dinge im Kopf, die ich loswerden wollte. Einfach, weil ich sie nur dir erzählen konnte. Dir ganz allein. Für mich gehörte Johannes wirklich nicht in diese Briefe. Und jetzt merke ich, dass er für dich wohl immer da war. Entschuldige.
Aber nun bist du böse auf mich, und das tut mir leid. Ja, ich hätte nicht so sehr auf Vanessa hören sollen, weil sie dich nicht kennt und unsere Briefe nie gelesen hat, aber sie hat sich Sorgen gemacht. Nach der Trennung waren wir ein paar Mal zusammen aus, und dabei haben mich Männer angesprochen, wollten mir einen Drink ausgeben. Laut Vanessa habe ich mich dann immer so verhalten, als wäre ich noch vergeben. Ich habe dankend abgelehnt, mit der Begründung, dass ich nicht auf der Suche nach einem neuen Mann in meinem Leben sei.
Das war nicht mal gelogen. Ich war wirklich nicht auf der Suche. Das mit Johannes fühlte sich für mich noch viel zu frisch an, und vielleicht hatte ich damals sogar noch gehofft, dass wir uns wieder annähern.

Dann kamst du.
Über Umwege und tausend Wellen bist du in meinem Briefkasten gelandet.
Ich habe dich nicht gesucht. Ich habe dich nicht mal gefunden.
Du hast mich gefunden. Du hast die alte Lena gefunden und zu mir zurückgebracht.
Und jetzt bist du weg. Bitte sag mir, dass du nur eine längere Route nach Hause genommen hast und mir bald wieder schreibst.

Verschwinde nicht einfach so aus meinem Leben, Sam. Sag zumindest Lebwohl.

Eine besorgte Lena

PS: Ich habe morgen meinen Auftritt im Arts 'n' Boards und wünschte mir so sehr, du würdest mir Glück wünschen. Ich weiß nicht, ob ich das ohne dich überhaupt will, Sam.

München, 28. August 2016

Sam!

Ich komme gerade von meinem Auftritt.
Es war eine Katastrophe! Es war schrecklich und peinlich, und alles ging schief. Ich wundere mich noch immer, dass sie mich nicht von der Bühne gebuht haben.
Nichts hat so richtig funktioniert, meine Stimme, meine Gitarre, das Mikro. Ich war einfach nicht bei der Sache, war nicht richtig da …
Ich war am anderen Ende der Welt, auf der Suche nach meinem Brieffreund, der mir nicht mehr schreibt.
Was auch immer passiert ist, bitte sende mir ein Lebenszeichen! Ich werde hier noch ganz verrückt! Aus Verzweiflung habe ich mir vorhin sogar einen Facebook-Account angelegt und versucht, den richtigen Sam Miller zu finden. Aber es gibt einfach zu viele, und die meisten Fotos verraten nicht viel über den Menschen hinter dem Profil.
Wenn du nicht mehr schreiben willst, dann tut es auch eine schnöde Postkarte mit den Worten »Leb wohl!«, aber lass mich doch nicht so alleine. Gerade fühlt es sich an, als wärst du niemals echt gewesen. Als hätte Vanessa doch recht gehabt. Sie hat gemerkt, dass etwas nicht stimmt. Dabei sollte heute Abend doch unser August-Moment werden. Du surfst, ich singe, das war unser Deal!
Du hast mich daran erinnert, dass ich noch mehr bin als eine arbeitende Mutter, die zu viele Fehler macht, Bedienungsanleitungen übersetzt und eine verstaubte Gitarre im Keller versteckt hält.
Du hast mich daran erinnert, dass ich noch immer ein sehr

lebendiges Herz habe, und ebendieses Herz hat mit jedem deiner Briefe schneller geschlagen. Ich habe in den unpassendsten Momenten an dich gedacht, von dir geträumt und mir vorgestellt, wie sich deine Lippen auf meinen anfühlen. Wie deine Haut sich an meiner anfühlt. Wie deine Stimme an meinem Ohr klingt.
Und jetzt hast du dich in Luft aufgelöst, als wärst du nur ein Wunschtraum gewesen. Dabei habe ich auch für dich gesungen. Obwohl es wohl ziemlich schiefgegangen ist.
Bitte melde dich. Sag mir nur, dass es dir gut geht, dann werde ich einen Weg zurück in mein Leben finden, wie es vor dem 23. Mai 2015 war.

Deine Lena

München, 20. September 2016

Lieber Ozean,

weißt du noch, wie ich damals eine Flaschenpost in deine Fluten geworfen habe, in der Hoffnung, dass ihn eines Tages jemand findet und mir zurückschreibt?
Du wirst es nicht für möglich halten, aber ich habe tatsächlich eine Antwort bekommen. Doch jetzt sind die Briefe versiegt, und das tut weh. Ich habe gemerkt, wie naiv und albern ich war, zu glauben, es wäre mehr als bloß eine harmlose Brieffreundschaft. Ich hätte nicht Gefühle für ein Phantom entwickeln sollen, das mir dann durch die Briefseiten rutscht und in der Weite Australiens verschwindet.
Zu viele Fragen und ein angeknackstes Herz bleiben auf dieser Seite des Kugelschreibers zurück.
Inzwischen mischt sich Wut in die Enttäuschung, und ich frage mich, ob all die Seiten, die ich törichterweise noch immer in einem Karton aufbewahre, nur ein dummer Streich von ein paar jungen Männern waren, die in einer warmen Sommernacht angefangen haben, mit den Gefühlen, Hoffnungen und Träumen eines ehemals neunzehnjährigen Mädchens zu spielen. Das zumindest glaubt Vanessa. Aber egal, wie wütend ich werde, ich kann und will das nicht glauben.
Was mich am meisten quält: Ich habe ihm vertraut. So sehr, dass ich einen Song geschrieben und live gesungen habe.
Auf einer Bühne.
Vor einem Publikum voller Fremder.
Die nicht verstehen konnten, über welche Wellen, welche Worte und welche Gefühle ich gesungen habe.

Noch schlimmer ist es, dass mir das alles richtig Spaß gemacht hat (bis auf den Auftritt!) und ich mich immer wieder gefragt habe, was ein ganz bestimmter Surfer am anderen Ende der Welt wohl von diesem Song halten würde.
Nun, das werde ich nie erfahren, da ich ihm ganz offensichtlich keine weitere Antwort wert bin. Mit diesem Brief ist Schluss mit dem Ausflug in ein fremdes Leben, das sich wie meines angefühlt hat. Trotzdem, es war toll. Danke, lieber Ozean, ohne dich hätte ich so etwas nie erlebt.
Wo auch immer SamToday gerade ist, ich hoffe, es geht ihm gut.

Beste Grüße,
Lena Beyer

PS: Falls du ihn findest, sag ihm, dass er eine Lücke in meinem Leben hinterlassen hat, obwohl er niemals hier war.

Sydney, 3. Oktober 2016

Liebe Lena,

vielleicht wirst du diesen Brief niemals lesen, und das könnte ich dir noch nicht einmal verübeln. Wie gerne hätte ich eine vernünftige Erklärung für mein Schweigen, aber außer einem kleinen Surfunfall, der mich knapp drei Wochen außer Gefecht gesetzt hat, habe ich keine Ausrede. In diesen drei Wochen habe ich deinen Brief und zu viel Zeit zum Nachdenken gehabt.
Über dich.
Über mich.
Über Raya.
Und über die Unmöglichkeit eines »Wir«.
Es hat sich wie ein Cold-Turkey-Lena-Entzug angefühlt. An manchen Tagen bin ich fast verrückt geworden, weil ich dir schreiben und alles erklären wollte. Aber je länger ich im Krankenhaus lag, desto sicherer war ich mir, dass es das Beste für uns beide ist, wenn ich den Kontakt abbreche. Schnell und schmerzlos. Weil es nicht funktionieren kann. Und damit meine ich nicht die geografischen Umstände, die unser beider Leben trennen, sondern alles, was zwischen uns liegt und von dem du nichts weißt.
Deine Briefe wollte ich nicht mehr lesen. Ich habe sogar mit dem Gedanken gespielt, sie ungeöffnet zurückzuschicken. Aber dann habe ich es doch nicht getan. Die Sehnsucht nach deinen Worten war stärker. So etwas habe ich seit Raya nicht mehr gefühlt. Du bist nicht da und dennoch so präsent.
Nun habe ich mich entschlossen, dir den Brief zu schreiben, den ich dir schulde und vor dem ich am meisten Angst habe.

Liebe Lena,

Raya und ich kannten uns seit der Schule. Sie war die Neue, ich der Glückspilz, der im Schulbus neben ihr saß. Sie war etwas ganz Besonderes, und obwohl ich damals noch nicht wusste, was Liebe bedeutet, sollte Raya genau das für mich werden: meine große Liebe.
Wir wuchsen zusammen auf, verbrachten jeden Tag miteinander und wurden schließlich ein Paar, eine Tatsache, die natürlich jeder – außer uns – schon hatte kommen sehen. Raya hatte das schönste Lachen, die schönsten Augen und den schrägsten Humor, den ich jemals an einer Frau erlebt habe. Sie sprühte nur so vor Leben und war immer auf der Suche nach neuen Abenteuern. Ich habe sie sehr geliebt. Und sie mich auch.
Das Weihnachtsfest 2013 wollten wir gemeinsam auf Hawaii verbringen, surfend und weit weg von unseren Familien und Freunden. Ein Surferparadies, Strand, Wellen, Ruhe. Nur wir beide. Der perfekte Urlaub. Bis wir uns heftig gestritten haben. Wegen etwas total Unwichtigem. Der Akku vom Notebook war leer, und wir fanden das Ladekabel nicht. Dabei hatte sie es einpacken wollen. Ich war genervt, weil sie so oft mit den Gedanken woanders war. Ein Wort gab das andere, wie das immer so ist, und ich bin laut geworden. Für den nächsten Tag hatten wir einen Surftrip gebucht. Aber Raya wollte nun nicht mehr mit, hoffte auf eine Versöhnung, eine Entschuldigung, ein »Ich liebe dich«. Sam28 fand, dass er im Recht war, und beschloss, ohne sie zu fahren. Statt sie zu überreden, habe ich sie wortlos und immer noch wütend zurückgelassen. Beim Abschied habe ich mich nicht mal umgedreht. Kein »Tschüss!«, kein »Bis später!«.

Und erst recht kein »Leb wohl«. Auch heute noch bleiben mir diese Worte im Halse stecken, wann immer ich sie aussprechen soll.
Also hat Raya wohl beschlossen, an einen anderen Strand zu fahren, hat ihr Surfbrett gepackt, den Mietwagen genommen und ist losgefahren.
Die Wellen waren an dem Tag ziemlich heftig, aber Raya war eine erfahrene Surferin, wir kannten die Gefahren, waren nie unvorsichtig. Ich sage mir immer wieder: Sicher war sie in Gedanken noch bei unserem Streit, sonst wäre sie wahrscheinlich erst gar nicht ins Wasser gegangen. Ist sie aber. Ich weiß nicht genau, wo es passiert ist. Oder was genau. Ich habe keine Ahnung, wann die Welle sie überrollt, an ihr gezerrt, sie unter Wasser gedrückt und schließlich besiegt hat. Zu dem Zeitpunkt habe ich woanders die Welle meines Lebens gesurft.
Als ich abends zurückkam, war der Mietwagen noch immer weg, im Hotel wusste niemand, wo Raya hingefahren war, und ihr Telefon hat mich zur Mailbox weitergeleitet. Die Ansage, sie würde sich später melden, ich solle eine Nachricht hinterlassen, hatte ich so oft gehört, doch nie hätte ich damit gerechnet, dass diese Worte die letzten sein würden, die ihre Stimme je zu mir sagen würde. Je später es wurde, desto mehr ergriff mich Panik. Raya war wütend auf mich, schon klar, aber deswegen würde sie doch nicht einfach über Nacht wegbleiben.
Doch sie kam nicht wieder.
Knapp eine Woche später haben sie ihr Surfbrett an einem Strand gefunden, es zeigte deutliche Spuren von einem Zusammenstoß mit einem Riff, die Leash war durchtrennt. Von Raya fehlte weiterhin jede Spur.
Sie wurde nie gefunden.

Irgendwann haben sie dann die Suche eingestellt und sie für tot erklärt.
Einfach so. Auf Papier. Als wäre sie nur eine Akte, nicht der Mensch, den ich über alles liebte.
Als das Geld ausging und mir niemand mehr bei der Suche nach ihr helfen konnte, als sogar ihre Eltern bereit waren, Abschied zu nehmen, wollte ich noch immer nicht aufgeben.
Erst Monate später bin ich aus Hawaii abgereist. Mit dem Rest ihrer Sachen – und dem Verlobungsring im Koffer, von dem sie nichts wusste.
Ich habe sie im Stich gelassen. Noch heute stelle ich mir ihr Gesicht vor, die Angst in ihren Augen. Und immer wenn ich meine Augen schließe, höre ich diesen erstickten Hilfeschrei unter Wasser.
Ich war nicht da. Ich konnte sie nicht retten, es nicht mal versuchen.
Ich war nicht da.
Ich habe mich nicht von ihr verabschiedet. Ihr nicht oft genug gesagt, wie sehr ich sie liebe. Ihr nie die Frage zum Ring gestellt.
Ich war einfach nicht da.
Wie verzeiht man sich das?
Wie, Lena? Wie lebt man weiter, wenn man sich doch bei jedem Telefonklingeln wünscht, gleich ihre Stimme zu hören. Weil einen die Hoffnung, sie könnte irgendwo da draußen sein, vielleicht ohne Gedächtnis, vielleicht ohne die geringste Ahnung, dass wir hier auf sie warten, noch immer nicht verlassen hat. Was, wenn sie gar nicht tot ist? Obwohl alle anderen das glauben und von ihr in der Vergangenheitsform sprechen.
Wenn ich sie aufgebe, kommt sie vielleicht wirklich nicht zurück.

Also wollte ich nie mehr surfen, mich auf ewig bestrafen für mein dummes, dummes Verhalten. Für diesen unnötigen Streit. Wegen eines blöden Ladekabels. Für alles, was ich nicht gesagt habe. Doch wie du weißt, habe ich es nicht ausgehalten. Wollte weiterleben, egoistisch, wie ich bin. Heimlich, an fremden Orten, als würde es das weniger schlimm machen. Als würde Raya mich dann nicht trotzdem sehen können.

Irgendwann habe ich aufgehört, über Raya oder den Unfall zu reden. Habe stattdessen zugemacht. Es war leichter so. Leichter zu ertragen. Aber dann kamst du in Form einer Flaschenpost, und was du schriebst, klang so sehr nach Raya. Ich musste einfach antworten. Und dann gingst du mir nicht mehr aus dem Kopf. Keine Ahnung, warum. Es war, als wäre ich auf einmal nicht mehr so allein. Wenn ich etwas erlebte, dachte ich nun: Soll ich ihr das schreiben? Wie sie das wohl findet? Glaub mir, ich hatte niemals vor, dir so wehzutun. Ich träume von dir, stelle mir vor, wie es wäre, wenn ich plötzlich vor deiner Tür stehen würde, ohne Blumenstrauß, aber mit Herzklopfen. Frage mich, wie es sich anfühlt, dich zu küssen, dich zu berühren und zu umarmen. Deine Stimme meinen Namen sagen zu hören. Viel zu lange sitze ich nun schon hier, erhole mich von dem Unfall, mache fleißig Reha und weiche diesem Brief aus. Doch egal, wie sehr ich mich auch anstrenge, ich kann nicht aufhören, an dich zu denken. Wenn ich mich nun auch von dir nicht verabschiede, dann wird das ein weiterer Fehler sein, den ich nicht ungeschehen machen kann und ein Leben lang bereuen werde …

Es tut mir leid, Lena.

Hier kommt der Abschied, auf den du gewartet hast: Auf Wiedersehen, leb wohl, und pass auf dich auf!

Dein ewiger Grübler SamToday

PS: Das Polaroid von dir am Strand in Frankreich, ich werde es als Erinnerung an dich behalten. So sieht also meine Lena aus. Danke.

München, 22. Oktober 2016

Lieber Sam,

danke für deinen Brief. Ich antworte dir erst jetzt, da ich die Gefühle, die er ausgelöst hat, erst einmal sortieren musste. Zunächst hoffe ich, dass der Surfunfall nicht so schlimm war, aber dass du drei Wochen im Krankenhaus bleiben musstest, klingt alles andere als erfreulich. Weiterhin gute Genesung!

Deine Geschichte hat mich sehr berührt. Es tut mir unendlich leid, dass du das durchmachen musstest. Da es mir keine Ruhe gelassen hat, habe ich ein bisschen im Internet recherchiert. Einige Artikel zu Rayas Verschwinden lesen sich so schrecklich nüchtern, als wäre es einfach ein weiterer dieser Unfälle, die an dem Strandabschnitt ständig passieren, wenn Menschen nicht gut genug aufpassen. Aber auf dem Foto von ihr, mit Surfbrett im Arm und diesem breiten Lächeln, sieht man, wie hübsch und voller Lebensfreude sie war, Sam. Ich wette, du hast das Foto gemacht. Ich kann sie mir so gut an deiner Seite vorstellen.

Selbst jetzt, da ich ein paar mehr Fakten kenne, vermag ich wahrscheinlich nicht annähernd nachzuvollziehen, was dieser plötzliche Verlust für dich, für ihre Familie und Freunde bedeutet haben muss. Zu wissen, dass du noch immer hoffst, sie kommt zurück …

Wie gerne würde ich dich jetzt in den Arm nehmen. Schon wieder. Aber, und genau das tut weh, ich kann es nicht. Nicht nur, weil du weit weg bist, sondern auch, weil du mich nicht nah genug ranlässt. Das ist okay. Dein Brief hat deutlich gemacht, wie tief die Wunde noch immer ist, die Rayas

Verlust bei dir hinterlassen hat. Solche Dinge brauchen Zeit. In den vergangenen Jahren hast du es noch immer nicht geschafft, dich zu verabschieden. Niemand hat das Recht, dir ein Ultimatum zu setzen, auch nicht ich.
Ich wünschte jedoch, du hättest den Mut gehabt, mir früher von ihr zu erzählen. Dann hätte ich mir nicht eingebildet, mehr sein zu können als deine Brieffreundin. Jetzt verstehe ich auch, wie wichtig Johannes für dich als Sicherheitsnetz war. Nicht nur wegen mir. Vor allem wegen Raya. Weil du sie nicht verletzen wolltest. Deshalb also haben meine ehrlichen Worte dich dazu gebracht, dich vor mir zu verstecken. Aber wovor genau hast du Angst, Sam? Dich zu öffnen? Dich zu binden? Mit der halben Welt zwischen uns wäre eine Bindung ohnehin verdammt schwer. Du kannst verschwinden, wann immer du willst, wohin auch immer du willst. Meinst du, ich wäre verrückt genug, in den Flieger zu steigen und unangemeldet vor deiner Tür aufzutauchen? Glaubst du, ich würde Rayas Platz in deinem Herzen einnehmen wollen? Das kann ich nicht, Sam. Das kann niemand.
Weißt du, was mich am meisten schmerzt? Ich habe nie deine Stimme gehört. Nie das Lächeln von SamToday gesehen. Ich wünsche dir in der Zukunft die Kraft und den Mut, mit dir und Raya ins Reine zu kommen.
Du hast keine Schuld, Sam. Es war ein dummer Streit, wie er so oft passiert. Wir denken, die Versöhnung danach sei selbstverständlich. Wer rechnet schon mit einer solchen Katastrophe? Selbst wenn du vor Ort gewesen wärst, weißt du nicht, ob du sie hättest retten können. Ob überhaupt jemand sie hätte retten können. Unausgesprochene Worte müssen aber nicht unausgesprochen bleiben. Raya kann dich sehen und hören. Nimm dir Zeit für deinen Abschied, und glaub nicht, dass die letzte Chance dafür verstrichen ist.

Ich tue dir den Gefallen und lasse dich los. Wer weiß, vielleicht trifft man den richtigen Menschen immer zum falschen Zeitpunkt? Vielleicht ist das Einzige, was ich tun kann, dir zu sagen, dass es nicht deine Schuld war. Gib gut auf dich acht und sei dir sicher, dass die Spuren, die du in meinem Leben hinterlassen hast, bleiben werden.
Dich loszulassen, tut höllisch weh, deswegen ist dies mein letzter Brief. Es gibt keine Reha für gebrochene Herzen.
Sam19 und SamToday, du bist ein besonderer Mensch. Mach's gut, surfender Grübler! Ganz sicher werde ich in Gedanken hin und wieder an deinem Secret Spot sein, ohne dass du es merkst, verzeih.

Deine Lena

PS: Das Polaroid von mir auf der Bühne schulde ich dir. Vanessa hat es gemacht. Ich werde still und leise weiter Musik machen. Nicht mehr für dich, sondern für mich. Und weil es sich richtig anfühlt.

München, 22. Dezember 2016

Lieber Sam,

frohe Weihnachten aus Deutschland und einen guten Rutsch ins neue Jahr!

Lena und Mathilda

PS: Ich wünschte, es wäre einfacher, dich zu vergessen. Wieso schleichst du dich noch immer in meine Träume?

Sydney, 24. Dezember 2016

Liebe Lena,

Merry Christmas & a Happy New Year!

Ich wünsche dir und Mathilda ein besinnliches Weihnachtsfest und einen guten Rutsch ins neue Jahr.

Dein Sam XOXO

München, 27. Dezember 2016

Lieber Sam,

ich weiß, ich weiß, du hast gerade erst eine Weihnachtskarte aus dem Briefkasten gefischt, da kommt schon wieder Post von mir. Ich will dich auch gar nicht lange aufhalten, aber ich verstehe erst jetzt, dass Weihnachten sicher keine einfache Zeit für dich ist.

Mein letzter Brief war vielleicht etwas zu hart, zu endgültig. Nur, weil es zwischen uns nicht so läuft, wie ich es mir gewünscht habe, müssen wir nicht komplett den Kontakt abbrechen, oder? Ich denke so oft und so gerne an dich, Sam. Vielleicht brauchst du gerade jetzt eine Freundin. Eine Brieffreundin. Das, was ich zu Beginn war. Ich weiß jetzt so viel von dir, von Raya und vom Secret Spot. Du kannst bei mir immer ehrlich sein. Ich höre nur zu, und du musst das nicht mehr alles alleine tragen. Was meinst du? Gibt es noch einen Platz in deinem Leben für eine pünktliche Brieffreundin aus Deutschland?

Ja, dass ich dir diesen Brief schreibe, hat auch egoistische Gründe. Denn die Lücke, die du hinterlassen hast, ist in Wirklichkeit größer, als ich mir eingestehen wollte. Der Gang zum Briefkasten löst noch immer dieses Kribbeln in mir aus. Ich gewöhne mich nur schwer an den Gedanken, nie wieder etwas von dir zu hören. Nicht zu wissen, wie es dir geht. Was du so machst.

Gut möglich, dass du inzwischen gar keine Lust mehr auf dieses Ritual und die Briefe hast, dann werde ich das akzeptieren.

Ich habe das unterschätzt. Die Wucht deiner Worte, die Türen in mir aufgestoßen und mir einen sicheren Zufluchtsort geschenkt haben. Die Umarmungen aus der Ferne, die wundersamerweise immer genau zur richtigen Zeit ankamen. Darf ich dich als meinen Brieffreund behalten? Obwohl du unsere Briefbeziehung beendet hast? Die letzten zwei Monate waren ziemlich öde ohne dich. Was hast du so erlebt? Erzähl es mir, wenn du möchtest.

Deine Lena

PS: Mathilda fragt, wo der Briefmann hin ist, wegen dem ich immer so gut gelaunt war. Und sogar Vanessa fragt ab und an schüchtern nach dir. Obwohl sie zu Beginn felsenfest davon überzeugt war, dass wir das Richtige getan haben. Du siehst, du fehlst auch noch anderen Menschen hier an der Isar …

Sydney, 6. Januar 2017

Liebe Lena,

wie machst du das nur? Wie findest du immer gerade dann einen Weg zu mir, wenn ich dich brauche?
Ich habe keine Erklärung dafür, aber hör bitte nicht damit auf!
Die letzte Zeit war nicht gerade von Highlights geprägt. Nachdem ich dir von Raya erzählt hatte, brach alles etwas über mir zusammen. Wie bei einer Welle, die man unterschätzt hat. Daniel meinte, es war ein Fehler, dir nicht mehr zu schreiben, weil es mir so viel besser ging mit deinen Briefen. Weil es ihm gefallen hat, dass ich wieder mehr unternommen habe. Zum ersten Mal, seit das mit Raya passiert ist.
Aber das wollte ich natürlich nicht hören, weil ich dachte, es wäre falsch, mich in dich zu verlieben. Also habe ich das getan, was ich besonders gut kann: Dummheiten machen.
Ich habe getrunken, mehr als gut für mich war. Ich habe Frauen getroffen, um das alles für ein paar Stunden zu vergessen. Und ich habe mein Surfbrett mitsamt deiner Briefe und der CD in den Keller geräumt.
Aber heute Morgen wache ich auf, und es ist ein Brief von dir in der Post.
Es ging mir nicht gut, Lena. Viel zu oft habe ich mich gefragt: Was machst du? Wo bist du? Wieso bist du nicht die Frau, neben der ich aufwache?
Ich fragte mich, ob Mathilda sich in der neuen Kinderbetreuung wohlfühlt, ob die Trotzanfälle nachlassen, und ob sie sich auf den nächsten Urlaub freut.

Ich fragte mich, wie es deinem Vater geht, ob eine Besserung eingetreten ist, und ob deine Mutter inzwischen Unterstützung hat.
Ja, ich ertappte mich auch bei der Frage, was Johannes wohl gerade macht, und ob er dir vielleicht ein paar Sorgen abnimmt. Ich fragte mich, wie der Typ aussieht, der dich in der Bar anspricht und den du mit nach Hause nimmst. Ich fragte mich, ob du überhaupt an mich denkst.
Und an Weihnachten nutzte ich endlich die Gelegenheit (oder Ausrede) und schrieb dir eine Karte, die all das nicht sagte, was ich sagen wollte. Trotzdem habe ich sie abgeschickt, weil ich mir nichts mehr wünschte, als eine Antwort von dir zu bekommen.
Wie konnte ich dich nur so falsch einschätzen? Denn natürlich schriebst auch du mir eine. Weil du Lena Beyer, die fleißige und pünktliche Brieffreundin aus Deutschland, bist.
Meine Brieffreundin.
Willkommen zurück, Lena! Du hast mir gefehlt.

Dein Sam2017

München, 28. Januar 2017

Lieber Sam,

es freut mich sehr, dass du nun wieder in meinem Briefkasten lebst. Auch wenn ich bei deinem letzten Brief erst mal durchschnaufen musste. Bevor ich darauf eingehe, kommt hier ein sehr unspektakuläres Update aus dem Leben der Lena Beyer.

Mathilda geht es gut. Sie hatte vor vier Tagen Geburtstag! Mein kleines Mädchen ist jetzt sieben, geht in die zweite Klasse und findet Jungs doof. Bis auf diesen einen in ihrem neuen Hort, den findet sie doof und gut. Ich weiß nicht, ob er der Grund dafür ist, dass sie sich dort so schnell eingelebt hat. Das macht es für mich leichter, weil das schlechte Gewissen nicht mehr so riesengroß ist. Sie hat sich übrigens sehr über deine Karte gefreut und holt nun immer die Post rein, selbst bei Schnee. Ja, wir haben Schnee. Ich habe ihr erklärt, dass bei dir Sommer ist, und bei der Gelegenheit kam endlich mal der Globus (den sie wohl bisher nur für eine merkwürdige Tischlampe gehalten hat) zum Einsatz. Sie weiß, wo du lebst und dass ich auch mal dort war, vor vielen, vielen Jahren. Sie hat sich also die Fotoalben von meinem Australienjahr angeschaut – und ihr Blick, Sam! Ihr Blick! Sie war so stolz auf mich, dass ich ganz alleine losgezogen bin, ans andere Ende der Welt! Verrückt, nicht wahr? Sie will immer Geschichten von meiner Zeit dort hören, alle Abenteuer, einfach alles. Ich wiederhole mich inzwischen, aber es scheint sie nicht zu langweilen.

Mein Vater macht weiterhin Fortschritte und nimmt sich die Zeit, die er eben braucht. Zumindest lächelt er jetzt wie-

der häufiger, und das ist ein gutes Zeichen. Wenn nichts dazwischenkommt, wird er im Frühjahr eine weitere Reha machen, und meine Mutter kann durchschnaufen. Alles noch Zukunftsmusik, aber wir nehmen jeden Tag, wie er kommt. Es hat mich gerührt, dass du dich nach ihnen erkundigt hast. Anscheinend hast du nichts von dem, was ich dir erzählt habe, vergessen. Danke dafür, Sam.
Zwischen Johannes und mir läuft es nach einer eher schwierigen Phase gerade etwas besser. Ich glaube, wir gewöhnen uns an die neue Situation und kommen uns wieder näher. Wir haben ab und zu Zeit gemeinsam mit Mathilda verbracht, sie ist immer froh, wenn sie uns mal beide hat. Von außen wirken wir wohl wie eine normale, glückliche Familie. Mehr oder weniger. Immerhin sprechen wir jetzt auch über andere Themen als nur unsere Tochter und ihre schulischen Leistungen. Johannes nimmt wieder mehr an meinem Leben teil, was unsere Beziehung entkrampft.
Du siehst, große Abenteuer sind ausgeblieben. Andere Männer habe ich auch nicht mit nach Hause genommen – wie du es so schön formuliert hast. Aber großartig zu hören, dass du in den letzten Monaten an dieser Front etwas aktiver warst. Herzlichen Dank auch für die Filme, die sich nun in meinem Kopf abspielen und auf die ich gerne verzichtet hätte. Nein, ich habe nicht gedacht, dass du zu einem Mönch geworden bist. Aber in meinem Kopf warst du immer alleine im Bett. Jedenfalls nicht mit ständig wechselnden Frauen, die du kaum kennst und die dir trotzdem so verdammt nah kommen dürfen! Von diesen Frauen zu lesen, wurmt mich, auch wenn es das nicht sollte. Wieso auch? Wir sind Freunde auf dem Papier. Nicht mehr und nicht weniger.
Das rede ich mir zumindest ein.
Nur deswegen habe ich den Stift wieder in die Hand genom-

men. Weil ich glaube, dass wir auch ohne Johannes als Sicherheitsnetz funktionieren.
Immerhin ist da die Möglichkeit, dass Raya eines Tages doch wieder auftaucht.
Und wie wir alle wissen, hat niemand eine Chance gegen sie. Dich in meinem Kopf mit ihr zu sehen, tut nicht weh, denn sie hast du geliebt. Ihr wart ein vom Schicksal zusammengeführtes Traumpaar. Aber diese anderen Frauen? Nein. Das schlägt mir auf den Magen. So habe ich mir deinen ersten Brief nach der langen Funkstille nicht vorgestellt, und jetzt wünschte ich fast, ich hätte ihn nicht gelesen.
Ja, ich fühle mich wie ein dummer Teenager, der eifersüchtig auf all die perfekten Strandschönheiten in deiner Nähe ist. Braun gebrannt, mit dem perfekten Augenaufschlag! Während ich dazu verdammt bin, hier im eiskalten Deutschland mit roter Nase und tränenden Augen der U-Bahn hinterherzurennen!
So habe ich mich das letzte Mal gefühlt, als Johannes eine neue Freundin hatte. Nach mir. Wo ich selbst doch noch meilenweit von einer neuen Beziehung entfernt war. Diese Version von mir mag ich am wenigsten: wenn ich eifersüchtig oder neidisch bin.
Ich dachte, es wäre einfach, in rein freundschaftliche Sphären zurückzukehren – und das, obwohl Vanessa mich eindrücklich gewarnt hat. Ihr Gesicht, jedes Mal, wenn ich von einem Mann erzähle, den ich noch nie gesehen habe, dessen Stimme ich noch nie gehört habe – und doch weiß, dass mein Herz viel zu aufgeregt für ihn schlägt. Mit dem ich seit fast zwei Jahren Briefe schreibe. Sie fragt, wieso ich nie nach einem aktuellen Foto oder deiner Telefonnummer verlangt habe. Warum ich dich nicht anrufe oder mit dir skype, und woher ich wissen will, dass ich dich auch noch mögen würde,

wenn ich dir gegenüberstünde. All ihre Fragen sollen Zweifel aufwerfen und mich zur Vernunft bringen. Stattdessen tun sie genau das Gegenteil!
Sie hat deine Briefe nicht gelesen. Sie weiß nicht, was deine Worte mit mir gemacht haben und wie nötig sie zu diesem Zeitpunkt meines Lebens waren. Sie weiß nichts von den Songs, die ich heimlich spiele, wenn ich alleine bin, und den Textfetzen, die ich auf die Rückseite von Memos im Büro schreibe, weil die Kreativität und die Musik wieder zu mir zurückgekehrt sind. Sie kann nicht verstehen, wie so etwas möglich ist, und es zu erklären, ist sinnlos. Wie erklärt man Gefühle? Wie einen Herzschlag, der tanzt, weil du mir schreibst? Wie, dass ich keinen einzigen Queen-Song mehr hören oder durchs Glockenbachviertel oder an der Eisbachwelle entlangschlendern kann, ohne an dich zu denken? Selbst in meiner Stadt hast du Spuren hinterlassen, obwohl du nie hier warst!
Wie soll ich das erklären, Sam? Wenn es doch viel vernünftiger wäre, hier einen Mann kennenzulernen und den Kontakt mit dir abzubrechen! Das wäre so verdammt vernünftig! Sonst steigere ich mich in einen Traum ohne Zukunft hinein und verpasse die verlockenden Chancen direkt vor meiner Haustür.
Hat sie recht, Sam?

Deine Lena

Sydney, 11. Februar 2017

Liebe Lena,

du bist eifersüchtig auf diese Frauen in meinem Leben, während du deinem Ex-Freund/Mann (dazu hast du mir nie detaillierte Infos gegeben) – ich zitiere – wieder nähergekommen bist? Ein Satz, der für meinen Geschmack viel zu viele potenzielle Zukunftsszenarien für euch eröffnet. Er ist Single, du bist Single, ihr habt eine gemeinsame Tochter. Ihr seid eine Familie!

Und du bist eifersüchtig auf Frauen, die mir nichts bedeuten, die mich nur ablenken sollen? Diese Logik musst du mir erst noch erklären. Glaubst du nicht, ich würde am liebsten in ein Flugzeug steigen und zu dir kommen? Nur um herauszufinden, was das zwischen uns ist? Daniel sagt, unsere »Nicht-Beziehung« ist die erste, die ich seit Raya zugelassen habe. Wie oft bin ich durch die Straßen gelaufen und habe mich gefragt, wie es wohl wäre, wenn du urplötzlich auftauchen würdest. Wenn du im Surfshop vor mir stehst und mich anlächelst – und ich mich dann ohrfeigen muss, nur um sicherzugehen, dass es kein Tagtraum ist. Seit fast zwei Jahren denke ich an dich, höre deine Musik, starre auf dein Foto (all deine Polaroids hängen an der Wand in meinem Schlafzimmer) und frage mich, wieso ich nicht den Mut finde, wirklich ins Flugzeug zu steigen. Was ist das Schlimmste, das passieren könnte?

Sag es mir, Lena! Was könnte passieren, wenn ich zu dir komme und du mich siehst, mich reden hörst, mich berühren kannst? Ich möchte nicht nur dein Brieffreund sein. Aber ich weiß nicht, wie wir das anstellen sollen.

Den Kontakt abbrechen?
Das haben wir versucht und sind gescheitert.
Nur Brieffreunde sein?
Das haben wir versucht und schon nach zwei Briefen gemerkt, dass es nicht funktioniert.
Lena, ich habe mich entschieden: Ich steige in den Flieger und komme zu dir.
Ich habe es satt, am anderen Ende der Welt zu sitzen und zu träumen. Ich will wissen, was dieser Traum mit uns macht, wenn er Realität wird.
Wenn es nach mir geht, bin ich bereit, es auf einen verrückten Versuch ankommen zu lassen. Es sei denn, dir fällt ein Grund ein, warum ich nicht kommen sollte.
Ich bin dabei. Ich bin so was von dabei! Wie sieht es mit dir aus? Renn bitte nicht davon.
Mein Flieger landet am 6. Mai um 14 Uhr in München.

Dein Sam

München, 23. März 2017

Lieber Sam,

jetzt bin ich es, die sich um einen Brief gedrückt und Ausreden erfunden hat, um nur ja keine Zeit für Stift und Papier – und die damit verbundenen Worte – zu finden.
Danke für deinen Brief. Danke für alles, was du gesagt hast. Danke für das Angebot. Und doch sitze ich jetzt hier, starre dieses Blatt Papier an und frage mich, wie ich es füllen soll, ohne dir die Wahrheit zu erzählen. Ich könnte, ja, ich sollte sie für mich behalten und dich mit offenen Armen am Flughafen abholen. Doch ich weiß genau, wenn ich in deine Augen schaue, würde ich zusammenbrechen. Weil du die Lüge in meinen sehen würdest.
Ich war wütend nach deinem Brief mit den anderen Frauen. Nicht unbedingt nur auf dich, aber auch auf dich. Weil du mir das so unbedacht und wie nebenbei erzählt hast. Wusstest du wirklich nicht, wie sehr es mich treffen würde?
Nachdem ich den Brief an dich abgeschickt hatte, habe ich mich mit Johannes getroffen. Wir mussten die Ferien mit Mathilda planen, die Zeit aufteilen und uns einigen, wer mit ihr wann Urlaub macht. Johannes schlug vor, wir könnten doch mal wieder zusammen wegfahren. Einfach so. Dabei haben wir das früher gar nicht so häufig gemacht. Als wir da so beisammensaßen, geredet und gelacht haben, konnte ich einen kurzen Blick auf das werfen, was wir einmal waren. Die Gewissheit, dass es keine Lüge war, hat gutgetan. Johannes und ich waren nämlich mal sehr gut zusammen. Der Wein, die Nostalgie, der Abend zu zweit ... all das hat irgendwie dazu geführt, dass wir uns näherkamen, als ich

geplant hatte. Der Abschiedskuss war nicht einfach nur ein Abschiedskuss, aber schon als er passierte, wusste ich, dass es nur ein Rückfall ist. Nur ein Rückfall in die Zeit, als wir zusammengehörten. Oder das zumindest dachten.

Ich war noch immer wütend und enttäuscht von deinem Brief. Vor allem weil ich es mir bildlich vorgestellt habe. Du mit anderen Frauen.

Das alles ist keine Ausrede dafür, dass ich mit Johannes geschlafen habe. Ich habe mit ihm geschlafen, weil ich mich einsam gefühlt habe. Und betrogen. Und weil ich das Universum verflucht habe, weil du so weit weg bist.

Es tut mir leid, Sam. Es tut mir so leid.

Als ich am nächsten Morgen mit einem Kater aufgewacht bin und Johannes neben mir liegen sah, da habe ich mich schrecklich gefühlt. Und ich habe mir gewünscht, du wärst es. Doch das alles ist keine Entschuldigung. Es ändert nichts daran, dass es passiert ist.

Dann kam dein Brief.

Auf den ich gewartet und vor dem ich mich so sehr gefürchtet hatte. Deine Worte, jedes einzelne davon, haben mich zu Tränen gerührt. Weil ich weiß, ich habe dir wehgetan. Ich wusste es schon, als ich Johannes geküsst habe. Ich weiß es jetzt, da ich endlich den Mut finde, diesen Brief zu schreiben.

Ich bin nicht so perfekt, wie du vielleicht denkst (denkst du das?). Ich mache Fehler. Ich verletze Menschen, die mir nahestehen, und bin dann auch noch zu feige, den Mund zu halten.

Natürlich weiß ich, dass wir kein Paar sind und meine Gefühle für dich »nur« auf Worten basieren. Dennoch fühlt es sich so an, als hätte ich dich betrogen.

Sam, habe ich alles kaputt gemacht?

Ich werde am 6. Mai am Flughafen sein und auf dich warten. Ich hoffe so sehr, dass du kommst. Ich renne nicht davon.

Deine Lena

München, 6. Mai 2017

Lieber Sam,

ich hätte es wissen müssen. Das Schweigen an deinem Ende der Welt ist lauter als jeder Wutschrei. Den ich verdient hätte.
Ich war da.
Heute.
Am Flughafen.
Ich habe gewartet, als die Menschen aus der Ankunftshalle kamen. Einer nach dem anderen. Männer, Frauen, Familien. Sie alle waren nicht du.
Selbst als niemand mehr durch die Tür kam, habe ich noch gewartet, weil ich gehofft habe, du würdest nur zögern. Mit dir kämpfen und dir schließlich einen Ruck geben. Als der freundliche Mitarbeiter der Airline gefragt hat, auf wen ich warte und ob er mir helfen könne, wusste ich nicht, was ich antworten sollte. Ich warte auf meinen Brieffreund aus Australien, den eine Flaschenpost aus dem Jahr 1999 in mein Leben gespült hat. Auf meinen Sam, dem ich wehgetan und den ich irgendwo im Ozean wieder verloren habe.
Alles Unsinn!
Also habe ich gelogen und gesagt, ich hätte mich in der Flugnummer geirrt. Dann bin ich nach Hause gefahren und habe mich weinend ins Bett verzogen. Ich bin froh, dass Mathilda dieses Wochenende bei ihrem Vater ist und mich so nicht sieht. Denn auch bei ihr wüsste ich nicht, was ich antworten sollte.
Ich habe dich verloren.
Nicht wahr, Sam?

So wie schon einmal, als du deinen Surfunfall hattest. Man sollte glauben, ich würde mich so langsam an das Gefühl gewöhnen, aber die Wahrheit ist: Es tut höllisch weh.
Vielleicht bist du ja eine Flaschenpost, Sam.
Vielleicht muss ich abwarten, sehen, ob der Ozean so gnädig ist, dich eines Tages wieder in mein Leben zu spülen, oder ob deine Reise ein ganz anderes Ziel hat.
Auch wenn mein Gedankenkarussell mich etwas anderes glauben machen will, weiß ich nur zu genau, dass wir keine Teenager mehr sind.
Niemand wird warten.
Nicht du auf mich und nicht ich auf dich.
Wir werden weitermachen und uns vielleicht eines Tages an die gemeinsame Zeit erinnern, die eine verblassende Erinnerung auf Papier sein wird. Ein Kapitel im Lebensbuch, nicht mehr.
Habe ich recht?
Ich stelle diese Frage in die Leere. Dahin, wo du warst. Und ich werde dir auch weiterhin schreiben. Weil alleine die Tatsache, zu wissen, dass du da draußen irgendwo auf den Wellen reitest, reicht, um den Mist hier etwas erträglicher zu machen.
Egal, was du mir vorwirfst: Ich bin nicht davongerannt. Ich war da.

Deine Lena

München, 18. Mai 2017

Lieber Phantom-Sam,

heute bin ich zum ersten Mal seit langer Zeit wieder zur Eisbachwelle gegangen. Eine ganze Weile hatte ich sie gemieden, aus Sorge, dort in eine Bärenfalle zu treten, aus Angst vor dem rostigen Metall, das sich in mein Fleisch bohren würde. So fühlt es sich an, wenn ich an dich denke und weiß, du bist weit weg und hasst mich.
Und doch haben mich meine Schritte heute einfach so dorthin geführt. Fast eine Stunde habe ich den jungen Männern und Frauen auf ihren Surfbrettern zugesehen. Manche sind wohl noch ziemliche Anfänger, sie wurden nach wenigen Sekunden auf der Welle nach hinten gespült, wo sie sich mühsam ans Ufer zogen und wieder in die Schlange stellten. Andere waren richtige Profis, die wilde Tricks vollführten und sich bejubeln ließen. Ich wusste gar nicht, was man so alles auf dieser kleinen Welle anstellen kann.
Ich musste an dich denken.
Natürlich musste ich an dich denken.
Als ob ich dafür einen besonderen Anlass bräuchte. Ich habe mir vorgestellt, wie ich dir das alles hier gezeigt hätte. Wie du es vielleicht sogar probiert hättest. Wie ich dich bejubelt hätte, selbst wenn es dich sofort nach hinten gespült hätte.
Sehr viel »hätte«, ich weiß.
Die Eisbachwelle hätte dein Secret Spot weit weg von Australiens Stränden werden können.
Jetzt ist es meiner.

Der Ort, an dem ich ganz ungeniert an dich denken kann. Mein Secret-Sam-Spot.

Deine Lena

PS: Ich habe »Surf« beendet. Ein ganz wunderbares Buch. Ich verstehe, wieso du es so gerne hast. Danke für die Empfehlung.

München, 7. Juni 2017

Lieber Sam,

es wird immer wärmer bei uns, der Sommer ist da. Manchmal ist es so heiß, dass man es nur aushält, wenn man einen kühnen Sprung in die Isar wagt. Das ist natürlich kein Vergleich mit eurem Bondi Beach, aber es ist alles, was wir haben, und – falls du dich erinnerst – ich fühle mich da sehr wohl. Mathilda wagt sich inzwischen schon etwas weiter hinein, aber nur wenn ich immer in der Nähe bleibe. Sie fürchtet sich noch immer vor Gewässern, weil ihr die Wellen in Frankreich solche Angst gemacht haben. Lieber betrachtet sie alles ehrfürchtig vom Strand aus. Und weil ich weiß, dass sie sich fürchtet, bleibe ich in ihrer Nähe. Ja, bei manchen Dingen bin ich so übervorsichtig und bei anderen so gedankenlos … Seitdem ich viel Zeit an der Eisbachwelle verbringe, ist mir die Isar viel vertrauter als früher. Manchmal stelle ich mir vor, wie es wohl wäre, wenn ich doch auch mal mein Glück versuchen würde – aber ich bin nicht mutig genug.
Ein wiederkehrendes Motiv meines Lebens.
Mathilda hat mich heute dabei erwischt, wie ich Gitarre gespielt habe. Bisher habe ich immer nur gespielt, wenn sie nicht da war. Vielleicht wollte ich erwischt werden. Als gescheiterte Musikerin entlarvt. Aber anstatt mich auszulachen, wie ich befürchtet hatte, wollte sie, dass ich ihr etwas vorspiele. Also habe ich einen meiner eigenen Songs für sie gespielt.
Was soll ich sagen, sie hat es geliebt. Ihre Augen sind riesengroß geworden, ihr Mund stand die ganze Zeit offen.

Sie konnte gar nicht glauben, was da gerade passierte: Ihre Mutter ist nicht nur weit gereist, sondern spielt auch noch Gitarre! Und das anscheinend gar nicht so übel. Kinder tun sich ja etwas schwer mit überschwänglichem Lob für ihre Eltern. Dennoch möchte ich mich bedanken, Sam. Ohne dich hätte ich meine Gitarre nie aus dem Keller geholt, meine alten CDs nicht noch mal angehört und mich auch nicht beim Open Mic vor der ganzen Stadt blamiert. Ganz sicher hätte ich Mathilda keinen Song vorgespielt. Jetzt bin ich zumindest für eine Weile ziemlich cool.
Danke.
Auch wenn ich wünschte, ich könnte dir das ins Gesicht sagen.

Deine Lena

München, 10. Juni 2017

Hi Sam,

mein Name ist Vanessa. Ich bin eine Freundin und Arbeitskollegin von Lena. Eine Freundin, die ihr gerade einen Briefumschlag geklaut hat. Dazu hast du mich gebracht!
Aber irgendwie musste ich ja an deine Adresse kommen!
Lena hat mir erzählt, was passiert ist, und auch wenn ich ihren Übersprungsausrutscher beschissen finde, tut sie mir inzwischen verdammt leid.
Ja, sie hat Mist gebaut. Und ja, sie hat dir damit sehr wehgetan, das checke ich.
Und klar, so was vergisst man nicht so einfach, aber man kann ja wohl verzeihen! Du und Lena, zwischen euch beiden ist doch was. Ihr habt euch viel anvertraut, und sie hat so von dir geschwärmt … Vielleicht hätte ich dir gegenüber nicht so kritisch sein sollen.
Aber du bist ein Fremder für mich, Sam Miller. All meine Recherchen hatten nichts zu deiner Person ergeben. Für mich warst du nie greifbar, du hättest auch ein sechzig Jahre alter Mann mit Übergewicht aus Bottrop sein können, der das Leben einer romantisch veranlagten, verlorenen Frau auf den Kopf stellt und sie dann bitterlich enttäuscht oder zerstückelt in den Kofferraum legt.
Ich sage nicht, dass du ein Frauenmörder bist, aber ich bin Lenas beste Freundin, und ich mache mir eben Sorgen. Jetzt sitze ich hier und schreibe dir selbst. Nein, Lena hat mich nicht darum gebeten. Sie weiß nichts davon.
Aber es geht ihr nicht gut, ich muss etwas tun. Ich wollte nicht sehen, wie unglücklich sie war, bevor sie dich kennen-

lernte. Ich wollte nicht hören, wie sehr sie sich in ihrem Leben gefangen fühlte.
Und dann hilft ihr ein Brieffreund? Okay, ich war etwas eifersüchtig, weil sie dir Dinge erzählt hat, von denen ich nichts wusste. Ich war auch eifersüchtig, weil sie manchmal plötzlich leuchtende Augen bekam und meinte: »Das muss ich Sam unbedingt erzählen.«
Dir. Nicht mir. Dir, du sexy Surfer ohne Gesicht.
Und obwohl ich am Anfang sicher kein großer Fan von dir war, wünsche ich mir jetzt nichts mehr, als dass du zurückkommst! Zurück zu Lena.
Sie ist eine tolle Frau, eine gute Freundin und eine wunderbare Mutter, aber klar, sie ist nicht unfehlbar! Wenn es dich beruhigt: Zwischen ihr und Johannes herrscht Eiszeit.
Zwischen ihr und der Lebensfreude herrscht auch Eiszeit.
Und das kann und will ich nicht länger mitansehen. Also, Samuel Miller, beweis mir, dass du kein blöder Arsch bist, der sich nur einen Riesenspaß mit dem Herzen meiner besten Freundin erlaubt hat! Sonst finde ich dich trotzdem und reiße dir den Kopf ab.
Spring über deinen saucoolen australischen Schatten und schreib ihr. Hör dir an, was sie zu sagen hat, und verzeih ihr.
Ich weiß nicht, wie das mit euch funktionieren kann, aber ich stehe tierisch auf Happy Ends.
Also lass dir was einfallen! Sie ist es nämlich wert, verdammt noch mal!
Und wenn du noch immer zweifelst, dann schau dir das Video auf dem Memorystick an, den ich mitschicke. Das war im Arts 'n' Boards im August. Ich glaube, das solltest du sehen.

Mit freundlichen Grüßen,
Vanessa

Secret Spot, 27. Juni 2017

Welchen Song hast du Mathilda vorgespielt?

Sam

München, 9. Juli 2017

Mein lieber Sam,

eine Postkarte! In meinem Briefkasten! Aus Australien! Mit deiner Handschrift! Die Kühle deiner Frage, das fehlende »Liebe Lena«, das fehlende »dein« vor der Unterschrift, all das ist mir nicht entgangen. All das hat wehgetan, doch die Freude überwiegt, deine Handschrift, diese abgehackten Bäume, aus meinem Briefkasten befreit zu haben!

Secret Spot? Du surfst also wieder?!
Ach, Sam, das freut mich!
Und ja, ich klinge zu begeistert und zu überdreht.

So viele Fragen schießen mir durch den Kopf, aber ich bremse mich an dieser Stelle und beantworte deine: Der Song ist etwas neuer und heißt »Just a wave away«. Das ist der, den ich beim Open Mic gesungen habe. Damit du ihn auch mal hören kannst, habe ich ihn ziemlich mies aufgenommen, und ein Kollege im Büro hat ihn mir auf CD gebrannt. Zuerst hat er mich ausgelacht, weil ich es auch als MP3 auf einen Memorystick hätte ziehen können, aber ich habe ihm erklärt, dass ich ein Old-School-Mädchen bin und mein Brieffreund gerne CDs im Auto hört, in der Auffahrt zu seinem Haus.
Ich wünsche dir viel Spaß mit dem Song.

Deine Lena

PS: Du fehlst mir.

Sydney,
meine Auffahrt,
mein Auto,
27. Juli 2017

Liebe Lena (da, siehst du?),

ich höre den Song, wie es sich gehört, im Auto. In meinen Royal Botanic Gardens. Die sich, als du »weg« warst, gar nicht mehr so angefühlt haben. Eigentlich wollte ich das Lied hassen, es albern, kitschig und austauschbar finden. Vielleicht, damit ich weiter wütend auf dich sein kann.
Zu dumm nur, dass du noch immer du bist.
Zu dumm nur, dass deine Worte, ob geschrieben oder gesungen, noch immer ihr Ziel finden.
Zu dumm, dass dieser Song einzigartig ist. Du und deine Gitarre, ohne die Perfektion eines Studios, das die Hintergrundgeräusche rausfiltert, die Stimme verändert und den schrägen Ton bei Minute 2:12 ausbügelt.
Nur du und die Gitarre, wie damals. Wieder erzählt ihr eine Geschichte, die mir so vertraut vorkommt.
Diesmal, weil sie unsere ist.
Du wusstest, dass ich es mir anhöre, und du wusstest auch, dass ich sofort verstehe, über wen du da singst, nicht wahr?
Das ist nicht fair, Lena. Das ist absolut nicht fair.
Ich will noch immer wütend auf dich sein. Ich will dir nicht schreiben. Aber stattdessen sitze ich hier, höre mir deinen Song immer und immer wieder an und erinnere mich an die Dinge, die davor passiert sind.
Vor Johannes.
Vor eurer gemeinsamen Nacht.

Daniel sagt, ich hätte kein Recht darauf, dir Vorwürfe zu machen, schließlich habe ich fast zwei Jahre gewartet, um das zu tun, was ich schon viel früher hätte tun sollen: in ein Flugzeug steigen und zu dir fliegen. Um zu sehen, ob meine Einbildung nicht doch die Realität ist. Aber immer kam irgendwas dazwischen. Eine Ausrede, wieso es dumm wäre, einen so langen Flug auf mich zu nehmen, um eine Frau zu besuchen, die vielleicht bloß enttäuscht ist, wenn sie mich erst mal wirklich kennenlernt – oder die so anders ist, als ich sie mir in meiner Fantasie ausgemalt habe. Ich hatte Angst, weil unsere Geschichte an der Realität zerbrechen könnte, und so habe ich gekniffen.

Jedes Mal.

Bei jedem Brief.

Bis es zu spät war, weil ein anderer Mann schneller war. So wie Johannes es zurück in dein Leben geschafft hat, könnte eines Tages ein anderer Mann – jemand, der in deiner Nähe ist! – einfach »Hallo, darf ich dir einen Drink ausgeben?« sagen. Und dann? Dann bin ich noch immer einen Ozean entfernt.

Zu dumm nur, dass du gar nicht so anders aussiehst als in meinen Träumen.

Deine Haare sind etwas kürzer als noch in Frankreich, aber sonst kommst du der Urlaubs-Lena, die ich auf dem Foto sehen durfte, noch immer sehr nahe. Schlimmer noch, du kommst der Lena in meinem Kopf, die ich zu deinen Worten erschaffen habe, viel näher, als ich gedacht habe.

Zu nah.

Ich mochte auch die Bluse mit den feinen Wellen.

Du hast Turnschuhe getragen. Ziemlich ausgelatschte, um ehrlich zu sein.

Dein Lächeln sah so traurig aus.

Dein feines Gesicht passt so gut zu deinen Songs. Wenn ich jetzt die Augen schließe, kann ich fast sehen, wie du singst, die Gitarre auf dem Schoß, nervös und doch so sicher – so wie du im Arts 'n' Boards gesungen hast.
Vermutlich hat Daniel recht, und ich bin ein Idiot. Warum tut es weh, dass du mit einem anderen Mann geschlafen hast, wenn du doch niemals wirklich mir gehört hast?
Weil ich es so gerne gewesen wäre.
Danke für den Song, Lena.

Sam

München, 11. August 2017

Lieber Sam,

ich bin verwirrt. Woher weißt du all das über mich? Wie ich jetzt meine Haare trage? Wie ich im Arts 'n' Boards aussah? Du warst nicht hier. Woher weißt du es also, wenn du nicht da warst? Und du warst nicht da, denn ich habe gewartet. Stundenlang, voller Hoffnung.
Du warst nicht da.
Du. Warst. Nicht. Da.
Ich war da. Ich war mit jeder Faser meines Körpers da.
Ich war so sehr da, dass ich jetzt nur die Augen schließen muss – und schon spüre ich die harten Plastikstühle im Wartebereich des Flughafens. Ich spüre die Blicke des Airline-Mitarbeiters. Ich spüre die Leere in meinem Herzen, als mir klar wurde, dass du nicht mehr durch die Tür kommen würdest.
Woher zum Teufel weißt du also, was ich anhatte und wie kurz meine Haare sind?
Erklär es mir, Sam! Meine Gedanken fahren Achterbahn, mir ist schon ganz schlecht davon. Ich hasse es, jetzt Wochen auf deine Antwort warten zu müssen, ich will sofort eine! Vielleicht sollten wir doch so mutig sein und Telefonnummern austauschen? Damit wir den jeweils anderen mitten in der Nacht aus dem Schlaf reißen können?
Sam Miller, lüg mich nicht an!
Woher hast du diesen Vorsprung? Du weißt so viel über mich. Sogar, wie ich klinge. Du schuldest mir etwas, Sam! Eine Sprachnachricht, einen Anruf, irgendwas! Ja, es freut mich, dass dir der Song – *dein* Song! – gefallen hat. Mathilda

ist noch immer sehr angetan davon und hat sogar ihren Freundinnen erzählt, ihre Mutter sei Sängerin. Ihre Worte, nicht meine. Sam, ganz ehrlich: Woher weißt du, was ich an dem Tag anhatte? Die Antwort auf diese Frage kann nur lauten: Du warst da.
Du warst zur selben Zeit wie ich an diesem Flughafen und hast mich gesehen. Aber wieso habe ich dich nicht gesehen? Wieso?
Meine Hände zittern, während ich das hier schreibe, mein Herz hämmert wie von Sinnen, ich habe Tränen in den Augen.
Ich kann gerade nicht klar denken.
Ist das deine verspätete Rache für meine Nacht mit Johannes? Falls das deine Absicht war, ist dir ein Volltreffer gelungen. Es gibt nur wenige Dinge in meinem Leben, die ich gerne ungeschehen machen würde, weil ich der festen Überzeugung bin, dass auch Fehler uns zu dem Menschen machen, der wir sind. Aber diese eine Nacht. Dieser eine Rückfall. Das würde ich auslöschen wollen, wenn ich dich dafür im Gegenzug am Flughafen hätte sehen dürfen.
Wenn auch nur kurz.
Für ein Lächeln.
Einen Moment, den ich behalten dürfte.
Beantworte mir die Frage: Warst du da???

Deine (durchdrehende) Lena

Secret Spot, 17. August 2017

Liebe Lena,

es ist schweinekalt hier in Sydney. Vermutlich nicht für dich, weil du Eis und Schnee gewöhnt bist, aber für mich. Es irritiert mich immer wieder, dass dein Sommer mein Winter und mein Sommer dein Winter ist. Als würden wir auf zwei verschiedenen Planeten leben, deren einziger Berührungspunkt unsere Briefe sind – und die Tatsache, dass wir die gleichen News im TV sehen.

Heute toben die Wellen hier ziemlich heftig, und nur die Besten der Besten wagen sich ins Wasser. Vorhin kam einer mit einer blutenden Nase raus.

Trotzdem bin ich hier.

Heute ist Rayas Geburtstag. Sie wäre dreiunddreißig Jahre alt geworden. Verrückt, oder? Als ich jünger war, dachte ich, mit dreißig wäre das Leben quasi vorbei. Mick Fanning ist sechsunddreißig und surft noch immer wie ein junger Gott!

Aber am heutigen Tag kommt mir dreiunddreißig uralt vor. Vier Jahre ist Raya nun schon nicht mehr hier. Sie hat so viel verpasst.

Wenn sie wüsste, dass ich inzwischen einen Bart trage.

Wenn sie wüsste, dass meine Mutter den Krebs besiegt hat.

Dass ich ein neues Auto habe.

Wenn sie wüsste, dass du in mein Leben gekommen bist.

All das hat sie verpasst, weil sie viel zu früh gehen musste. Obwohl ich inzwischen so viel besser mit dieser Lücke in meinem Leben umgehen kann, holt es mich an ihrem Geburtstag noch immer ein, viel mehr als an ihrem Todestag.

Weil ich feiern will, dass sie hier war, und nicht trauern möchte, dass sie weg ist.
Macht das Sinn?
Auf dem Weg hierher habe ich deinen Song gehört. Ich höre ihn immer, wenn ich im Auto bin. Als wärst du bei mir.
Und ja, ich schulde dir eine Erklärung.
Wieso ich so viel über dich weiß? Auch die Dinge, die nicht du mir geschrieben oder geschickt hast?
Dafür gibt es zwei Erklärungen.
Ich weiß, dass du den Song damals beim Open Mic mir gewidmet hast. Ich habe gehört, wie du gesagt hast, dass dieser Song nur für einen Menschen wichtig ist – und dieser Mensch ihn nicht hören kann. Und dann hast du gesungen, mit geschlossenen Augen, mit leiser Stimme, mit all deiner Leidenschaft!
Für mich.
Aber nein, ich war nicht bei dem Auftritt.
Du solltest dich bei Vanessa bedanken (am besten fragst du sie selbst, wofür).
Weshalb ich weiß, wie traurig dein Blick am Flughafen war?
Das ist eine andere Geschichte.
Ich war da, Lena.
Ich war da, bevor du da warst. Ich habe dir einfach den falschen Flug genannt. Ursprünglich sollte das eine ganz verrückte, sehr romantische Szene werden. Ich wollte dich überraschen. Du wärst zum Flughafen gekommen, und ich hätte schon dagestanden. Mit Blumen und allem.
Dann kam Johannes dazwischen.
Und ich wollte alles canceln, dich vergessen und irgendwie weitermachen. Das hätte ich auch getan, wenn da nicht Daniel gewesen wäre, der mich einen Schlappschwanz nannte und der felsenfesten Überzeugung war, dass ich dich zurück-

erobern müsse, weil dein idiotischer Ex-Johannes ein Wichser sei, der im »richtigen« Moment deine Schwachstelle ausgenutzt habe. Das sind Daniels Worte, die ich nur zu gerne wiedergebe. Und er hatte recht. Ich wäre ein jämmerlicher Schlappschwanz gewesen, wenn ich nicht in dieses Flugzeug gestiegen wäre.

Ich wusste, dass du es bist, noch bevor du am richtigen Gate standst. Obwohl du behauptest, der Lena von damals (die immer bei mir ist, weil ich dir versprochen habe, auf sie aufzupassen) nicht mehr ähnlich zu sehen, muss ich dich enttäuschen. Du bist noch immer das Mädchen, das hier mit dem Wind in den Haaren getanzt hat. Das Herz voller Träume. Du magst reifer geworden sein, aber ich habe nicht einen Augenblick daran gezweifelt, dass du Lena bist.

Meine Lena.

Und genau da hat mich der Mut verlassen. Du warst *so* sehr meine Lena aus den Briefen, dass ich es mit der Angst zu tun bekommen habe. Als gäbe es kein Zurück mehr, wenn wir uns erst einmal berührt hätten. Wenn ich wüsste, wie deine Haare riechen. Wie deine Lippen schmecken. Irgendwann müsste ich wieder gehen. Zurück nach Australien, wo mein anderes Leben wartet. Du würdest nicht mitkommen. Du hast ja Mathilda, Johannes, dein Leben in München.

Ich hatte Angst vor der Ernsthaftigkeit meiner Gefühle. Das alles wurde mir bewusst, als du da standest, so wunderschön, so zerbrechlich und gleichzeitig so tough. Du bist nicht davongerannt. Aber ich.

Du bist nicht nur meine Brieffreundin, Lena. Du bist Mutter, Tochter, Freundin. Du kannst nicht weg. Das könnte ich niemals von dir verlangen. Und ich weiß nicht, ob ich den Mut hätte zu bleiben.

Also habe ich sofort einen Flug zurück nach Sydney gebucht und nur dieses Bild von dir mit nach Hause genommen. Jetzt weiß ich, dass es dämlich war. Und feige.
Ich bin vielleicht wieder in den Flieger gestiegen. Aber ein Teil von mir ist auf diesem Flughafen geblieben. Bei dir. Unbemerkt, sogar von mir selbst.

Dein Sam

PS: Anbei ein Foto.

München, 27. August 2017

Mein lieber, dummer, dummer Sam,

wo soll ich anfangen?
Wie kannst du in einem Brief so viele Gefühle wecken und dann nicht da sein, damit ich dich umarmen kann?
Deine Trauer um Raya bricht mir das Herz. Ich fühle mich hilflos. Alles, was ich dazu sage, könnte so wirken, als wollte ich, dass du sie loslässt, damit ich ihren Platz einnehmen kann. So meine ich es aber nicht. Die Qual mitanzusehen, der du dich aussetzt, tut einfach nur weh.
Ich mache dir einen Vorschlag: Schreib ihr. Eine Flaschenpost. So kannst du sicher sein, dass der Ozean deine Worte zu ihr bringt. Es sind oft die Worte, die wir unausgesprochen in uns tragen, die am meisten wehtun. Ich weiß, ich weiß, das bringt dir Raya nicht zurück. Aber, Sam, niemand kann sie dir zurückbringen. Du musst für dich einen Weg finden, mit deinem Leben weiterzumachen. Es ist dein Leben, von dem Raya immer ein Teil sein wird.
Und dann noch eine andere Bitte: Hör auf, Entscheidungen für mich zu treffen. Wie du richtig erkannt hast, bin ich tough. Ich kann selbst denken, entscheiden und handeln. Und meine Fehler mache ich ganz allein, wie du weißt.
Ja, ich habe Mathilda, meine Familie. Nein, ich kann mir nicht vorstellen, sie aus ihrem Leben zu reißen und Hals über Kopf nach Australien auszuwandern. Aber meinst du nicht, ich hätte dich sehen sollen? Sehen müssen!
Jetzt betrachte ich dein Gesicht auf dem Foto, das du so lapidar in einem PS ankündigst, als wüsstest du nicht, wie aufregend es ist, ein aktuelles Bild von dir zu bekommen.

Ein echtes Bild, nicht eines, das ich mir im Kopf zusammengebastelt habe. Du, mein lieber Sam, hast dich ganz schön verändert! Auf dem Foto von Sam19 sehe ich einen abenteuerlustigen Jungen mit Flipflops und Surfboard, der keine Sorgen hat und immer nach vorne blickt. Jetzt sehe ich einen Mann, der reifer wirkt. Als hätte er sein Alter überholt. Einen nachdenklichen Blick aus wunderschönen Augen, volle Lippen, die trotzdem ein Lächeln andeuten, und diesen leichten Bartschatten, der dich sexy und verwegen aussehen lässt. Was hätte ich dafür gegeben, diesen Mann in die Arme zu schließen. Endlich. Aber nein, du musstest dich ja verstecken. Weil du glaubtest, nicht verlangen zu können, was wir uns doch beide wünschen: Zeit. Gemeinsame Zeit.

Und nein, ich habe keine Ahnung, wie wir das anstellen sollen, wie wir unsere beiden Leben auf einen Kontinent (oder zumindest in eine gemeinsame Zeitzone) bringen können. Aber, Sam, wenn wir am Ende nur das sind: zwei Menschen, die durch das Tanzen der Wellen und eine vergessene Flaschenpost zusammengeführt wurden … meinst du nicht, dieser eine Kuss steht uns zu? Eine Erinnerung an etwas mehr als nur Papier?

Du kannst nicht einfach eine Ausfahrt nehmen, die dir einen Blick auf mich ermöglicht, aber mir keinen auf dich. Das ist nicht fair. Und das werde ich nicht zulassen.

Ich habe heute Mathilda zu Johannes gebracht. Bei uns in Bayern haben die Schulferien begonnen, und sie verbringt dieses Jahr zwei Wochen mit ihrem Vater in Griechenland.

Zwei Wochen, Sam.

Ich werde jetzt ins Reisebüro gehen, mir einen günstigen Flug suchen und zu dir kommen. Ich werde dir nicht verraten, wann ich ankomme, damit du nicht das Land verlas-

sen kannst. Aber ich habe deine Adresse – und bei Gott, ich werde dich finden.
Und dann hole ich mir den Kuss, auf den ich seit zwei Jahren warte.
Der August könnte unser Monat werden. Ein Geheimnis wie eine Flaschenpost.
Erinnerst du dich?

Deine Lena

PS: Renn bitte nicht davon. Nicht dieses Mal.

Sydney, 3. September 2017

Liebe Lena,

ich schreibe diese Zeilen, während du neben mir im Bett liegst und schläfst. Friedlich. Ruhig. Ab und zu huscht ein Lächeln über dein Gesicht. Wer weiß, vielleicht träumst du etwas Schönes?
Ich kann immer noch nicht so ganz begreifen, was in den letzten Tagen passiert ist. Wie du plötzlich vor meiner Tür standst und mich ansahst. Müde vom Flug, bibbernd vor Kälte – und strahlend vor Glück. Glaub mir, noch nie in meinem ganzen Leben habe ich einen solchen Gefühlscocktail erlebt. Ich hatte keine Ahnung, wann du auftauchen würdest, aber als es an der Tür klopfte, wusste ich sofort, dass du es bist.
Mein Herz wusste es.
Dieses Herz, das in den letzten Tagen ziemlich viel ertragen musste.
Das erste Wort aus deinem Mund war »Hi«. Und ich habe selten etwas Schöneres gehört. Gut möglich, dass deine pure Anwesenheit wie eine Droge auf mich wirkt, denn seit dem Augenblick, in dem ich dein »Hi« hörte, nehme ich alles andere etwas verschwommen wahr. Mein ganzer Fokus gilt nur dir.
Als du mich leise gebeten hast, nicht davonzulaufen. So wie du es schon so oft in deinen Briefen getan hast. Doch dieses Mal warst du da. Und ich wollte gar nicht wegrennen.
Unser erster Kuss.
Der sich so vertraut anfühlte. Als hätte ich genau gewusst, wie es ist, dich zu küssen. Zuerst schüchtern, dann leiden-

schaftlich. Wie du meine Umarmung erwidert, mir vertraut hast. Als ich deine Hände im Nacken spürte, überlief mich tatsächlich ein Schauer. Deine Berührung auf meiner Haut, das war vertraut und zugleich ganz neu. Das Wissen, dich so gut zu kennen, und die Spannung, dich neu entdecken zu dürfen. Komisch, ich habe mich so sicher gefühlt, ohne Sorge, etwas falsch machen zu können. Ich hätte dich gerne erst durch meine Wohnung geführt, bevor wir in meinem Bett landeten, aber zwei Jahre ist eine verdammt lange Zeit für ein Vorspiel, nicht wahr? Das Warten hat sich allerdings gelohnt.

Nie werde ich vergessen, wie du dich langsam, ganz ohne Hast, vor mir ausgezogen und mir dabei ununterbrochen in die Augen geschaut hast. Es war, als hätte ich dich schon unzählige Male nackt gesehen. Und irgendwie habe ich das ja auch. Mit jedem Brief hatten wir ein Kleidungsstück mehr abgelegt, unsere Seele nach und nach entblößt. Dich hier in meinem Schlafzimmer zu haben, war der letzte konsequente Schritt. Einer, von dem ich so oft geträumt hatte. Und dann war doch alles anders als in meinem Kopf. Das kleine Muttermal an deinem Hals. Die Narbe an deiner Hüfte. Die seidigen Härchen in deinem Nacken. Da erst habe ich verstanden, dass du wirklich da bist. Ich kann dir gar nicht beschreiben, was ich empfunden habe, als du mir mein T-Shirt ausgezogen hast und sofort wusstest, wofür das kleine Wellentattoo an meinen Rippen steht, von dem ich dir nie erzählt hatte. Du hast den Schmerz von damals weggeküsst, ohne mir die Erinnerungen zu nehmen.

Der Blick in deinen Augen, als ich über dir war und wir den gemeinsamen Rhythmus fanden, diesmal ganz ohne Worte. Als würden unsere Herzen uns leiten. Deine Küsse, deine Hände, die nach meinen griffen, dein leises Stöhnen an meinem Ohr, die Art, wie du meinen Namen sagtest. All das wird immer in meinem Gedächtnis bleiben. Was auch passiert. Wenn du morgen in den Flieger nach Hause steigst, wird so viel von dir bei mir bleiben.

Du hättest dein Gesicht sehen sollen, als ich dir meinen Secret Spot gezeigt habe, die hohen Wellen, den stürmischen Ozean. Ich habe dich nicht ausgelacht, aber es war so entzückend, diese großen Augen zu sehen. Wie du mich angeblickt und ganz trocken gemeint hast: »Das letzte Mal, als ich hier war, waren sie noch nicht so hoch!«

Ich weiß, du hast dir Sorgen gemacht, als ich mit dem Board rausgepaddelt bin. Du wolltest mich davon abhalten, aber ich wollte, dass du mich surfen siehst, damit du verstehst, was es für mich bedeutet. Gut, ich wollte dich auch ein bisschen beeindrucken ...

Der Kaffee, den wir nachher zusammen in meinem Auto getrunken haben, während du mit geröteten Wangen, in eine Decke gewickelt, neben mir gesessen hast und wir deinen Song gehört haben. Ich wette, es war dir unangenehm, dass ich dich dabei beobachten konnte. Ist es mir gelungen, deine Zweifel wegzuküssen? Immerhin hast du gelächelt, und es kam mir so vor, als wärst du in dem Moment sogar selbst von deinem Song überzeugt.

Mein Secret Spot ist jetzt unserer geworden, Lena. Von nun an fahre ich da nicht mehr zum Surfen hin, sondern um dich zu treffen, wenn du nicht mehr hier bist.

Nicht mehr hier bist.

Wieso tut es so weh, diese Worte zu schreiben?

Als hätten wir nicht gewusst, dass unsere gemeinsame Zeit begrenzt ist. Ich weiß noch nicht, wie weh es tun wird, dich morgen loslassen zu müssen. Gut möglich, dass es mein Herz vorübergehend außer Gefecht setzt.

Waren wir verrückt, als wir alle Warnschilder ignoriert haben? Wahrscheinlich. Aber das war es wert, oder?
Ich nehme alles in Kauf, was kommen mag. Weil ich dich jetzt im Schein der Nachttischlampe betrachten darf, wie du in meinem alten T-Shirt neben mir liegst und mein Leben vollständig machst. Vielleicht wird uns das ganz große Glück in der Zukunft verwehrt bleiben, aber jetzt ist es da. Jetzt halte ich es und dich fest.
Lena, ich habe es noch nicht gesagt, und ich weiß nicht, ob ich den Mut finde, es morgen zu sagen. Aber du sollst nicht glauben, dass ich es nicht fühle. Es mag auch einfach nur richtig sein, dass ich es das erste Mal in einem Brief sage: Ich liebe dich!
Ich liebe dich mehr, als ich es für möglich gehalten hätte. Ich weiß nicht, was aus uns wird, wohin wir gehen und ob wir das alles hier, diese Tage in einem Paralleluniversum, noch einmal werden erleben dürfen. Aber ich möchte, dass du weißt, wie glücklich ich mit dir bin.
Ich liebe dich, Lena Beyer.

Dein Sam

PS: Der August bleibt für immer unser Monat.

Dubai, 4. September 2017

Sam,

wer hätte gedacht, dass die vier Stunden in Dubai so unerträglich werden? Irgendwie muss ich sie überstehen, bevor ich wieder in den Flieger steige, der mich noch weiter von dir weg trägt. Sosehr ich mich auf Mathilda und ihre ungestümen Umarmungen freue, es liegt ein Schatten auf der Vorfreude, sie wiederzusehen. Meinst du, eines Tages wird es möglich sein, euch beide bei mir zu haben? Das ist zu früh, nicht wahr?

Ich bin noch nicht mal richtig weg. Immer noch kann ich deine Umarmung fühlen, deinen Duft in meinem Pullover riechen, deine Lippen auf meinen spüren.

Australien war beim ersten Mal schon atemberaubend, aber diesmal warst *du* da. Man sollte dich mit dem Opera House, der Harbour Bridge und dem Ayers Rock auf die Liste der Sehenswürdigkeiten des Landes setzen. Aber dann würden die Leute auch an deinen Secret Spot wollen, und ich bin zu egoistisch, um ihn – oder dich – mit der Welt teilen zu wollen. Dabei wäre ich bereit, die ganze Welt mit dir zu teilen.

Sam, was haben wir nur getan? Diese Tage mit dir haben mich alles intensiver erleben lassen. Ich habe mir alles ganz genau eingeprägt, auch die Kleinigkeiten, die das große Ganze erst vervollständigen.

Wie du dir über das Kinn fährst, wenn du an einer Kreuzung auf Grün wartest.

Wie du die Zitronenscheibe aus dem Getränk fischst, um sie zu essen.

Wie du deinen Kaffee trinkst und dir dabei jedes Mal die

Zunge verbrennst, als ob du vergessen hättest, dass es sich um ein Heißgetränk handelt.
Wie du mir aus deinem aktuellen Lieblingsbuch vorliest, ganz konzentriert.
Wie du mich ansiehst, wenn du denkst, ich merke es nicht.
Wie du mir zuhörst, wenn ich rede, aufmerksam, liebevoll und immer ganz da.
Nie warst du weg, immer bei mir. Nicht nur, wenn wir uns geküsst oder miteinander geschlafen haben, sondern auch an der Kasse am Supermarkt, als ich die Einkäufe aufs Band gelegt habe.
Wie du versucht hast, am Flughafen nicht zu weinen, damit ich nicht weine.
Wie du dann doch geweint hast, bei unserer letzten Umarmung.
Sam, du warst so sehr bei mir, dass ich mich jetzt ganz einsam fühle. Verloren in einem fremden Land, voller fremder Zeichen, Worte und Menschen. Ich bin noch nicht angekommen, noch nicht ganz weg. Dubai, nur ein Zwischenstopp. Weit weg von dir und doch nah genug. Wenn ich meine Hand ausstrecke, kriege ich deine dann noch zu fassen?
Ich wollte nicht gehen. Nicht aus deinem Haus mit den vielen Büchern, die sich überall stapeln. Nicht aus deiner Umarmung. Ich wollte in deinem Bett liegen bleiben, an dich gekuschelt, in deinem T-Shirt (wundere dich nicht, wenn du es nicht findest, ich habe es entführt!), bei dir, in deinem Leben.
Und doch bin ich gegangen. Weil zu Hause alles auf mich wartet. Es wird schwer sein, zurück in den Alltag zu finden, nach dieser gemeinsamen Zeit mit dir. Morgen werde ich ohne dich aufwachen. Mit der Hand werde ich über die leere Bettseite tasten, in diesem Moment zwischen Traum und

Erwachen, wenn ich noch hoffen kann, dass du da bist, und bevor ich weiß, dass du es nicht bist.

Ich mag nicht daran denken, wie es sein wird, beim Einschlafen deinen Atem nicht zu hören. Noch nicht.

Noch bin ich hier, in einer Zwischenwelt.

Da, wo du mir näher bist als zu Hause.

Sam, ich weiß nicht, was das mit uns ist, aber ich weiß, dass ich mich in dich verliebt habe. Nicht ein bisschen, sondern voll und ganz. Ich wusste es schon lange, aber jetzt hast du dich so weit in mein Herz geschlichen, dass ich nicht weiß, ob du aus diesem Labyrinth jemals wieder herausfindest.

Ich liebe dich, Samuel Miller.

So, wie man lieben sollte. Voll und ganz.

Deine Lena

München, 7. September 2017

Lieber Sam,

dein Brief, deine Worte, die Erinnerung an unsere gemeinsame Zeit haben mich hier in München aufgefangen, bevor ich in ein tiefes Loch fallen konnte.

Das und Mathilda.

Ihre strahlenden Augen, ihre vielen lustigen Sommersprossen. Und nein, sie hat sich auch in Griechenland nicht so richtig ins Wasser getraut. Obwohl Johannes wohl versucht hat, ihr die Angst zu nehmen. Als ich sie abgeholt habe, wollte sie mich gar nicht mehr loslassen und ist irgendwann mitten in ihren Urlaubserzählungen einfach eingeschlafen. Ihr habe ich es zu verdanken, dass ich mich nicht jeden Abend in den Schlaf weine, weil ich dich so schrecklich vermisse. Aber wer fängt dich auf?

Wie geht es dir? Hast du in dein normales Leben zurückgefunden? Hier fühlt sich noch immer alles etwas merkwürdig an, und auch wenn ich die Sonne und die Spaziergänge an die Eisbachwelle genieße, so fehlt doch so vieles, an das ich mich in diesen wenigen Tagen gewöhnt habe.

Findest du es eigentlich albern, dass wir uns noch immer schreiben, obwohl wir uns jetzt auch anrufen könnten? Ich weiß, der Tag wird kommen, an dem ich deine Nummer wähle, weil mir deine Stimme fehlt. Aber ich möchte diese Briefe nicht aufgeben, weil ich sie immer und immer wieder lesen kann. Wie eine Art Tagebuch unserer Geschichte. Verstehst du, was ich meine?

Johannes wollte wissen, wieso es mich so spontan ans andere Ende der Welt gezogen hat. Ich habe ihm erzählt, ich

hätte alte Freunde besucht. Eine kleine Notlüge, ich hatte keine Lust, ihm zu sagen, bei wem ich wirklich war. Das nimmst du mir nicht übel, oder? Ich möchte dich einfach noch nicht teilen. Auch meine Freunde waren neugierig, aber außer Vanessa weiß niemand Bescheid.
Und dabei werde ich es wohl noch eine Weile belassen. Irgendwann werde ich sagen: »Vor Jahren habe ich diesen Mann kennengelernt, und den habe ich besucht, weil mein Herz diese Entfernung nicht mehr länger ausgehalten hat.«
Aber noch nicht. Ich behalte dich noch für mich ganz alleine.
Nicht wegen der Fragen, die kommen würden.
Sondern wegen dir.
Du, Sam, du bist etwas Besonderes.
Und ich möchte dich – nein, uns! – so lange wie möglich vor den Zweifeln der Welt schützen. Ich will von anderen keine realistische Einschätzung der Chancen für eine erfolgreiche Beziehung über 16.333,68 km hinweg hören. Es interessiert mich nicht, welche Hürden sie sehen und welche Probleme wir ihnen zufolge bekommen werden. Das weiß ich alles selbst ganz gut. Stattdessen möchte ich noch etwas die Nachwirkungen unserer gemeinsamen Zeit auskosten. Ich möchte mich auf der Straße umdrehen, weil ich meine, dich im Bus sitzen gesehen zu haben. Ich möchte abrupt stehen bleiben, weil ein Passant ein Aftershave benutzt, das mich an deines erinnert. Ich möchte morgens länger im Bett bleiben, weil ich deine Berührungen noch zu spüren meine.
Das alles würden sie mir wegnehmen. Und das will ich nicht.
Du fehlst mir, Sam. Weit mehr, als du mir vor meiner Reise zu dir bereits gefehlt hast.
Ich liebe dich.

Deine Lena

Secret Spot, 13. September 2017

Meine Lena,

du weißt es nicht, aber ich habe gehört, wie du »Ich liebe dich« zu mir gesagt hast. Als du dachtest, ich würde schlafen. Ich habe es gehört, wollte aber die Augen nicht öffnen. Aus Angst, es könnte doch nur ein Traum sein.
Jetzt habe ich die drei Worte schwarz auf weiß und lese sie immer und immer wieder. Ich habe deine Stimme noch so genau im Ohr und weiß, wie du klingst, wenn du meinen Namen aussprichst. Gerade sitze ich an unserem Secret Spot, beobachte die tosenden Wellen und denke daran, dass du vor nicht allzu langer Zeit neben mir auf dem Beifahrersitz gesessen und mich angesehen hast, die Beine an den Körper gezogen. Immer wieder hast du mein Gesicht berührt, als könnte ich mich jeden Moment in Luft auflösen.
Dabei bist du diejenige, die sich aufgelöst hat.
Zurück in dein Leben.
Es freut mich, dass Mathilda dir hilft, wieder im Alltag anzukommen. Ich leide noch immer am Lena-Hangover, spaziere ziellos durch die Stadt oder bemerke zu spät, dass ich meine Haltestelle verpasst habe. Weil meine Gedanken bei dir sind. Und nein, ich möchte diese Brieffreundschaft nicht beenden. Natürlich ist es schön, deine Stimme zu hören, zu wissen, dass ich dich einfach anrufen kann, aber in unseren Briefen bist du mir noch näher. Es fällt mir leichter, Dinge auf Papier zu bringen, als sie auszusprechen. So laufe ich nicht Gefahr, dass sie mir in der Kehle stecken bleiben. Deine Briefe, die sind es, die mich daran erinnern, was für einen weiten Weg wir bereits zurückgelegt haben. Die schönen und nicht ganz

so schönen Momente. Beweise dafür, dass sie wirklich passiert sind.
Dass *wir* wirklich passiert sind.
Darf ich trotzdem fragen, wie Johannes auf deinen spontanen Trip ans andere Ende der Welt reagiert hat? Ich bin gerne dein Geheimnis, aber es würde mich doch interessieren, wie es ab jetzt laufen wird. Erzählst du ihm von mir? Von uns? Daniel, der ja die Ehre hatte, dich kennenzulernen, fragt immer mal wieder nach dir – aus rein platonischen Gründen, wie er mir glaubhaft versichert. Auch wenn er von dir als »Jackpot« spricht. Ich bin froh, dass er dich gesehen, mit dir gesprochen und mir versichert hat, dass es dich tatsächlich gibt und du kein Hirngespinst bist.
Er mag dich. Ich denke, er wird mich dennoch in den kommenden Wochen mit den gleichen Fragen konfrontieren, wie es deine Freunde bei dir tun würden, wenn sie von mir wüssten. Und ich habe noch keinen blassen Schimmer, was ich ihm antworten soll.
Du bist bis ans andere Ende der Welt gekommen, damit aus einem Traum Realität wurde. Doch was sind wir jetzt?
Du fehlst mir, Lena. Mehr, als dieser Brief verrät.
Ich liebe dich.

Sam

München, 24. September 2017

Lieber Sam,

ich weiß es sehr zu schätzen, dass du deinen Wecker mitten in der Nacht stellst, damit wir telefonieren können. Entschuldige bitte, dass es trotzdem manchmal so chaotisch ist, aber ganz sicher werden wir bald einen besseren Zeitpunkt für unsere Telefonate finden. Ich glaube, ich möchte Mathilda demnächst von uns erzählen. Keine Ahnung, welche Worte ich wählen werde, aber sie soll wissen, dass es diesen Mann namens Sam Miller gibt, der ihre Mutter sehr glücklich macht.

Und dann werde ich es irgendwann auch Johannes sagen. Bisher weiß er ja nur, dass ich Freunde besucht habe. Er fand übrigens, um Freunde zu besuchen, hätte ich nicht ans andere Ende der Welt fliegen müssen. Johannes mag Australien nicht. Vielleicht weil ich dort war, bevor er mich kennengelernt hat. Ich war damals ein anderer Mensch, und ich bin gar nicht sicher, dass ich ihm so auch gefallen hätte. Johannes mag das Leben gern geordnet. Alles schön in Schubladen sortiert.

Das ist nicht fair! Ich sollte mit dir nicht so viel über ihn sprechen. Immer, wenn ich dir von ihm schreibe, bin ich gerade sauer auf ihn. Also erzähle ich dir nur Schlechtes, und du magst ihn dann automatisch nicht. Das ist euch beiden gegenüber nicht fair.

Ich bin froh, dass du Daniel hast. Zumindest zerredet er dir unsere Beziehung nicht. Und das zu wissen, tut gut.

Vanessa will alle Details hören: wie dein Haus aussieht, wie dein Schlafzimmer eingerichtet ist, wie oft wir miteinander geschlafen (und ob wir verhütet) haben, ob du ein guter Küsser bist, und ob du so umwerfend charmant bist, wie sie annimmt.

Keine Sorge, die wirklich intimen Details behalte ich für mich, aber es ist schön, unsere gemeinsamen Erinnerungen wieder und wieder aufleben lassen zu können.

Ich habe ihr erzählt, wie sexy du im Neoprenanzug aussiehst und wie unverschämt lecker deine Pancakes schmecken. Sie war ziemlich überrascht, dass du einen ordentlichen Kleiderschrank hast. Ja, ich habe mir alles so genau eingeprägt, selbst Dinge, die du an dir selbst nicht magst. Etwa die Narbe an deiner Augenbraue oder dass du im Kino eine Brille tragen musstest, weil du deine Kontaktlinsen nicht finden konntest. Habe ich dir eigentlich gesagt, wie gut du mit Brille aussiehst?

Und dann das Konzert von Holly Throsby, auf dem wir zusammen waren, obwohl wir keins ihrer Lieder kannten. Du hast nur »Folksängerin« gelesen und dachtest, es könnte meinen Geschmack treffen – wie recht du hattest! So spontan war ich noch nie auf einem Konzert, aber ich habe es sehr genossen. Die Songs, ihre Stimme, die Geschichten, die sie erzählt – einfach wunderbar! Ist dir aufgefallen, dass außer dir nicht besonders viele Männer anwesend waren? Jedes Mal, wenn ich *Aeroplane* höre, spüre ich wieder deine Arme um mich, so wie auf dem Konzert. Nie mehr werde ich diesen Song hören können, ohne an dich zu denken – so wie jetzt gerade. Ich habe schon wieder die CD eingelegt, die du auf dem Konzert für mich gekauft hast. Weil man auf Konzerten immer CDs kauft. Alleine für diesen Spruch liebe ich dich noch mehr.

Weißt du, was mein persönliches Highlight war? Du darfst nicht lachen: Als wir Hand in Hand über die Kopfsteinpflasterstraßen am Hafen zum Restaurant geschlendert sind. The Rocks, diese Ecke hat mir besonders gut gefallen, was wohl an der Aussicht auf die Harbour Bridge lag, aber auch an den Pubs, dem pulsierenden Leben, den Märkten – und an deiner Hand in meiner. Die Menschen haben uns als ganz normales Paar gesehen, ich wette, niemand hätte gedacht, dass wir uns vor wenigen Tagen zum ersten Mal gesehen haben. Du bist mir so vertraut, Sam. Ich kann mich an dich lehnen und weiß, dass du da bist. Stundenlang könnte ich dir zuhören, wenn du von Sydneys Vergangenheit als Strafkolonie erzählst. Ich glaube, dir ist nicht bewusst, wie stolz du auf deine Stadt bist. Ich habe es so sehr genossen, sie für eine kleine Weile durch deine Augen betrachten zu dürfen. Wie gerne wäre ich jetzt mit dir an deinem Secret Spot! Ich würde dafür sogar den Sommer hier sausen lassen und mich dem kalten Wind stellen. Für dich würde ich auf fast alles verzichten.

Ja, ich zähle schon die Stunden, bis ich wieder deine Stimme hören kann. Ich sollte es aufnehmen, wenn du mir am Telefon eine Textstelle vorliest, die dich besonders berührt hat, damit ich sie mir beim Einschlafen noch einmal anhören kann.

Weißt du, was schrecklich traurig ist? Dein T-Shirt riecht kaum noch nach dir. Es riecht inzwischen viel mehr nach mir, weil ich es zu oft trage und mich morgens kaum davon trennen mag. Es ist, als müsste ich mich aus deiner Umarmung lösen. Glaubst du, wir werden unsere Briefe irgendwann wieder lesen und uns schrecklich für die Dinge schämen, die wir in unserer Verliebtheit geschrieben haben? Ich hoffe nicht. Denn alles, was ich jetzt schreibe, empfinde ich auch wirklich so. Wenn ich also irgendwann in der bösen Zukunft behaupten werde, dass ich es damals nicht so gemeint

habe, dann kannst du sicher sein: Ich lüge. Jetzt, da diese Worte aufs Papier wandern, meine ich jedes einzelne davon genau so.
Sam, ich liebe dich.

Deine Lena

PS: Welche Bücher hast du bei dem Büchermarkt mitgenommen? Ist vielleicht wieder eine Empfehlung für mich dabei?

Sydney, 2. Oktober 2017

Liebe Lena,

die Sonne geht auf, und wir haben gerade erst aufgelegt. Ich danke den Erfindern von Skype! Auch wenn du behauptest, du würdest schrecklich aussehen, ich kann dich beruhigen. Selbst die verpixelte Übertragung einer Webcam kann deiner Schönheit nichts anhaben. So oft, wie ich den Monitor meines Laptops berührt habe, in der Hoffnung, deine Haut zu spüren …

Und auch wenn es nicht dasselbe ist, wie dich hier bei mir zu haben, will ich mich nicht beschweren. Ich sehe dich lachen, merke, wenn du verlegen bist oder müde wirst, und weiß genau, dann ist es Zeit, dich ins Bett zu schicken. Das fällt mir jetzt um einiges leichter, da ich weiß, ich sehe dich wieder.

Inzwischen habe ich mich sogar an die acht Stunden Zeitverschiebung gewöhnt. Du gehst schlafen, ich stehe auf. So ist das, wenn man in der Zukunft lebt. Aber mein Tag beginnt mit dir, das ist besser als jeder doppelte Espresso! Ich vermisse dich schrecklich, das muss ich dir sicher nicht erzählen. Aber deine Stimme zu hören, dein Gesicht zu sehen und dann als Bonus noch deine Briefe obendrauf – es könnte schlimmer sein. Wenn ich gewusst hätte, wie mein Herz klopft, sobald dein Skypeanruf durchkommt, dann hätte ich es schon viel früher angeregt.

Aber besser spät als nie, oder? Übrigens, heute ist ein ganz besonderer Tag: Daniel und ich haben ein neues Design für ein Surfboard entworfen und wollen uns nun daranmachen, es zu shapen. Jimmy, ein ziemlich guter Surfer aus unserer Gegend, kommt dazu, um seine Einschätzung abzugeben.

Vielleicht kann er uns helfen, das Board noch perfekter zu machen. Das letzte Modell kam schon ziemlich gut bei ihm an. Und nicht nur bei ihm: Eine kleine Firma in der Nähe von Bordeaux hat Interesse daran bekundet, weil man damit auch kleinere Wellen surfen kann, sodass es auch für Nichtprofis infrage kommt. Das wäre eine neue Käufergruppe, an die wir noch gar nicht gedacht haben.
Langweile ich dich wieder mit meinem Surfboardgequatsche?
Entschuldige, aber ich bin so aufgeregt, weil dieses neue Board wirklich eine große Sache werden könnte. Ich sag dir, eines Tages wird man nicht nur die großen Namen der Szene mit unseren Boarddesigns surfen sehen, sondern auch die Hobbysurfer an Europas Küsten!
Du sagst, meine Stimme überschlägt sich und meine Augen leuchten, wenn ich über das Surfen spreche. Was witzig ist, denn Daniel behauptet, die gleichen Symptome würde ich zeigen, wenn ich über dich und unsere gemeinsame Zeit spreche. Und das tue ich wohl ziemlich oft. Lena, es gibt so viele große und kleine Momente, an die ich immer wieder denken muss: wie du in meinem T-Shirt durch die Küche getanzt bist und Kaffee gekocht hast, deine Schuhe in meinem Flur, achtlos von den Füßen geschüttelt, dein Lippenstiftabdruck an einer Kaffeetasse, als hättest du dort einen Kuss für mich zurückgelassen, deine Zahnbürste in meinem Badezimmer. Für die Zeit, in der du hier warst, waren wir mehr als Buchstaben auf Papier.
Du warst hier.
Noch immer kann ich es kaum fassen.
Du warst *hier*. Bei mir. Was meinst du? Wie lange wird es dauern, bis wir uns wiedersehen? Nicht via Skype, sondern wirklich?

Ich nerve Daniel mit meinen Geschichten, und obwohl ich weiß, dass er sich für mich freut, wird er mich bald mit Fragen nach der Zukunft quälen.
Alles, was ich darauf antworten kann, ist: Ich will dich nicht loslassen, ich will dich wiedersehen und Zeit mit dir verbringen. Ich will so gerne den Ernstfall einer Beziehung üben. Aber wie? Auf Papier?
Ich hätte vielleicht vorsichtiger sein sollen. Denn jetzt habe ich das, was ich mir so sehr gewünscht habe, und will es behalten. Dabei ist mir egal, was die anderen sagen. Solange du und ich das hier wollen, werde ich alles dafür tun, dass es funktioniert. Es ist schwer, dich nicht umarmen zu können, wenn du es dir wünschst. Obwohl ich mir einrede, damit klarzukommen, solange du irgendwie Teil meines Lebens bist, beschleicht mich dieses kühle Gefühl von Angst, weil ich denke, dass es dir auf Dauer vielleicht nicht reichen wird. Nicht reichen kann. Wir sind keine Teenager mehr, auch wenn Daniel sagt, wir würden uns wie welche benehmen. Wir haben ein Leben, einen Plan, eine Aufgabe, wir tragen Verantwortung. Wie bringen wir das alles mit unserer Liebesgeschichte zusammen?
Es ist zu früh, um solche Fragen zu stellen, das weiß ich auch. Aber glaubst du, wir haben eine Chance, Lena?
Oder wird dir eine miese Skypequalität irgendwann nicht mehr ausreichen? Mein T-Shirt riecht schon nicht mehr nach mir ... Vielleicht vergisst du bald, wie sich meine Küsse und Umarmungen anfühlen?

Dein Grübler Sam

PS: Tatsächlich habe ich nur drei Bücher mitgenommen, aber an einem davon konnte ich einfach nicht vorbeigehen.

»84, Charing Cross Road« von Helene Hanff. Kennst du es? Ein Briefwechsel zwischen einer amerikanischen Autorin und einem englischen Antiquar. Es geht um die gemeinsame Leidenschaft für Bücher. Klingt das nicht geradezu perfekt?

München, 8. Oktober 2017

Sam,

hör auf damit! Du tust es schon wieder! Du glaubst zu wissen, was das Beste für mich ist, du sagst voraus, was ich irgendwann tun, denken oder fühlen werde. Ich habe es dir am Telefon gesagt, aber hier kriegst du es blau auf weiß, Tinte auf Papier. Häng es irgendwo auf, wo du es immer wieder sehen kannst:

Nein, ich werde nicht aufhören, an uns zu glauben!

Im Moment sind wir auf Briefe, Skype, WhatsApp und Telefon angewiesen, aber das muss doch nicht immer so bleiben. Wer weiß, vielleicht ... vielleicht ... Ich weiß nicht, was vielleicht passiert. Aber ich will den Zweifeln nicht so viel Raum geben! Ich habe sogar das Gegenteil getan, Sam. Ich habe uns noch realer gemacht.
Ich habe Mathilda von uns erzählt.
Du warst schon zu lange nur »der Briefmann«, dem wir eine Postkarte geschrieben haben und der Mama zum Lächeln bringt. Ich möchte, dass sie weiß, wie du heißt und wer du wirklich bist.
Ich habe ihr sogar das Foto von uns gezeigt. Und ihr erzählt, dass ich dich besucht habe. Weil ich dich sehr, sehr gerne habe.
Sie wollte wissen, ob du ein Känguru hast. Verzeih bitte das Klischeedenken, ich habe es noch nicht geschafft, ihr das Bild des typischen Australiers auszutreiben, das die Medien hier verbreiten. Vermutlich denkt sie, du wärst wie Steve

Irwin und würdest in einem Zoo voller exotischer Tiere leben.
Sie findet, du siehst nett aus. Aus ihrem Mund ist das ein großes Kompliment. Sie wollte auch wissen, ob du jetzt so was für mich bist, wie Papa es war, bevor wir uns getrennt haben, und – du musst jetzt tapfer sein, mein lieber Sam – ich habe es bejaht. Anders, aber ja. Du bist für mich ein Mann, in den ich mich verliebt habe.
Dann wollte sie noch wissen, warum du so weit weg wohnst, wenn ich dich doch liebe. Und wenn du mich auch liebst, warum wir dann nicht zu dir und deinen Tieren ziehen würden. Sie denkt wirklich, du hättest einen Zoo. Sie will auch surfen lernen. Ich habe ihr versprochen, du würdest es ihr eines Tages beibringen. Das würdest du doch, oder? Vielleicht kannst du ihr ja helfen, ihre Angst vor den Wellen zu überwinden. Natürlich sind das nur die Träume eines kleinen Mädchens, aber ein bisschen sind es auch meine. Dich und Mathilda am Strand zu sehen, wie du sie an einem wellenlosen Strandabschnitt mit einem Surfbrett vertraut machst, während ich euch von einer Decke aus beobachte. Wer kann mir vorwerfen, solche Fantasien zu haben?
Entschuldige also, wenn ich dich in eine unangenehme Situation gebracht habe. Es ist gut möglich, dass ich nächstes Mal nicht alleine komme. Einerseits möchte ich natürlich gerne, dass du Mathilda kennenlernst, aber das ist nur die halbe Wahrheit. Damals, als Lena19 Australien besucht hat, veränderten mich das Land, die Menschen und die Erfahrungen. Für immer. Dieses Land möchte ich Mathilda zeigen. In Form einer Rundreise. Sie soll auch Perth sehen, wo alles für mich angefangen hat. Ich will, dass sie versteht, dass man sich in Orte ebenso verlieben kann wie in besondere Momente und Menschen.

Als ich ihr vorgeschlagen habe, nächsten Sommer nach Australien zu fliegen, hat sie große Augen gekriegt. Ich weiß, dass man in sechs Wochen nicht den ganzen Kontinent sehen kann, aber für einige Stationen würde es sicher reichen. Keine Ahnung, wie ich das bezahlen soll und ob wir das wirklich stemmen können, aber es ist zumindest mal ein vager Plan. Was hältst du davon, Sam? Wärst du bereit, uns zu begleiten? Zumindest für einen Teil der Reise?

Allein schon der Gedanke, mit dir und Mathilda durch Australien zu reisen, lässt mein Herz höherschlagen!

Und schick mir doch bitte ein Foto von dem neuen Surfboard. Ja, ich weiß, für mich sehen sie alle irgendwie gleich aus, aber ich möchte an deinem Alltag teilhaben (du darfst dich gern zu dekorativen Zwecken neben das Brett stellen und musst dabei auch nicht vollständig bekleidet sein). Habt ihr euch inzwischen für ein Logo entschieden?

Hier ist mehr oder weniger wieder der Alltag eingekehrt. Mathilda ist, nach einem Monat Schule, noch recht begeistert von der neuen Lehrerin, die sich tatsächlich Zeit für die Kinder nimmt. Ich glaube, das hilft Mathilda enorm. Zumindest werden die Wutanfälle seltener, Gott sei Dank.

Erinnerst du dich an den Jungen aus dem Hort, den sie doof und toll fand? Sie hat ihm eine Postkarte aus dem Urlaub geschrieben. Obwohl, eigentlich hat sie die Buchstaben eher gemalt. Aber sie hat sich große Mühe gegeben. Ich finde das sehr süß.

Letzte Woche war die neue Pflegekraft zum ersten Mal bei meinen Eltern, und während meine Mutter total begeistert von ihr ist, tut sich mein Vater schwer damit, jemand Fremden im Haus zu haben. Ich glaube, er versteht jetzt, dass es nie mehr so sein wird wie früher, und das macht ihm zu schaffen. Auf Hilfe angewiesen zu sein, das hasst er.

Falls du dich also fragst, woher ich das habe, hier die Antwort. Ich bin meinem Vater wohl ähnlicher, als ich dachte. Vorbei ist vorbei, und alles hat seine Zeit.
Jetzt verrate mir deine Version der Zukunft. Ich bin offen für Vorschläge, Ideen und Pläne. Du musst doch wissen, wie es weitergeht, weil du ja aus der Zukunft kommst!

Deine Lena

PS: Das Buch habe ich mir sofort, nachdem ich deinen letzten Brief beendet habe, bestellt, und jetzt bin ich ganz gefangen in der Geschichte von Helene und Frank (und all den anderen). Danke für diesen Tipp, auf deinen Buchgeschmack ist eben Verlass.

Sam
Anbei das Logo für die Boards. Was meinst du?
Und sorry, dass der Typ, der sich zu dekorativen Zwecken neben das Brett gestellt hat, voll bekleidet ist.
Bin auf deine Meinung gespannt. Zum Design.
Nicht zu dem Typen. 😬😮😬😮 S.

Lena
WOW😲!
Eine Flaschenpost, die auf einer Welle tanzt, ist echt ein Hingucker! Gehe ich recht in der Annahme, dass ich als Inspiration gedient habe 😉? Es gefällt mir wirklich sehr gut.
Nicht ganz so gut wie der junge Mann, der so schüchtern in die Kamera lächelt, aber dennoch gut.
L.

Sydney, 19. Oktober 2017

Liebe Lena,

Daniel meint, ich lebe schon nach der deutschen Uhr. Bei der Arbeit heute war ich in Gedanken die ganze Zeit bei dir und habe immer wieder zurückgerechnet, wie spät es bei euch gerade ist. Ich kann dir gar nicht sagen, wie sehr ich mich jedes Mal auf unsere Skypegespräche freue. Tut mir leid, dass ich heute am Telefon so grummelig war. Gerade ist viel los, weil Daniel einigen Surfshops in der Nähe Prototypen unseres Boards zur Verfügung gestellt hat und wir jetzt auf deren Feedback warten. Ein junger Surfer, der ziemlich viel Potenzial und gerade seinen ersten Deal mit einem Sponsor geschlossen hat, surft mit unserem Board beim nächsten Wettkampf. Das ist verdammt spannend, aber auch sehr nervenaufreibend.

Ich freue mich, dass dir das Logo gefällt. Du hast vielleicht eine winzige Rolle beim Entstehungsprozess gespielt. Verlangst du jetzt eine Beteiligung am Umsatz? Wir sind auch total happy damit, der Designer hat unsere Idee perfekt umgesetzt.

Ich hoffe sehr, dass deine Kopfschmerzen inzwischen nachgelassen haben. Du klangst ziemlich matt am Telefon. Ist wirklich alles okay? Manchmal habe ich das Gefühl, du erzählst mir in deinen Briefen mehr als am Telefon oder bei Skype. Ich kenne dich, Lena. Besser, als du glaubst. Wenn du auf der Unterlippe kaust, dir immer wieder dieselbe Haarsträhne hinters Ohr streichst und mir kaum in die Webcam-Augen schauen kannst, dann hast du etwas auf dem Herzen und willst mich damit nicht belasten.

Bitte, tu das nicht. Nur raus damit, ich kann einiges ab. Geht es um deine Eltern? Es klang ja so, als ob dein Vater sich doch langsam an die zusätzliche Hilfe gewöhnt. Denk bitte nie, dass du mich damit nervst. Ich will an deinem Leben teilnehmen und bin da für dich. Immer. Du musst nicht erst bis zum nächsten Brief warten, um mir zu sagen, was du denkst und fühlst oder was dich beschäftigt. Okay? Gut.
Bei euch wird es jetzt kälter, nicht wahr? Heute trage ich zum ersten Mal Flipflops. Nur für Mathilda übrigens. Damit ich das Bild des waschechten Australiers auch hundertprozentig erfülle. Irgendwie muss ich sie über den Schock ja hinwegtrösten, dass ich keinen Zoo mit ausgefallenen Tierarten habe. Hat sie das denn inzwischen verdaut? Also, dass dein Freund von Down Under ein ganz normaler Typ ist?
Ich habe mit Daniel über Mathilda gesprochen (Dan ist auch enttäuscht, dass ich keinen Zoo habe!), und er ist der Meinung, dass ich jetzt nicht mehr einfach abhauen kann. Wenn die Frau das Kind einweiht, ist ein Schritt getan, der den Mann dazu verpflichtet, immer ehrlich zu ihr zu sein. Er sagt, das verlangt das Protokoll. Und er muss es wissen, seine Schwester ist alleinerziehend, und jedes Mal, wenn ein Mann auf der Bildfläche erscheint, wird es kompliziert. Ohne die »Zustimmung« der Kids geht nicht viel. Ich bin vielleicht kein Experte beim Datingthema »Frau mit Kind«, aber ich weiß natürlich, dass Mathilda mich mögen muss, damit wir eine realistische Chance haben. Jetzt spiele ich mit dem Gedanken, mir ein paar Koalas und Kängurus in den Garten zu holen. Oder was hält sie von einem Platypus?
Du hast nach meiner Zukunftsvision gefragt. So gerne ich ein Bild mit dir, Mathilda, mir und einem Zoo voller wilder Tiere zeichnen würde, will ich ehrlich sein. Nicht nur, weil Daniel und das Protokoll das von mir verlangen.

Ich sehe mich da, wo du bist. Wo *ihr* seid. Keine Ahnung, ob ich bereit bin, Australien für immer den Rücken zu kehren, aber ich bin schon immer gerne gereist. Europa fehlt noch auf meiner Liste – und Gerüchten zufolge gibt es da ja einiges zu erleben. Euer gemeinsamer Trip nach Australien klingt wundervoll, und ich würde gar nicht die ganze Zeit stören wollen, aber es freut mich sehr, dass du mich eingeladen hast. Ich würde sofort mitkommen. Vielleicht können wir das Ganze dann eines Tages in Europa wiederholen. Du musst mich allerdings vor den gemeingefährlichen deutschen Dackeln warnen. Und vielleicht muss ich mich auch erst mal an das deutsche Bier gewöhnen. Aber die Eisbachwelle klingt sehr verlockend.
Das, und du. *Ihr.*
Ich bin bereit, über eine gemeinsame Zukunft nachzudenken, sobald Mathilda einverstanden ist, dass ich ein Teil davon werde. Aber eines kann ich dir jetzt schon versprechen: Du wirst mich nicht so schnell los. Die schlechte Skypequalität hin oder her, solange ich weiß, dass ich noch einen Platz in deinem Herzen habe, bin ich bereit, so lange zu warten, wie es nötig ist.
Wenn wir es einfach hätten haben wollen, wieso sind wir dann noch hier, Lena? Es gab so viele Ausfahrten, die wir hätten nehmen können, aber wir haben es nicht getan. Wir haben versucht, das hier zu beenden, und wenn ich mich nicht irre, hat das eher mittelmäßig funktioniert. Einfach wird es auch jetzt nicht. Aber das wussten wir beide, oder? Und keiner von uns ist weggerannt.
Beantwortet das deine Frage?
Ich liebe dich, German girl.

Sam

Lena
Wenn du das liest, ruf mich bitte sofort zurück! Ich erreiche dich nicht

Lena
Wo steckst du, ich kriege nur deine Mailbox. Bitte ruf mich zurück, Sam! Johannes dreht total durch.

Von Lena_Beyer_MUC@mail.de
An SurfingSamToday@mail.gov.au
Datum 5. November 2017
Betreff Chaos!

Lieber Sam,
hier ist die Hölle los. Ich habe versucht, dich zu erreichen, aber dein Handy scheint tot zu sein, und bei Skype bist du nicht online. Weil ich aber sonst den Verstand verliere, schreibe ich dir auf diesem Weg.
Mathilda hat Johannes wohl von meinen Australienplänen erzählt. Ohne böse Absicht, einfach nur, weil sie sich freut, die Koalas zu sehen. Sie hat ihm von deinem Zoo erzählt und davon, dass ich dir Briefe schreibe und mich in dich verliebt habe. Sie hat nicht verstanden, was daran falsch sein soll. Johannes hat ihr dann sehr viele Fragen gestellt. Auf die meisten hatte sie natürlich keine Antwort, weil es doch nur ein wilder Traum ist und kein echter Plan. Und da Johannes alles missverstanden hat, wollte er ihr wohl Angst machen. Jedenfalls hat er ihr erzählt, dass sie ihn dann nie wiedersieht, weil ich sie verschleppe. Mathilda hat ganz schrecklich geweint und geweint und geweint. Johannes glaubt, ich will mit Mathilda auswandern. So ein Unsinn!
Und Mathilda will nicht weg von ihm, schon gar nicht dahin, wo sie ihn nie wieder sehen kann! Ich habe versucht, ihr alles zu erklären und sie zu beruhigen. Niemand wolle auswandern und niemals würde ich ihr ihren Papa einfach so wegnehmen. Aber sie glaubt mir nicht. Ich weiß gerade gar nicht, wo mir der Kopf steht. Nicht nur, dass Mathilda jetzt total verunsichert ist, nein, irgendwann stand Johannes vor der Tür und wollte, dass ich ihm die Wahrheit sage. Also habe ich ihm alles erzählt. Dass ich dich schon eine Weile kenne und auch, dass ich dich besucht habe, nicht irgendwelche alten Freunde. Er ist unglaublich wütend, weil er glaubt, ich wäre

imstande, ihm Mathilda in einer Nacht-und-Nebel-Aktion einfach wegzunehmen. Obwohl ich ihm tausendmal versichert habe, dass so was nicht passieren wird, wurde er immer wütender und hat mir alle möglichen Vorwürfe gemacht. Zum Beispiel, wie er damals das Angebot ausgeschlagen hat, beruflich nach Hamburg zu gehen, weil er nicht so weit von Mathilda und mir entfernt sein wollte. Offensichtlich dachte er die ganze Zeit, wir würden als Familie wieder zusammenkommen, und unsere gemeinsame Nacht hat ihn in dieser Hinsicht natürlich noch bestärkt. Das war mein Fehler. Den ich bitter bereue. Ich wollte alles in Ruhe mit ihm besprechen, aber er ist bloß davongestürmt.
Nun weiß ich, dass ich in seinen Augen ein Flittchen bin, das am laufenden Band Affären hat. Außerdem bin ich eine schlechte Mutter, weil ich unsere Tochter abgeschoben habe, um Liebesurlaub mit meinem neuen Lover am anderen Ende der Welt machen zu können.
Die Tatsache, dass unsere Tochter mit ihm den Urlaub verbracht hat, der ihm zusteht, hat er natürlich vergessen. In seiner Version klingt es so, als hätte ich sie einfach irgendwo gelassen – und nicht bei ihrem Vater –, um mich in deine Arme flüchten zu können.
Er versteht es schlichtweg nicht. Er will es nicht verstehen!
Jetzt habe ich eine Nachricht von ihm auf meinem Handy, dass er seinen Anwalt einschaltet, damit der mich daran hindert, das Land zu verlassen, und mir womöglich Mathilda wegnimmt, wenn ich nicht »kooperiere«.
Das muss doch alles ein schlechter Scherz sein, oder? Ich meine, wie konnte es nur so weit kommen, Sam? Mein Versuch, ihm zu erklären, dass ich nur einen Urlaub in Australien plane und keine Auswanderung, lief komplett ins Leere. Er werde alles in seiner Macht Stehende tun, meinte er, um das alleinige Sorgerecht für Mathilda zu bekommen, und dann könnte ich da hingehen, wo der Pfeffer wächst.

Ich erreiche dich nicht, Sam. Ich weiß nicht, wo du bist, das macht mich wahnsinnig. Weil ich jetzt deine beruhigenden Worte bräuchte, deinen klaren Verstand, der mir sagt, dass alles gut ist und rein gar nichts passieren wird. Dass ich weder auf dich noch auf Mathilda werde verzichten müssen und dass Johannes nur überreagiert hat.
Das würdest du doch sagen, oder?
Melde dich bitte!
Lena

Von Lena_Beyer_MUC@mail.de
An SurfingSamToday@mail.gov.au
Datum 5. November 2017
Betreff Durcheinander!

Lieber Sam,
in meiner Verzweiflung habe ich gerade Vanessa angerufen. Sie kennt unsere Geschichte (und auch Johannes) recht gut. Obwohl sie seine Sorge zu einem kleinen Teil verstehen kann (er hat einfach nur Angst, seine Tochter zu verlieren), so ist sie doch auf unserer Seite. Wenn man überhaupt von »Seiten« sprechen kann. Vermutlich kriegst du den Schock deines Lebens, wenn du all die Anrufe in Abwesenheit entdeckst. Es tut mir leid. Ich war etwas panisch und beruhige mich jetzt langsam wieder. Es tut gut, hier jemanden zu haben, mit dem ich über dich sprechen kann. Ohne Vanessa wäre alles noch viel schlimmer.
Ach, Sam. Wieso kann es nicht ein bisschen einfacher sein?
Ich werde mit Johannes reden, ihm alles noch mal erklären.
Ich versuche ständig, mich abzulenken und starre auf das Logo, das du mir geschickt hast. Das beruhigt mich zumindest ein bisschen, vielleicht rufst du ja gleich an und sagst mir, dass alles gut wird. Du bist bestimmt mit Daniel unterwegs. Dass dieser Surfer in dem Wettbewerb auf Platz zwei gelandet ist, ist sicher eine gute Werbung für euer Board, nicht wahr? Es freut mich, dass es für euch vorangeht. Ihr habt so hart an eurem Traum gearbeitet, nun bekommt ihr endlich die verdiente Aufmerksamkeit. Grüß Daniel von mir. Er soll gut auf dich aufpassen, solange ich es nicht kann. Ich wünschte, dein T-Shirt würde noch nach dir riechen, dann könnte ich jetzt in deine Umarmung schlüpfen.
Deine Lena

PS: Ich wünschte mir trotzdem, du wärst jetzt hier.

Von SurfingSamToday@mail.gov.au
An Lena_Beyer_MUC@mail.de
Datum 5. November 2017
Betreff Re: Durcheinander!

Liebe Lena, alles wird gut. Wenn Johannes erst mal runtergekommen ist, wird er dir zuhören, ihr werdet euch wie erwachsene Menschen unterhalten, und dann wird er sehen, dass er alles nur missverstanden hat. Wie ich dir bereits am Telefon angeboten habe, kann ich gerne mit ihm sprechen, wenn du das willst. Vielleicht versteht er dann, dass er nichts zu befürchten hat.
Atme tief durch, stell dir vor, ich umarme dich, und versuch, nicht zu gestresst in den Tag zu starten. Nach der kurzen Nacht ist das sicher nicht so einfach, aber du weißt, du kannst mich jederzeit anrufen. Diesmal habe ich mein Handy aufgeladen und nicht auf lautlos. Ruf an, wenn du mich brauchst.
Sam

Lena
Danke für deine Worte in meinem Mailfach.
Entschuldige noch mal die große Panik gestern.
Heute geht es mir schon besser.
Ich liebe dich!
L.

Sydney, 12. November 2017

Liebe Lena,

heute hast du den Termin mit Johannes. Ich wünschte, ich könnte dabei sein. Auch wenn du immer wieder sagst, ich soll mir keine Sorgen machen, so tue ich es doch. Es ärgert mich einfach, dass er dir aus »uns« einen Strick drehen will. Ich weiß, ich weiß, er hat sich beruhigt, und in dem Gespräch heute soll nur noch mal alles im Detail geklärt werden. Aber wieso braucht er dazu einen Anwalt!? Als ob du Deutschland für mich verlassen würdest! Solange Mathilda in der Schule ist, muss er sich doch keine Sorgen machen, dass du irgendwo anders hingehst. Du bist eine großartige Mutter, das weiß ich! Niemals würdest du etwas tun, das Mathilda schaden könnte. Ich hoffe, du rufst mich an, sobald der Termin vorbei ist. Es macht mich wahnsinnig, dass ich jetzt so weit weg bin. Auch wenn du dir alle Mühe gibst, entspannt zu klingen, ich habe genau gemerkt, wie aufgeregt du warst. Du sahst müde und unglücklich aus, Lena. Deswegen hier mein schwacher Versuch, dich etwas aufzumuntern. Dieser Brief liegt, wie du inzwischen gemerkt haben dürftest, einem mit Liebe ausgesuchten Carepaket bei! Ich weiß, dass mein T-Shirt nicht mehr nach mir riecht, und deswegen kriegst du hier eines, in dem ich gestern Nacht geschlafen habe. Ich habe extra Aftershave aufgetragen, damit du mich auch wiedererkennst. Außerdem ein kleines Koalastofftier für Mathilda, als Trösterchen. Es ist auch ein Versuch, ihre Sympathien für mich langsam wieder zu wecken.
Das Vegemite ist für dich. Du bist wohl die einzige Frau in Deutschland, die eine heimliche Vorliebe für das Zeug hat.

Und dafür liebe ich dich umso mehr. Der Aufkleber mit dem Logo von Daniel und mir ist frisch aus dem Druck gekommen. Ich dachte, du könntest ihn vielleicht auf dein Auto kleben. Hier pappen wir ihn illegal überallhin, in der Hoffnung, mehr Leute auf unsere Homepage zu locken. Vielleicht findest du auch einen anderen guten Ort in München, falls du dein Auto damit nicht verschandeln willst.
Natürlich weiß ich, dass du »High Fidelity« von Hornby bereits hast, aber das hier ist ein signiertes Exemplar. Ich habe es durch Zufall entdeckt und dachte, es würde dich freuen.
Und bitte richte Vanessa meinen Dank aus, dass sie dich mit den Umarmungen versorgt, die mir verwehrt bleiben. Ich bin froh, dass sie dich immer wieder dazu überreden kann, mit ihr essen zu gehen, statt nur zu Hause zu sitzen und dir deinen hübschen Kopf zu zerbrechen. Gönn dir bitte etwas Zeit für dich. Und nein, ich bin nicht sauer, dass wir unsere Skypegespräche gerade nur sehr unregelmäßig führen können. So holen wir beide den Schlaf nach, den wir dringend nötig haben.
Ich wäre so gerne jetzt bei dir, würde deine Hand halten und dir versprechen, dass alles gut wird. Denn das wird es.
Lena, ich glaube, ich fahre morgen an den Secret Spot, besuche die Wellen und lasse mal wieder die Erinnerung an unsere Zeit dort aufleben. Absurd, dass ich mich dir dort so nah fühle, obwohl du auch hier in meinem Haus warst. Aber am Secret Spot war ich noch nie mit einem anderen Menschen. Nicht mal Daniel weiß, wo er liegt.
Ich hoffe, du freust dich über das kleine Paket.
Und jetzt schlüpf in meine Umarmung.

Sam XOXO

Lena

Hier siehst du einen perfekt geschmierten Vegemite-Toast! Beste Nervennahrung zur perfekten Zeit!
Dein Paket ist heil angekommen und hat mir ein bisschen Australien – ein bisschen Sam – in meinen Alltag gebracht. Und das Buch, Sam! Es ist signiert! SIGNIERT! Ich habe es schon dreimal gelesen, aber jetzt lese ich es ein viertes Mal. Dazu genieße ich meinen Toast und denke an dich.
Wenn du Glück hast, schicke ich dir ein Foto von mir in deinem Shirt.
L.

Sam

Ein Foto von dir ohne mein Shirt würde ich auch nehmen … 😏😗😏😗

Lena

Ich muss dich enttäuschen, das Shirt riecht viel zu gut, um es jemals wieder auszuziehen. 😉

München, 21. November 2017

Mein lieber Sam,

Johannes hat Mathilda heute abgeholt. Wir haben uns wie zwei erwachsene Menschen benommen – du siehst also, es gibt Fortschritte. Er bringt sie mir am Sonntagabend wieder, und wir haben uns sogar kurz umarmt, auch wenn es mir schwerfällt. Ich kriege einfach nicht aus dem Kopf, was er über mich, über dich, über uns gesagt hat.

Aber für Mathilda setze ich ein Lächeln auf, sie ist ohnehin schon total verunsichert, traut sich kaum noch, etwas zu erzählen, und versteckt deinen Koala, wenn Johannes kommt. Ich glaube, sie ist genauso traurig wie ich, dass er so wütend geworden ist. Was mir auch nicht aus dem Kopf geht, ist etwas, das du in deinem letzten Brief geschrieben hast:

»Als ob du Deutschland für mich verlassen würdest!«

Nun, Sam, das würde ich. Das würde ich sofort. Ohne mit der Wimper zu zucken. Und das solltest du wissen, denn genau das habe ich getan. Ja, nicht für immer, ich weiß. Aber ich habe es getan, ohne lange darüber nachzudenken. Und zwar nicht, weil mich das Klima gereizt hätte. Sondern weil du dort warst! Was mich hier hält, ist Mathilda. Wenn sie älter wäre, wenn Johannes nicht sofort die Anwaltskarte gezückt hätte, wenn …

Es sind zu viele Wenn im Moment, Sam. Aber sei dir sicher, ich wäre noch immer verrückt genug, in einen Flieger nach Sydney zu steigen, sobald sich wieder eines dieser magischen Zeitfenster für uns öffnet.

Du fehlst mir. Weißt du, wie oft ich an dich denke? Wie oft ich neben mir stehe, weil ich insgeheim ausrechne, wie viel

Uhr es bei dir ist, und wann ich endlich deine Stimme wieder hören kann? Ja, dein T-Shirt hilft ein bisschen. Mein komplettes Bett riecht inzwischen nach dir, und mit etwas Fantasie kann ich mir einreden, du hättest die Nacht bei mir verbracht. Wenn die Sehnsucht nach dir zu groß wird, gehe ich zur Eisbachwelle, als könnte ich dich dort auf einem Board entdecken. Wunschdenken, aber immerhin. Heute habe ich euren Aufkleber übrigens dort in der Nähe angebracht, ich habe ein Foto gemacht und schicke es dir nachher. Vielleicht möchte Daniel das auf euren sozialen Netzwerken teilen?
Einer der Surfer, mutig und mit einem Ganzkörperneoprenanzug, war kaum von der Welle zu kriegen. Es sah so leicht und unangestrengt aus. So wie bei dir, am Secret Spot. Da ich sein Gesicht nicht sehen konnte, habe ich mir vorgestellt, du wärst es wirklich. So kann ich mich dir näher fühlen – wenn ich bewusst halluziniere und dich einfach gedanklich an die Isar hole. Ich war so überzeugt davon, dass du es bist, dass ich ganz enttäuscht war, als er an mir vorbeigegangen ist, ohne sich den Kuss und die Umarmung abzuholen. So weit ist es schon, Sam. Ich hätte fast einen fremden Mann geküsst, weil ich mir so sehr gewünscht habe, dass du es bist! Auch wenn ich mir immer wieder einrede, ich käme gut damit klar, dass wir uns im Moment nicht sehen, kämpfe ich jeden Tag damit. Beim letzten Telefonat hast du gemerkt, dass ich geweint habe, nicht wahr? Dabei will ich tapfer und stark sein, will mutig in die Zukunft sehen und an uns glauben. Und das tue ich! Aber manchmal vermisse ich dich so sehr, dass ich in Tränen ausbreche. Es wäre leichter, wenn ich nicht wüsste, wie es ist, in deinen Armen zu liegen. Wie es ist, von dir geküsst zu werden. Wie es ist, den Alltag mit dir zu erleben. Dann wüsste ich nicht so genau, was ich ver-

misse, und könnte besser durchhalten. Aber ich weiß genau, was mir fehlt: deine Berührungen, dein Lächeln, wenn ich die Augen aufschlage, deine Lippen auf meinen. Da reicht kein T-Shirt und kein Toastbrot mit Vegemite.

Und weißt du, was das Schlimmste ist? Nicht mal Musik hilft mehr. Alle Songs, die ich in letzter Zeit spiele, klingen in meinen Ohren traurig, herzzerreißend, und sie handeln immer von dir. Davon, dass du nicht bei mir bist. Selbst Holly Throsby vermag mit ihrem *Aeroplane* die Distanz zwischen uns nicht mehr zu überbrücken.

Vanessa meint, ich würde einen der schlimmsten Entzüge durchmachen, die sie je erlebt hat. Schlimmer noch als ihr Zigarettenentzug vor vier Jahren. Also hat sie beschlossen, dass ich Ablenkung brauche. Sie will mit mir ins Kino, auf Konzerte oder ins Theater, aber gerade gibt es dafür nur wenig Gelegenheit. Wem sage ich das, nicht mal wir zwei kommen ausreichend zum Reden. Deswegen bin ich froh, dass wir unsere Briefe nicht aufgegeben haben. Ich verbringe gerne fünf Minuten meiner Mittagspause mit dir – okay, okay, vielleicht auch etwas mehr. Wenn der Stift das Papier berührt, bilde ich mir ein, ich würde irgendwie dich berühren können. Glaubst du, es ist möglich, dass wir zu den Worten werden, die wir schreiben? Denn wenn dem so ist, möchte ich diese folgenden Buchstaben werden:

Ich liebe dich, Samuel Miller. Von ganzem Herzen, komme, was wolle.

Du bist die überraschende Wendung in meinem Leben, als ich dachte, die Schienen für meine Zukunft seien schon felsenfest verlegt.

So gerne ich noch mehr Zeit mit dir hier verbringen würde, ich muss zurück an den Schreibtisch, zurück an die Übersetzung einer Bauanleitung für einen Wohnzimmerschrank.

Was für ein Stimmungswechsel – von diesem Brief zu vierzehn Schrauben und acht Regalfächern.
Wie geht es denn Daniel, den Boards und euren Designs? Und vermisst du mich auch nur annähernd so schrecklich sehr, wie ich dich vermisse?

Deine Lena

PS: Bitte sag Ja.

Sydney, 4. Dezember 2017

Liebe Lena,

wenn ich könnte, würde ich mich in einen Ganzkörperneoprenanzug zwängen und jeden Tag an der Welle auf dich warten. Übrigens bin ich ausgesprochen froh, dass du diesen fremden Surfer nicht geküsst hast. Wenn es dich beruhigt, es gibt hier diese Frau, die immer bei Dave's Burger Imbiss ihre Mittagspause verbringt. Von Weitem sieht sie dir verdammt ähnlich.

Genau siebenundsiebzig Schritte.

So lange sieht sie dir ähnlich. Ab dem achtundsiebzigsten Schritt erkenne ich die Unterschiede. Die Haare sind ein bisschen länger, sie trägt Gold- statt Silberschmuck und hat ständig das Handy vor der Nase.

Und obwohl ich genau weiß, dass nicht du es bist, die den vegetarischen Burger bei Dave isst, bleibe ich bei siebenundsiebzig Schritten stehen und beobachte sie ein bisschen. Ja, das klingt ziemlich schräg, aber für diese zwei Minuten bist du nicht so weit weg von mir. Die Hoffnung, dass es eines Tages doch du sein wirst, trägt mich durch den Tag.

Eines Tages, Lena. Ob hier, dort oder anderswo.

Und bis dahin machen wir einfach weiter.

Dass Mathilda ihren Koala »Sam« genannt hat, ist ein gutes Zeichen, oder? Zumindest nähern wir uns wieder ein bisschen an. Es tut mir leid, dass sie das alles so abgekriegt hat. Du willst gar nicht wissen, wie oft ich einen Brief an Vanessa angefangen habe, um *seine* Adresse zu erfragen. Aber das ist vielleicht keine gute Idee, oder? Noch mehr Ärger brauchen wir nicht. Du schon gar nicht.

Ich weiß übrigens sehr genau, was du meinst. Deine Worte berühren mich, Lena. Da kannst du dir sicher sein. Sie haben mich schon berührt, als sie noch nicht mir galten. Den Brief aus deiner Flaschenpost habe ich hier und lese ihn von Zeit zu Zeit. Weil es so schön ist, mich daran zu erinnern, wie das mit uns angefangen hat. Wie das Schicksal die Schienen unseres Lebens neu verlegt hat, sodass wir uns begegnen konnten. Klar, es könnte auch Zufall sein, dass ausgerechnet ich die Flaschenpost gefunden habe – aber das glaube ich nicht.
Du und ich, Lena, wir sind kein Zufall.
Manchmal frage ich mich, was wohl passiert wäre, wenn ein anderer Jogger die Flasche gefunden hätte.
Hätte er dir geschrieben oder deinen Brief im nächsten Mülleimer entsorgt?
Hättest du dich auch in ihn, in seine Worte und Gedanken verliebt?
Wärst du für ihn nach Sydney geflogen?
Ehrlich gesagt, will ich mir dein Leben mit einer anderen Besetzung für meinen Part gar nicht vorstellen. So, wie ich mir auch mein Leben ohne dich, wenn auch nur auf Papier, nicht mehr ausmalen kann.
Eines Tages, Lena, werden wir in derselben Zeitzone aufwachen und uns hoffentlich noch immer Liebesbriefe schreiben.
Und jetzt lege ich diesen Stift zur Seite und mache mich auf den Weg zu Daniel. Wir haben später eine Telefonkonferenz mit der Firma aus der Nähe von Bordeaux, die Surfbretter verleiht und sehr interessiert scheint, auch ein paar von unseren neuen Boards probehalber zu übernehmen. Sie wollen sie für knapp zwei Monate verleihen und uns danach Feedback geben. Sollten die Dinger gut ankommen, würden sie

den Vertrag verlängern. Klar, erst mal klingt das nicht nach viel, aber es ist eine großartige Chance für uns.
Daniel scheint felsenfest davon überzeugt zu sein, dass wir kurz vor dem großen Durchbruch stehen. Er ist der Optimist von uns beiden, und ich bin froh, ihn an meiner Seite zu haben. Nicht nur, wenn es um Surfbretter geht, sondern auch, wenn ich dich mal wieder zu sehr vermisse. Er weiß immer genug Gründe, wieso das mit uns trotzdem funktionieren wird.
Was sind das denn für Wohnzimmerschränke, die so schwer aufzubauen sind, dass man ganze Anleitungen übersetzen muss? Wer weiß, vielleicht darfst du eines Tages Texte über total genial geshapte Surfbretter übersetzen? Ich finde ja, das ist eine echte Marktlücke, immerhin gibt es viel darüber zu schreiben. Sollten wir mal Übersetzungen für unsere Homepage brauchen, wenden wir uns vertrauensvoll an dich.
Ich freue mich auf unser Skype-Date heute Abend, darauf, dein Lächeln zu sehen.

Sam

PS: Ja. JA. Mehr, als du dir vorstellen kannst.

München, 11. Dezember 2017

Lieber Sam,

ich kann dir sagen, wie die Geschichte mit einer anderen Besetzung gelaufen wäre. Der Jogger, nennen wir ihn Matt, hätte die Flaschenpost gefunden und sich königlich amüsiert über die verblassten Zeilen auf dem feuchten Papier. Die Flasche selbst hätte er in den nächsten Mülleimer geworfen und sicher nicht als Vase mit nach Hause genommen. Dann hätte Matt, weil er ein guter Kerl ist, den Brief in einen Umschlag gesteckt und an diese hoffnungslos romantische Deutsche zurückgeschickt, mit dem Vermerk, dass ihre Worte von damals angekommen sind.
Ich hätte mich gefreut, herzlich über mein altes Ich gelacht, den Brief irgendwo hingelegt und Wochen später mit alten Werbeblättchen versehentlich in den Müll geworfen. Matt, der inzwischen in Australien vergessen hat, dass es diese schräge deutsche Frau namens Lena Beyer gibt, verliebt sich in eine Gemüseburger essende Frau am Strand, heiratet sie, bekommt Kinder mit ihr und lebt sein Leben fröhlich weiter. Ich hingegen hätte nie meine alten Songs, die Gitarre und die Polaroidkamera ausgegraben, wäre vielleicht nie mit Mathilda nach Frankreich ans Meer gefahren und hätte das wahrscheinlich völlig okay gefunden. Denn immerhin wäre es das Leben gewesen, das ich gewohnt war, das ich gut kannte und in dem Abenteuer, wie ein spontaner Flug nach Sydney, nicht vorgesehen waren – manchmal kann ich noch immer nicht glauben, dass ich das wirklich getan habe.
Du, mein lieber Sam, würdest dein Leben auch ganz normal weiterführen, mit Daniel an Surfbrettdesigns arbeiten, dich

über das verliebte Paar in Daves Burgerbude wundern und aus falschem Schuldgefühl nur am Secret Spot surfen. Vielleicht hättest du dann auch nie dieses gesteigerte Interesse an der Eisbachwelle im entfernten München entwickelt, könntest keinen Song von Holly Throsby mitsingen und würdest dich von Zeit zu Zeit mit den falschen Frauen auf ein Abenteuer einlassen.

Deine Auffahrt wäre nie zu den Royal Botanic Gardens geworden, und Mathilda würde nicht von einem Zoo in Down Under träumen.

Dieses Paralleluniversum existiert sicherlich irgendwo da draußen, aber ich bin froh, *hier* mit dir leben zu dürfen.

Es wäre also ausgesprochen nett, wenn du dich – bis du wieder von mir hörst, siehst und liest – bitte nicht in diese Burger-Frau verliebst, die mir genau siebenundsiebzig Schritte zum Verwechseln ähnlich sieht. Und ich verspreche, weiterhin keine fremden Surfer zu küssen, denn mein Herz gehört ziemlich ausschließlich dem Flipflop tragenden, in Boardshorts steckenden Surfer, der am anderen Ende der Welt für mich eine Flaschenpost aus der Shark Beach gefischt hat.

Deine Lena

PS: Das schönste JA, das ich je gelesen habe.

Sydney, 19. Dezember 2017

Liebe Lena,

du hast mich am Telefon gefragt, was ich der »anderen Lena« sagen würde. Hier kommt meine Antwort:

Liebe andere Lena,
es schreibt dir ein Sam, den du dort, wo du dich rumtreibst, nie kennenlernen wirst. Dennoch finde ich, du solltest erfahren, was sich in meinem Universum abspielt. Hier gibt es einen Sam, dessen Leben ganz schön auf den Kopf gestellt wurde. Dieser Sam sitzt abends dauernd vor seinem Laptop und wartet auf das erlösende Auftauchen des Skype-Symbols, weil er sich dann ganze Nächte mit seiner Lena um die Ohren schlagen kann. Dieser Sam hat auch eine überraschende Liebe zu Queen entwickelt und singt jedes Mal mit, wenn *Don't stop me now* im Supermarkt läuft. Ja, ich habe tatsächlich im Gang mit dem Brot zu Freddie Mercury getanzt – wenn man es tanzen nennen kann –, weil ich bei Queen an meine Lena denken muss. Die Wahrheit ist, ich muss immer an sie denken. Das Toastbrot habe ich gekauft, weil sie Vegemite-Sandwiches so liebt und mein ganzes Sofa damit vollgekrümelt hat. Seit ihrem Besuch esse ich auch jeden Morgen eins. Wenn ich mir mein Frühstück zubereite und dabei ihre Musikempfehlungen höre, erinnere ich mich daran, wie es war, als sie bei mir war. Und wie schön es sein wird, wenn sie wieder hier ist. Bis dahin begnüge ich mich mit Skype-Gesprächen, lausche ihren Songs bei jeder Autofahrt und quäle meinen Freund Daniel so lange, bis auch er den Refrain mitsingt.

Es ist ein gutes Universum, auch wenn es kompliziert ist, aber ich sage dir, es ist das alles wert.
Ich weiß, andere Lena, an deinem Ort gibt es keinen Sam Miller, der deine Flaschenpost gefunden hat. Du machst auch keine Musik und sprichst nicht mit Vanessa über mich. Aber ich hoffe, es geht dir gut.
Ich finde, du solltest wissen, dass es ein Universum gibt, in dem du diesen Typen namens Sam kennen und lieben gelernt hast. Und ich hoffe, du bist hier, dort und in allen anderen möglichen Universen glücklich.

Dein Sam

PS: Das Gleiche gilt auch für diese, meine Lena.

München, 22. Dezember 2017

Mein lieber Sam,

wie es unsere Tradition verlangt, bekommst du eine Weihnachtskarte aus Deutschland mit viel Schnee, dem typisch geschmückten Weihnachtsbaum und den besten Wünschen zum Fest von mir, Mathilda und Vanessa.
Ich habe ihr heute deine Postkarte von damals gezeigt – der surfende Weihnachtsmann hat es ihr angetan – und ihr erzählt, dass unsere Geschichte dadurch damals erst so richtig begonnen hat.
Zugegeben, ich hatte vorher immer mal wieder an den Finder der Flaschenpost gedacht, aber niemals hätte ich mir träumen lassen, dass ich eines Tages in meinem Bett in seinem T-Shirt aufwache und sofort mein Handy checke, weil ich weiß, dass er mir eine entzückende Guten-Morgen-Nachricht geschickt hat – obwohl es für ihn nicht mal Morgen ist!
Dieses Weihnachten feiern wir noch getrennt, Sam, aber ich wünsche mir nichts mehr, als dass du nächstes Jahr bei mir bist.
Oder ich bei dir.
Wie auch immer, ich möchte Weihnachten mit dir feiern.
Und mit Mathilda.
Das wäre das schönste Weihnachtsgeschenk für mich.
Anbei ein Bild, das Mathilda dir von unserem Weihnachtsbaum gemalt hat. Sie hat mich gebeten, ein Foto vom echten Baum dazuzulegen, damit du siehst, wie gut sie ihn getroffen hat. Sie hat extra die roten und goldenen Kugeln abgezählt, damit auch wirklich alles stimmt. Ich muss gestehen, dass sie es ziemlich gut hingekriegt hat. Findest du nicht?

Malen und Zeichnen machen ihr großen Spaß, und obwohl ich nicht von Hochbegabung sprechen möchte, erkenne ich doch ein künstlerisches Talent. Ich bin froh, dass sie endlich etwas gefunden hat, das ihr Selbstvertrauen stärkt. Du ahnst nicht, wie erleichtert ich bin. Oder nein, du verstehst mich sicher gut.
Mein Geschenk ist ziemlich kitschig, aber ich habe es hier auf dem Weihnachtsmarkt entdeckt und musste es einfach kaufen. Falls du dich wunderst, was das auf dem Anhänger der Kette sein soll – es ist die Skyline von München. Ich dachte, so bist du auch immer ein bisschen hier und ich ein bisschen dort.
Frohe Weihnachten, Sam!

Lena

Sydney, 18. Dezember 2017

Liebe Lena,

gemäß unserer Tradition erhältst du auch dieses Jahr eine Karte mit einem surfenden Weihnachtsmann.
Damals fand ich das total witzig und originell, aber wenn ich jetzt darüber nachdenke, war es vielleicht etwas zu klischeehaft für eine erneute Kontaktaufnahme. Ich kann mich glücklich schätzen, dass du höflich genug warst, mir zurückzuschreiben.
Deine Karte von damals hängt über meinem Schreibtisch, in der Nähe der Flaschenpost. Genau da, wo ich jetzt sitze und dir diese Zeilen schreibe. Und weil bald Weihnachten ist, werde ich noch an den Strand fahren und eine grüne Welle surfen. So wie der Weihnachtsmann auf dieser Karte.
Dir, Mathilda und deiner Familie wünsche ich frohe Weihnachten! Ich wäre gerne bei euch, aber vielleicht klappt es ja nächstes Jahr. Anbei ein paar Kleinigkeiten, die ihren Weg unter euren Weihnachtsbaum finden sollen. So ein Koala ist weit weg von seinen Gefährten doch recht einsam, deshalb bin ich mir sicher, es ist im Sinne einer artgerechten Haltung, wenn ein Känguru Mathildas Stofftierzoo ergänzt. Sag ihr, sie soll es »Daniel« nennen.
Für dich ist dieses Jahr nur ein bisschen Sand vom Secret Spot dabei, aber ich hoffe, er weckt die richtigen Erinnerungen und überbrückt die Entfernung.
Eines Tages, Lena …
Frohe Weihnachten!

Sam

München, 31. Dezember 2017

Mein lieber Sam,

dies ist der letzte Brief, den ich 2017 an dich schreibe.

Wieder ist ein Jahr verflogen, und auch wenn wir jetzt gerade nicht am selben Ort sind, habe ich in den vergangenen zwölf Monaten doch viele unvergessliche Erinnerungen mit dir sammeln dürfen.
Das Highlight dieses Jahres war natürlich mein Ausflug zu dir, als wir sozusagen real wurden und es allen Zweiflern gezeigt haben. Sogar dieser fiesen kleinen Stimme in meinem Kopf, die immer mal wieder Bedenken angemeldet hat.
Du bist echt, Sam.
Du bist dermaßen echt.
Möge das kommende Jahr unsere Leben durch noch mehr gemeinsame Erinnerungen miteinander verweben. Ich freue mich auf jeden Anruf von dir, jeden Brief und jede Minute, die ich mit dir verbringen werde. Wenn ich an die kommenden 365 Tage denke, habe ich ein gutes Gefühl.
Du lebst mir noch immer voraus. Wie damals, als wir noch Fremde füreinander waren und ich dich »Mr Miller« genannt habe, bitte ich dich auch diesmal um eine Information aus der Zukunft.
Wie ist 2018?
Ich weiß, dass du Silvester mit Daniel auf eine Party von Freunden gehst, aber du hast gesagt, du rufst mich um Punkt Mitternacht deiner Zeit in der zukünftigen Vergangenheit an. Die Vorfreude auf deine Stimme lässt selbst jetzt, nach all unseren Telefonaten, mein Herz schneller klopfen.

Und da dieser Brief eine Weile brauchen wird, bis er dich erreicht, kann ich es jetzt schon schreiben: Ich wünsche dir ein großartiges neues Jahr, Sam! Möge es aufregend, spannend und herausfordernd sein. Und möge ich ein Teil davon sein.

Deine Lena

PS: Heute fehlst du mir so unbeschreiblich, deswegen werfe ich den Brief noch heute ein – und bilde mir ein, er erreicht dich dann schneller.

Von SurfingSamToday@mail.gov.au
An Lena_Beyer_MUC@mail.de
Datum 1. Januar 2018
Betreff Happy New Year?

Liebe Lena,
vermutlich schmollst du noch immer.
Obwohl ich es dir letzte Nacht – also, heute früh – bereits erklärt habe, tue ich es jetzt noch mal, in der Hoffnung, dass du mir diesmal glaubst.
Zoe ist eine Freundin.
Sie saß mit uns am Tisch und hat deinen Anruf nur angenommen, weil ich gerade mit Daniel Getränke geholt habe. Ich wusste ja nicht, dass du anrufst, und sie wollte nur höflich sein, als sie an mein Handy gegangen ist. Klar, eine Frauenstimme hast du nicht erwartet, als du meine Nummer gewählt hast, aber Zoe ist einfach nur Zoe.
Ich weiß, jetzt fragst du mich wieder, wieso ich dir noch nie von ihr erzählt habe. Das liegt schlicht daran, dass sie bloß zu der Gruppe von Freunden gehört, mit denen ich immer mal wieder unterwegs bin. Wenn ich also »mit Freunden« ausgehe, dann ist die Wahrscheinlichkeit ziemlich groß, dass Zoe dabei ist. Nein, sie ist nicht mehr, war es nie und wird es auch nie sein. Dein Mini-Eifersuchtsanfall war zugegebenermaßen sehr süß. Vor allem, weil du vehement abgestritten hast, eifersüchtig auf *»Zoe«* zu sein.
Ich habe genau gehört, wie du ihren Namen kursiv und in Anführungszeichen ausgesprochen hast! Dabei musst du dir wegen ihr keine Gedanken machen, ich kenne sie schon ewig. Wenn ich etwas in ihr sehe, dann meine kleine Schwester, die ich beschützen will und deren wechselnde Partner ich genau unter die Lupe nehme. Wie kommst du überhaupt darauf, ich könnte mich gerade jetzt, wo ich die ganze Zeit an dich denke, in jemand anders ver-

lieben? Zoe ist wirklich nur eine Freundin, Lena. So wie du sicher auch Freunde hast, deren Namen ich nicht kenne, weil du sie – wieso auch immer – nie genannt hast.
Und damit möchte ich gerne dieses kleine *Zoe*-Eifersuchtsdrama beenden, wenn das für dich okay ist.
Es gibt nämlich viel schönere Dinge zu erzählen.
Wir haben 2018 und sind noch immer zusammen. Ein neues Jahr, neue Ziele, neue Pläne und neue Abenteuer. Ich habe mir das Feuerwerk angesehen und mir vorgestellt, wie es wäre, wenn ich dich um Punkt Mitternacht küssen könnte – und nicht nur anrufen. Wenn du das erste Gesicht wärst, das ich sehe, wenn ein neues Jahr anfängt. Und weißt du was? Mir hat gefallen, was ich da in meinem Kopf gesehen habe. Es hat mir so sehr gefallen, dass ich bereit bin, alles dafür zu tun, um es in diesem Jahr Realität werden zu lassen.
Ich habe mich bei einem Onlinesprachkurs Deutsch angemeldet, damit ich auch mit Mathilda ein paar Worte wechseln kann. Das ist sicher nicht verkehrt, immerhin spricht sie noch kein Englisch. Apropos Mathilda, ihr Bild hängt übrigens an meinem Kühlschrank, und ich muss sagen, es hat mich sehr überrascht, wie detailgetreu sie euren Weihnachtsbaum zu Papier gebracht hat. Du solltest dir überlegen, ihr ein Atelier einzurichten.
Spaß beiseite, Mathilda hat Talent, und ich freue mich schon auf die nächsten Bilder. Ich bekomme doch noch welche, oder?
Dein Weihnachtsgeschenk baumelt, seit dem Moment, in dem ich es ausgepackt habe, um meinen Hals. Ich habe es noch nie abgenommen. Und es funktioniert, dein Plan ist aufgegangen: Ich möchte München besuchen. Ich will die Eisbachwelle sehen. Ich will dich umarmen. Ich will durch Freddie Mercurys Viertel schlendern. Mit dir. Mit Mathilda.
Ich wette, selbst diese Zeilen liest du noch mit zusammengezogenen Augenbrauen und einem trotzigen Blick. Wenn ich könnte,

würde ich deine Lippen so lange küssen, bis du wieder fröhlich bist, mich nach München einlädst und zugibst, dass es albern ist, auf meine gute Freundin eifersüchtig zu sein.
Frohes neues Jahr, Lena!

Dein Sam

Von Lena_Beyer_MUC@mail.de
An SurfingSamToday@mail.gov.au
Datum 1. Januar 2018
Betreff Re: Happy New Year?

Lieber Sam,
ich bin nicht eifersüchtig!
Nur ein bisschen vielleicht. Tut mir leid, dass ich gestern so eine Szene gemacht habe, aber es war eben das erste Mal, dass ich eine Frauenstimme am Ohr hatte, als ich dich angerufen habe. Ich werde mich nicht wiederholen, weil es mir mit dem Abstand einer schlaflosen Nacht tatsächlich peinlich ist.
Stattdessen beende ich jetzt das Thema und verbringe dafür ein paar Minuten in deiner Zukunftsvision.
Und wie entzückend bist du eigentlich? Deutsch für Mathilda.
Sam, ich liebe dich. Dafür, und für alles andere.

Deine gar nicht mehr so eifersüchtige Lena

München, 22. Januar 2018

Sam,

die Nachricht mit Bordeaux ist wundervoll! Obwohl wir eben erst aufgelegt haben, zücke ich schon wieder den Stift, um dir zu schreiben.
Ich kann noch immer kaum glauben, dass sie eure Surfbretter für eine ganze Saison anbieten wollen!
Ich bin stolz auf euch! Du und Daniel, ihr habt so hart gearbeitet, und jetzt geht es endlich voran. Erst surft Jimmy Wettbewerbe mit euren Brettern, und nun haben sogar Surfer hier in Europa die Möglichkeit, eure Boards für sich zu entdecken und dann direkt bei euch zu bestellen, das ist absolut großartig!
Ich finde, das müssen wir feiern! Und vielleicht, ganz vielleicht, schaue ich gerade im Internet nach einem bezahlbaren Flug für mich zu dir. Aber, wie sollte es anders sein: Einen einigermaßen spontanen Trip nach Sydney lässt mein Budget einfach nicht zu. Außerdem steht Mathildas Geburtstag an. Und so, wie sie gerade drauf ist, wäre es keine gute Idee, sie alleine zu lassen. Erst acht und schon so stur! Wahrscheinlich nur ein Vorgeschmack auf die Pubertät, aber ich komme jetzt schon langsam an meine Grenzen. Vermutlich bräuchte ich mal ein bisschen Urlaub, denn Weihnachten war purer Stress. Dann Johannes und seine ständigen kleinen Spitzen, die mich auf Dauer schlicht zermürben. Zu gerne würde ich mich mit ihm mal an einen Tisch setzen und über alles reden – wie normale Menschen, ohne Anwälte.
Und ohne Mathilda.

Ich möchte nicht, dass sie merkt, wie angespannt das zwischen uns trotz allem noch immer ist.
Im Büro ist eine Kollegin erkrankt, und ihre Arbeit landet natürlich auf meinem Schreibtisch. Ohne Vanessa würde ich durchdrehen.
Es tut mir leid, Sam, aber ich schließe die Website wieder, weil ich sonst noch anfangen würde zu weinen. Es gibt Zeiten, da kann ich nicht mehr die Optimistische geben – wie macht Daniel das? Jeder Tag ohne dich ist etwas schwerer. Du fehlst mir zu sehr. Ich weiß, wir haben das Thema »Zoe« zu den Akten gelegt, aber manchmal denke ich, du verstehst nicht, dass ich einfach Angst habe. Diesmal war es nur eine alte Freundin, die meinen Anruf auf deinem Handy angenommen hat. Aber was, wenn es irgendwann jemand ist, den du in einer Bar kennengelernt hast? Zuerst ist es nur Sympathie, dann wird es Freundschaft, sie verbringt Zeit mit euch, und du merkst, dass da mehr sein könnte …
Dann wirst du dir einreden, dass du nur mich liebst, du wirst mich anrufen, mir schreiben, und alles ist wie immer. Aber ich bin nicht da, um dich zu umarmen. Ich bin nicht da, um dich zu küssen. Und dann seid ihr eines Tages auf einer Party. Vielleicht feiert ihr den Erfolg mit den Surfbrettern? Bei einem Wangenkuss dreht sie den Kopf im richtigen Moment zu dir, und eure Lippen treffen sich. Es ist sozusagen nur ein Unfall, aber es ist auch genau das, was du vermisst.
Wie soll ich so etwas mit all den Ozeanen und diesen unendlichen Kilometern zwischen uns verhindern, Sam?
Ich bin weit weg, und sie ist nah. Ihre Arme legen sich wie selbstverständlich um deinen Nacken, du spürst ihren Körper an deinem, atmest ihren Duft ein. Bis es einfach passiert.

Dann schreibst du nicht mehr ganz so regelmäßig, ziehst dich zurück, bist nicht mehr so oft für mich erreichbar. Dann kommt der Brief, in dem du vorschlägst, wir sollten doch nur Freunde sein.
Es wird mein Herz brechen, aber ich werde tapfer nicken. Eine kleine Weile tun wir so, als wären wir Freunde, schreiben Worthülsen auf Postkarten, bis irgendwann keine Antwort mehr kommt und wir nur noch eine verblassende Erinnerung an diese Zeit jetzt sind.
Davor habe ich solche Angst, Sam.
Vor dem Tag, an dem es nicht Zoe und auch keine Siebenundsiebzig-Schritte-Frau ist, sondern jemand, der dich erwischt. So eiskalt, wie wir uns damals erwischt haben.
Vielleicht überfalle ich nun eine Bank und fliege doch zu dir, nur um dich daran zu erinnern, wie ich aussehe und wie meine Küsse schmecken.

Deine Lena

München, 7. Februar 2018

Liebster Sam,

vierundzwanzig Stunden.
Vierundzwanzig viel zu kurze Stunden.
Noch immer sehe ich dich, wie du in deiner dünnen Jacke vor meiner Tür stehst. Einfach so. Aus dem Nichts, wie in einem meiner Tagträume, die mich sonst immer enttäuscht zurücklassen.
Doch diesmal warst es wirklich du.
Ich liebe dich.
Lena

PS: Ich drücke alle Daumen für Bordeaux!

Von SurfingSamToday@mail.gov.au
An Lena_Beyer_MUC@mail.de
Datum 8. Februar 2018
Betreff Bordeaux!

Liebe Lena,
ich bin heil angekommen. Daniel hat mich am Flughafen abgeholt, und obwohl es nur eine kurze Reise war, vermisse ich dich schon jetzt wie verrückt. Die Zeit mit dir war viel zu kurz und doch so verdammt schön.
Danke für alles. Vor allem für den kleinen Brief in meiner Jackentasche. Daran könnte ich mich gewöhnen.
Es hat so gutgetan, dich zu sehen. Zu küssen. Zu umarmen.
Und ich denke, Mathilda mag mich, oder? Wir hatten eine gute Zeit zusammen. Sag mir jetzt nicht, dass sie heilfroh war, als ich wieder verschwunden bin.
Ich melde mich morgen, nach dem Meeting.
Dein Sam

Von Lena_Beyer_MUC@mail.de
An SurfingSamToday@mail.gov.au
Datum 8. Februar 2018
Betreff Re: Bordeaux!

Ach Sam,
ich liebe unsere Briefe, aber jetzt freue ich mich, dass dich das Wunder der Technik mit den Mails so viel schneller zu mir bringt. Und ertappe mich dabei, wie ich den Browser immer wieder neu lade, weil ich so gespannt bin, wie euer Meeting gelaufen ist. Dadurch, dass du in meiner Zeitzone bist, kommen mir deine Spuren von gestern noch realer vor. Du hast dir so viel Zeit für Mathilda genommen, das bedeutet mir unendlich viel. Sie mag dich, Sam. Lass dich von ihrer anfänglichen Schüchternheit nicht täuschen, ich weiß, wie sie ist, wenn sie jemanden nicht mag. Und dich mag sie. Niemals hätte sie dich sonst von sich aus nach dem Abendessen einfach so umarmt. Ihr saht sehr süß aus. Aber ich bin vielleicht auch ein klitzekleines bisschen voreingenommen.
Dieses Mal war es anders, oder, Sam? Für mich hat es sich realer, echter angefühlt, als hätten wir die Zeit der wilden Verliebtheit »überlebt« und wären noch immer hier. Weißt du, was ich meine? Diesmal hatte ich keine Angst, keine Zweifel, ich wusste einfach, dass es richtig ist. Ich hoffe, du empfindest auch so, nachdem du einen kleinen Teil meines Lebens gesehen hast. Du hast ganz hervorragend in meine Wohnung gepasst, an meinen Esstisch, auf meine Couch und in mein Bett. Diesmal war mir dein Körper schon vertraut, obwohl ich ihn so lange nicht gespürt hatte. Noch immer fühle ich deine Hände und deine Lippen überall auf meinem Körper. Natürlich ist es zu früh, um irgendetwas zu planen oder allzu viel in diese vierundzwanzig Stunden hineinzuinterpretieren, aber für den Moment bin ich bloß glücklich. Darf ich das sein, Sam? Glücklich?

Vierundzwanzig Stunden warst du hier. Hast mit meiner Tochter gespielt, mit mir ein Bier getrunken, klaglos meine versalzene Pasta gegessen und dir mein Viertel angesehen.
Sam, ich weiß nicht, wie ich dich jemals wieder loslassen soll. Jetzt, nachdem du hier warst.
Wenn das mit Bordeaux klappt – und ich hoffe es so, so sehr! –, musst du dann nicht öfter nach Europa? Musst du dann nicht unbedingt öfter über München fliegen und in meiner Stadt, meiner Wohnung, meinem Leben auftauchen? Zur Not auch nur für vierundzwanzig Stunden? Ich hoffe nur, dass die Zukunft es gut mit uns meint.
Ich liebe dich.
Lena

PS: Versprich mir, dass du wiederkommst.

Von SurfingSamToday@mail.gov.au
An Lena_Beyer_MUC@mail.de
Datum 8. Februar 2018
Betreff Re: Re: Bordeaux!

Liebe Lena,
der Termin ist erst heute Abend, du machst dich also ganz unnötig verrückt. Drück die Daumen ab acht Uhr, ja? Das, was ich bisher von Bordeaux gesehen habe, ist verdammt beeindruckend. Es ist stürmisch. Wunderschön. Sehr europäisch. Ein Ort, wie ich ihn noch nie gesehen habe. Ich weiß jetzt schon: Europa gefällt mir! Vielleicht ist es vermessen, nach vierundzwanzig Stunden in einer Stadt auf ein ganzes Land, einen Kontinent zu schließen, aber ich kenne ja nur die Weite Australiens. Europa ist enger, voller Geschichte und Details, die mir fremd sind. Eure Bauweise, die Straßen, die engen Winkel, das hat mir imponiert.
Ich kenne Frankreich nur aus Büchern und Filmen und habe mir nie erträumt, eines Tages hierher zu kommen. Alle schwärmen von Paris, aber es ist Bordeaux, das mich aus dem Nichts verzaubert hat. Daniel meint, die Liebe würde mir die Sicht trüben. Oder der Schlafmangel. Als er mich gesehen hat, hat er nur gefragt, ob es sich gelohnt hat. Und das hat es! Vielleicht liegt es tatsächlich an dem verrückten Gefühl in meiner Brust, dass ich Bordeaux so wunderbar finde. Falls dem so ist: Danke, Lena!
Warst du schon mal hier? Bist du über die Pont de pierre gelaufen? Alleine die Straßenlampen, die aussehen wie aus einem alten französischen Film. Schau dir die Fotos an, die ich dir mitschicke. Und glaub mir, die werden der Schönheit der Stadt nicht annähernd gerecht. Die Musik aus den Cafés, sogar die Kälte, alles ist schön hier. Versprich mir, dass du eines Tages mit mir hierher kommst. Vielleicht im Sommer, wenn wir an die Küste fahren und uns die Dune du Pilat ansehen können! Da waren Daniel und ich gestern. Auch

wenn wir den Bondi Beach haben, das hier ist etwas ganz anderes. Ich klinge wie ein australischer Tourist, oder?
Europa hat mich erobert. Das mag an dir liegen, Lena. Seit ich bei dir in München war, kann ich nicht aufhören zu lächeln. Dein Gesicht, als du die Tür aufgemacht hast, werde ich nie vergessen. Und dann dein Kuss, der sich wie der erste Kuss angefühlt hat.
Ich habe es nicht mehr ausgehalten. Ich musste dich sehen. So einfach und doch manchmal so schwer. Auch wenn Daniel meint, allein schon der Bonus, mit dir zu schlafen, hätte den Umweg über München gerechtfertigt – ich wäre auch nur für ein Hallo an deine Haustür gekommen. Alles, was dann in der Nacht zwischen uns passiert ist, hilft mir, etwas besser über die erneute Trennung hinwegzukommen.
Ich hoffe, du verstehst jetzt, dass keine andere Frau mich dazu bringen könnte, für nur vierundzwanzig Stunden diesen Umweg zu nehmen. Nur du.
Bordeaux ist nicht München, ich weiß, aber es ist viel näher an dir dran, als Sydney es jemals sein wird. Wenn ich also ab jetzt beruflich öfter hier sein sollte, wäre ich fast bei dir. Es würde etwas mehr Regelmäßigkeit in unsere Beziehung bringen. So sehr ich es liebe, dich via Skype zu sehen, nichts – wirklich nichts – schlägt eine echte Umarmung. Ich wünschte, ich hätte dich nicht so schnell wieder loslassen müssen.
Hast du den Idioten, der am Flughafen hinter uns so hartnäckig gehupt hat, eigentlich wirklich noch gestellt? Offensichtlich musste er sich noch nie von seiner Freundin verabschieden und weiß nicht, wie wichtig ein ordentlicher Kuss ist.
Lena, ich verspreche dir: Ich komme wieder. So bald wie möglich.
Dein Sam

PS: Die Pasta war gar nicht so versalzen. Ich würde sie wieder essen, wenn du mich noch mal einlädst.

Von Lena_Beyer_MUC@mail.de
An SurfingSamToday@mail.gov.au
Datum 8. Februar 2018
Betreff Re: Re: Re: Bordeaux!

Mein schockverliebter Sam,
ich habe noch nie jemanden so begeistert von Bordeaux im Februar sprechen hören. Die Fotos, die du mir geschickt hast, sehen sehr grau, sehr windig und sehr kalt aus. Aber garniert mit deinen Worten, ist die Schönheit des Ortes unübersehbar. Mein liebstes Foto ist das von dir auf der Düne, das dunkle Blau des tosenden Ozeans im Hintergrund, dazu deine wild verwehten Haare und deine dünne Jacke, die dir kaum Schutz vor dem Wind bietet. Aber dieses Lächeln! Sam, ich habe dich oft lächeln sehen, manchmal galt es sogar nur mir, aber dieses Foto – ich muss es immer wieder ansehen. Du siehst unverschämt gut aus. Und so glücklich! Ich hoffe, dass ein Teil deines Strahlens mir und unserer gemeinsam verbrachten Zeit geschuldet ist. Jetzt hast du mich so sehr angesteckt, dass ich am liebsten einen Urlaub in Bordeaux buchen möchte. Sag mir, wann ihr wieder hinmüsst, und ich werde alles daransetzen, dich zu begleiten. Mathilda hat sicher nichts gegen einen Trip ans Meer, sie spricht ohnehin ständig vom Sommer am Strand.
Dein Brief und das Foto kommen genau zum richtigen Zeitpunkt, denn deine Spuren in meiner Wohnung verblassen langsam, aber sicher. Es wird Zeit, das Bettzeug zu wechseln, auch wenn ich damit deinen Duft rauswasche, und ich weiß auch nicht, wie lange ich noch dein Handtuch benutzen kann, bevor es ebenfalls in die Wäsche muss. Die Kaffeetasse, aus der du getrunken hast, steht zwar noch immer am Rand der Spüle, wo du sie in Eile abgestellt hast, aber der Stuhl an unserem Esstisch bleibt Abend für Abend leer, egal wie sehr ich mir wünsche, es würde an der Tür klingeln, und du kämst herein. Ich taste nachts über die leere Bettseite

neben mir, in der Hoffnung, deine Hand dort zu finden. Ich wusste bisher gar nicht, dass man zu zweit in diese winzige Dusche passt, aber jetzt, alleine, kommt sie mir so unendlich groß vor.
Ohne dich.
Ist es möglich, unter der Dusche zu vereinsamen? Wenn ich die Augen schließe und das warme Wasser über meinen Körper laufen lasse, kann ich mir vorstellen, es wären deine Fingerspitzen, die meine Haut berühren. Wird es ab jetzt immer so sein? Jedes Mal, wenn wir uns sehen, gewöhne ich mich mehr an dich – und vermisse dich nach dem Abschied entsprechend mehr? Ich weiß nicht, wie lange ich das aushalte. Du fehlst mir so sehr. Kaum war dein Flieger abgehoben, hat Vanessa bei mir angerufen und wollte wissen, wie es war. Wie alles war. Im Austausch hat sie mir Informationen angeboten, die sie von Mathilda hatte. Ob sie dich mag und wie sie uns beide zusammen findet.
Wie hätte ich da Nein sagen können? Also haben wir uns gestern auf einen Kaffee getroffen, und ich weiß jetzt, dass Mathilda meint, du seist ziemlich groß. Sie findet auch, dass du gut riechst und ein schönes Lächeln hast. Außerdem sagt sie, ich wäre fröhlicher, wenn du da bist.
Sam, weißt du noch, dieses Protokoll, von dem Daniel sprach? Das für Frauen mit Kindern? Jetzt darfst du wirklich nicht mehr einfach so wieder aus meinem Leben verschwinden. Mathilda mag dich – und du würdest ihr Herz mitbrechen. Über meines will ich nicht mal nachdenken.
Aber das muss ich zum Glück auch nicht. Stattdessen denke ich an all die Dinge, die wir schon zusammen erlebt haben, und freue mich auf alles, was noch kommt.
Deine Lena

PS: Du erhältst hiermit eine lebenslang gültige Einladung zum Pastaessen.

Von SurfingSamToday@mail.gov.au
An Lena_Beyer_MUC@mail.de
Datum 9. Februar 2018
Betreff YEAH!

Liebe Lena,
entschuldige, dass ich mich erst jetzt melde, aber das Meeting lief ziemlich gut. Noch ist nichts fix, es müssen Verträge aufgesetzt und die richtigen Rahmenbedingungen gefunden werden, aber sie sind begeistert! Von den Brettern und von uns! Daniel und ich haben darauf angestoßen, und vielleicht tippe ich diese Zeilen etwas angetrunken, aber es sieht echt gut aus! Es ist schon spät (oder früh?), aber ich wollte dir das unbedingt erzählen. Vielleicht rufe ich dich sogar noch an. Oder erst morgen. Lieber morgen. Vom Flughafen. Wir fliegen saufrüh zurück.
All die Arbeit zahlt sich endlich aus! Lena, das müssen wir feiern!
Sam

Von Lena_Beyer_MUC@mail.de
An SurfingSamToday@mail.gov.au
Datum 9. Februar 2018
Betreff Re: YEAH!

Mein lieber Sam,
ich freue mich so sehr für euch! Das habt ihr wirklich verdient!
Und ja, das werden wir feiern! Aufgeschoben ist nicht aufgehoben!
Richte Daniel bitte aus, dass ich sehr stolz auf euch beide bin!
Melde dich, sobald du gelandet bist!
Deine Lena

Shark Beach, 14. Februar 2018

Liebe Lena,

hier sieht es aus wie immer. Der Strand, der Ozean, alles. Dabei hat sich in der Zwischenzeit so viel verändert. Ich war in Europa, ich habe Mathilda kennengelernt, wir verleihen Surfbretter nach Frankreich, ich weiß, wie deine Wohnung aussieht. Ich durfte dich spüren. Gerade fühlt es sich an, als hätte ich in meinem Leben die Vorspultaste gedrückt. Wie ist es möglich, dass ich vor ein paar Tagen noch Handschuhe gekauft habe und jetzt in kurzen Hosen und einem T-Shirt hier stehe. Es macht mir deutlich, wie weit weg du gerade bist, bei Minusgraden in deinem Bett, das nicht mehr nach mir riecht.
Es sind noch immer so viele Eindrücke, die ich verarbeite, dazu die letzten Spuren des Jetlags, den ich diesmal nicht so leicht abschütteln kann – und auch nicht will. Auf die Art bin ich noch ein bisschen länger in deiner Zeitzone.
Europa hat mir sehr gut gefallen. Daniel war etwas irritiert, dass es tatsächlich Schnecken auf der Speisekarte gab, aber der Wein hat ihm ausgezeichnet geschmeckt, und alles in allem ist er mit dem Trip sehr zufrieden, weil wir mehr Surfbretter unterkriegen, als zuerst verhandelt. Sie werden weitere Orte versorgen. Neben Biarritz auch noch Moliets und Hossegor. Wenn wir Glück haben, sogar Bilbao in Spanien. Lena, das wäre großartig! Das wäre absolut großartig! Wenn unsere Surfbretter dort für eine ganze Saison ausleihbar sind und am Ende verkauft werden, das wäre fantastisch!
Ich könnte einen doppelten Sommer gut vertragen, denn bestimmt müsste einer von uns beiden dann auch mal wie-

der nach Frankreich. Und ich bin sicher, Daniel würde mir den Vortritt lassen. Das bedeutet, ich würde dich wiedersehen, könnte noch mehr Spuren in deinem Leben hinterlassen und hoffen, dass sie nicht mehr so schnell verblassen. Wenn man genug Zeit an einem Ort verbringt, dann bleiben die Fußspuren, da bin ich mir ganz sicher.
Aber jetzt hat mich erst mal die Realität wieder. Sharks Beach. Der Ort, an dem ich dich gefunden habe, und doch sitze ich hier mit der Kette deiner Stadt irgendwie zwischen den Kontinenten. Ein Teil meines Herzens habe ich dir dagelassen. Pass gut darauf auf, bis ich wieder bei dir bin.
Und ich komme wieder, denn es wäre natürlich absolut unhöflich, die Einladung zum Essen abzulehnen, die sich in deinem PS versteckt hat. Auch wenn ich gestehen muss, ich komme nicht ausschließlich wegen des Essens.
Es ist die Art, wie du mich ansiehst, wie deine Finger sich beim Gehen mit meinen verhaken, wie du perfekt in meine Umarmung passt, wie deine Atmung sich meiner anpasst.
Jedes Wort, das ich von dir gelesen habe, hat ein Bild in meinem Kopf entstehen lassen. Damals, als ich keine Ahnung hatte, wie du aussiehst, und auch jetzt, da ich jeden Zentimeter deines Körpers kenne. Mit jedem Brief, jedem Gespräch, jedem Kuss kommt ein neues Puzzlestück hinzu, ich lerne dich immer besser kennen und möchte damit nicht aufhören. Du musst wissen, ich bin ziemlich hartnäckig, was Puzzles angeht, und gebe nur sehr selten auf. Wenn du also nichts dagegen hast, bleibe ich noch eine ganze Weile in deinem Leben.

Dein Sam

PS: Ich kann es kaum erwarten, bis ich wieder bei dir bin.

München, 3. März 2018

Sam,

bringt dich die Sehnsucht auch langsam um den Verstand?
Ich beobachte Paare in der U-Bahn, sehe sie Händchen haltend im Park, höre sie im Supermarkt telefonieren, wie sie das Abendessen planen, und frage mich, wieso uns das verwehrt bleibt. Warum kann ich nicht das haben, was für alle anderen so selbstverständlich ist?
Ich liebe dich, Sam. Ich liebe deine Briefe, all die kleinen Nachrichten, die mich erreichen, deine Aufmerksamkeiten und jedes Standbild, wenn das Internet zu langsam ist, um mit unserem Gespräch mithalten zu können.
Aber ich will mehr!
Ich will dich, ich will uns, ich will das ganze Paket! Und das darfst du mir nicht übel nehmen. Die ganze Zeit habe ich auf die Zweifler von außen gewartet. Auf Vanessa, die mir eines Tages die Frage stellt, wie ich mir denn unsere Zukunft vorstelle. Aber jetzt bin ich es, die sich diese Frage stellt.
Was wird aus uns, Sam? Wohin geht unser Weg? Wann sehen wir uns wieder?
Wir müssen darüber reden, wenn wir vernünftig planen wollen, denn ich für meinen Teil drehe hier langsam, aber sicher durch. Wünschst du dir denn nicht auch, dass ich da bin, wenn du dich im Bett zur Seite drehst? Und zwar jeden Morgen und jeden Abend, nicht nur an Feiertagen oder bei spontanen Besuchen. Wünschst du dir nicht, dass ein Brief von mir auf dem Nachttisch liegt, oder in der Küche ein Einkaufszettel, weil wir am Abend zusammen kochen, essen

und uns dann mit Mathilda auf die Couch kuscheln wollen?

Gerade komme ich mir sehr, sehr egoistisch vor. Aber ich denke, es ist nur fair, wenn ich dir das erzähle, bevor mein Kopf explodiert und du dich fragst, was mit mir los ist.

Der Stress im Büro trägt auch dazu bei, dass ich mir nach Feierabend endlos Gedanken mache. Gerade ist alles zu viel. Mein Chef ist der Meinung, unsere Abteilung würde nicht ihr volles Potenzial ausschöpfen. Und fast, als wollte er es uns beweisen, hat er uns noch ein Projekt aufs Auge gedrückt. Klar kriegen wir es irgendwie hin, aber meine Kollegin Sophie macht jetzt schon andauernd Überstunden. Gestern hat sie auf der Toilette geweint, weil sie einfach nicht mehr kann. Also habe ich ihre Übersetzung mit nach Hause genommen, greife ihr ein bisschen unter die Arme. Schlafen ist was für Anfänger, nicht wahr?

Wenn das so weitergeht, werden die Leute der Reihe nach kündigen. Die Anforderungen wachsen uns schlicht über den Kopf, und unseren Chef interessiert das überhaupt nicht!

Wie gerne hätte ich jetzt eine Pause von all dem. Nur ein Abend, an dem ich mal durchatmen kann. Vanessa sagt, ich soll mich zu einem Sportkurs anmelden, um mich nach der Arbeit auszupowern und den Frust abzubauen und ihn nicht mehr mit nach Hause zu nehmen. Das habe ich jetzt getan. Ab Montag beginnt mein Spinning-Kurs, da ist Mathilda bei Johannes. Vielleicht bin ich dann nicht mehr ganz so genervt, gestresst und grundlos wütend. Auch wenn ich nicht glaube, dass ein Spinning-Kurs gegen meine Sehnsucht hilft.

Gestern habe ich Mathilda angeschrien, weil sie beim Malen über den Rand auf den Tisch gekommen ist. Sie hat mich

mit Tränen in den Augen angesehen, weil das Bild nämlich für mich war. Weißt du, was sie gemalt hat?
Dich, Sam. Sie hat dich gemalt.

Deine Lena

PS: Sei bitte nicht sauer auf mich, weil ich mir eine gemeinsame Zukunft mit dir wünsche.

Sydney, 12. März 2018

Meine liebe Lena,

es ist schwer, ich weiß.

Und nein, ich bin nicht sauer. Wie auch, wenn ich mir doch das Gleiche wünsche? Die Zeit mit dir in München hat mir sehr deutlich gezeigt, wohin ich will. Wenn es doch nur so einfach wäre, Lena. Ich kann nicht mein Leben hier in einen Koffer packen und zu dir kommen, so gerne ich das auch tun würde. Das geht nicht. Noch nicht.

Daniel fürchtet, ich würde ihn hier mit der Firma hängen lassen. Gerade jetzt, wo wir endlich vorankommen und neue Pläne schmieden. Gestern Nacht konnte ich nicht schlafen und habe auf eine Pizzaschachtel ein Surfbrettdesign skizziert, das noch besser für kleinere Wellen und Anfänger geeignet wäre als das letzte. Wir könnten sogar eins für Kinder entwerfen. Ich habe an Mathilda gedacht, und ob es nicht helfen könnte, ihr die Angst vor den Wellen zu nehmen. Es müsste breiter sein, stabiler, schwerer. Mal sehen, was Daniel von meinem Vorschlag hält.

Ich kann ihn nicht ohne Weiteres zurücklassen, mit der ganzen Arbeit. Das verstehst du, oder? Wir müssen einen Weg finden, alles unter einen Hut zu bekommen.

Ich merke ja, wie deine Ungeduld mit jedem Tag, mit jedem Brief, mit jedem Anruf wächst. Immer wieder fragst du, wann wir uns wiedersehen. Auch für mich wird es schwerer, je länger wir uns nicht sehen. Dabei habe ich immer angenommen, je mehr Zeit wir gemeinsam überstehen, desto leichter fällt es, daran zu glauben, dass wir ein Happy End bekommen.

Egal, wie oft ich dir versichere, dass ich dich liebe, dass ich auf eine neue Chance für einen Besuch warte, es kann dir die Unsicherheit nicht nehmen, oder? Die Angst, wenn ein Brief etwas länger dauert, wenn ich zehn Minuten zu spät online komme oder meine Mailbox deinen Anruf abfängt. Ich weiß, wie du dich fühlst, weil es mir genauso geht. Was, wenn du im Spinning-Kurs jemanden kennenlernst? Was, wenn ein neuer Kollege im Büro charmant ist und dich zum Mittagessen einlädt? Wie soll ein Brief dagegen ankommen?
Ich könnte mich natürlich wiederholen, dir immer wieder sagen, dass ich keine andere Frau als dich küssen und im Arm halten will, aber das echte Leben fährt andere Argumente auf, und wir sind nun mal nicht immun gegen Zweifel. Nicht mal wir, Lena.
Stress, Termine, deine Familie, mein Job, Daniel, der Zeitunterschied. All die Dinge, die wir zu Beginn romantisch fanden, werden jetzt zu Stolpersteinen. Früher fiel es uns leichter, auf die Briefe zu warten, nun greifen wir zu Skype, aber auch das ist nur eine miese Ersatzdroge im Vergleich zu den Stunden, die wir zusammen verbringen durften.
Ich mache mir Sorgen, dass es dir irgendwann zu viel wird. Oder eben zu wenig. Dieses Leuchten in deinen Augen, das früher wie ein Stadionlicht anging, wenn du mich via Webcam gesehen hast, es wird immer dumpfer. Ich habe Angst vor dem Tag, an dem du mir verpixelt gestehst, dass du das nicht mehr kannst. Dabei habe ich geglaubt, mit dem Besuch bei dir unser Vertrauen in uns zu stärken. Jetzt beschleicht mich das Gefühl, ich habe alles nur schlimmer gemacht.
Ich glaube noch immer an uns, Lena.
Ich bin auch nach wie vor gewillt, die berühmte Extrameile zu gehen, aber dir geht die Puste aus?
Wie soll ich dich überzeugen, wenn du die Argumente nur

allzu gut kennst? Wenn du weißt, was ich auf deine Fragen antworten und wie ich deine Zweifel parieren werde?
Es spielt keine Rolle, wie viele T-Shirts ich dir schicke, wie viel Sand ich mit einem Containerschiff zu dir bringen lasse und wie oft ich mitten in der Nacht aufstehe, damit du mich via Skype sehen kannst – es ist nicht das, was du dir wünschst. Du willst mich in deinem Leben. Du willst eine echte Umarmung, einen echten Kuss, eine echte Zukunft. Meine Worte vertrösten dich nur immer wieder.
So auch diesmal.
Lena, sobald es möglich ist, komme ich dich besuchen.

Dein Sam

PS: Renn bitte nicht davon.

München, 19. März 2018

Lieber Sam,

ich hasse das Internet. Sorry, dass mein Skype ständig abgeschmiert ist. Ich wollte dich unbedingt sehen, aber zumindest konnte ich dich hören. Es tut mir leid, ich habe die Enttäuschung in deiner Stimme deutlich bemerkt. So ist das, wenn man sich zu sehr an etwas gewöhnt hat. Mein Tag endet immer mit deinem Gesicht, manchmal nur kurz, ich sehe dein Lächeln und weiß, ob du dich am Morgen rasiert hast oder in Eile warst. Es ist mein Happy End des Tages, und es nicht wie gewohnt zu bekommen, finde ich schlimm. Skype ist die Light-Version der Vorstellung, du wärst wirklich hier bei mir. Und ein simples Telefonat ist dann wohl die entkoffeinierte, zuckerfreie Version. Du hast vollkommen recht, wir wollen immer mehr, geben uns nicht mehr mit einem Anruf zufrieden. Sind wir undankbar, Sam? Es tut mir auch leid, dass wir nicht so lange reden konnten, aber mir sind die Augen irgendwann zugefallen. Mein Chef hat Sophie vor uns allen fertiggemacht, als wollte er ein Exempel an ihr statuieren. Und da konnte ich den Mund nicht halten, habe gesagt, was ich von der aktuellen Situation halte und dass wir alle unser Bestes geben. Darauf meinte er nur, ich könne mich ja nach einem neuen Job umsehen, wenn ich es hier so schrecklich fände. Er hat mich nicht gefeuert oder so, aber es ist deutlich, dass er mich jetzt auf dem Kieker hat. Wie zufällig landen kleine Übersetzungsjobs auf meinem Tisch, die zwar nicht viel Zeit verschlingen, mir aber kurze Pausen erschweren. Ich komme kaum noch dazu, dir bei der Arbeit zu schreiben. Gerade deswegen wollte ich dich

unbedingt sehen und habe fast den Router durch die Wohnung geworfen! Nicht nur im Büro, auch mit Mathilda geht gerade einiges schief. Sie hat das erste Mal Streit mit ihrer besten Schulfreundin, und in dem Alter bricht dann eben eine Welt zusammen. Das (und meine miese Laune) führt zu angespannter Stimmung im Hause Beyer, sie will auch nicht wirklich mit mir darüber sprechen, schweigt beharrlich, selbst beim Abendessen.
Die Onlinetreffen mit dir sind meine Oase, der Ort, an dem ich durchatmen und loslassen kann. Wenn man mir das nimmt, werde ich zickig. Nicht gerade meine beste Eigenschaft, ich weiß. Es ist gar nicht so einfach, solche Alltagsprobleme aus unserer Beziehung herauszuhalten. Wenn ich, wie heute, einen schlechten Tag habe, dann lasse ich es unweigerlich irgendwann an dir aus. Dabei hast du das gar nicht verdient. Verzeih bitte, dass ich so ungeduldig war, aber manchmal überkommt es mich, und dann will ich planen, will wissen, wie es weitergeht, will nur bei dir sein. Dabei habe ich ja selbst keine Ahnung, wann ein Treffen das nächste Mal möglich ist. Ich war einfach ein bisschen traurig und hungrig. Oder ich schiebe es auf die Hormone. Eine sehr unangenehme Mischung. Eigentlich bin ich gar nicht so ungeduldig, wie ich heute klang. Morgen gehe ich wieder zum Spinning, und danach bin ich oft so platt, dass kein Platz mehr für Wut oder Enttäuschung ist. Es fällt mir zwar nicht leicht, mich nach der Arbeit noch für den Kurs zu motivieren, aber Sabine, Michael – ich kenne die beiden aus dem Spinning-Kurs, wir sind dort die Ältesten, wie wir amüsiert festgestellt haben – und ich schicken uns dann immer Nachrichten. Michael könnte auch als Motivationscoach arbeiten, er kriegt uns jedes Mal dazu, pünktlich beim Kurs zu sein. Dann grinst er ganz stolz, weil er weiß, ohne

ihn säßen wir jetzt zu Hause auf der Couch – mit einer Tüte Chips in der Hand. Zuerst verfluchen wir ihn, aber wenn ich irgendwann total erschöpft fast vom Rad falle, bin ich ihm doch dankbar.
Ich verspreche dir also, beim nächsten Anruf werde ich nicht mehr so zickig sein.
Ich liebe dich.

Deine Lena

PS: Ich renne nicht davon.

Sydney, 28. März 2018

Liebe Lena,

ich habe den Streit so satt. Ich kann ja verstehen, dass du sauer bist, aber ich wusste nicht, dass der Termin derart lange dauern würde. Die Jungs vom Surf-Magazin, in dem wir unsere Werbung schalten, haben uns zu dem Sportevent mitgenommen, und danach haben wir dort zusammen zu Mittag gegessen. Ich weiß, du hast extra gewartet, aber ich konnte nicht einfach aufstehen. Und glaub mir, das wollte ich. Ständig habe ich auf die Uhr geschielt, bis Daniel mir einen Tritt vors Schienbein verpasst hat.

Schon als ich deine vielen Anrufe in Abwesenheit gesehen habe, wusste ich, dass du sauer bist.

Es tut mir leid, Lena. Ich habe mich jetzt wirklich auf jede erdenkliche Art entschuldigt. Das Leben kam dazwischen, darüber bin ich nicht besonders glücklich.

Sag mir, wie ich es wiedergutmachen kann. Es ist ja auch nicht so, als hätten wir noch nie ein Telefonat wegen eines dringenden Notfalls bei dir verschieben müssen. Als du Johannes abgeholt hast, weil sein Wagen einen Platten hatte. Er hätte auch einen Freund anrufen können, aber nein, er hat deine Nummer gewählt. Was zur Folge hatte, dass wir an dem Abend nicht mehr miteinander sprechen konnten. Damals habe ich dir keine Szene gemacht. Zumindest keine große.

Es fühlt sich gerade an, als ob das echte Leben nicht mehr um unsere rosarote Wolke herumfährt, sondern vorzugsweise mittendurch, und zwar mit einem Monstertruck, der viel Chaos hinterlässt.

Wir sollten unsere Routinen ändern, vielleicht andere Uhrzeiten einführen oder an den Wochenenden mehr Zeit für uns einplanen. Wobei das wieder schlecht ist, weil du die Wochenenden für Mathilda und deine Eltern reserviert hast. Und das ist kein Vorwurf, nur für den Fall, dass du es so auffassen willst.

Lena, ich will nicht mit dir streiten. Ich will mit dir lachen, ich will flirten, dir sagen, wie unverschämt gut du in dem Oversizepullover von neulich aussiehst, und dich dann trotzdem fragen, ob du ihn für mich ausziehst. Ich will dir von den Wellen erzählen, die ich in der Mittagspause surfe, von den stillen Momenten am Secret Spot – den ich in letzter Zeit viel zu selten besuche –, und ich will dich wieder über Musik reden hören. Du sprichst nur noch über die Arbeit, über deinen Spinning-Kurs, über den stressigen Alltag und über Michael. Was ist mit der Gitarre, die ich bei unseren Videochats im Hintergrund sehe? Wie geht es deinem Vater? Was ist mit Mathildas Bildern? Die zeigst du mir auch nicht mehr.

Normalität mit dir hat sich immer so gut angefühlt, aber seit einigen Wochen ist alles anders. Ich versuche, ehrlich zu sein. Ich weiß nicht, ob mir dieser Michael aus dem Spinning-Kurs so zusagt. Es freut mich, dass du dich mit ihm und dieser Sabine gut verstehst, aber irgendwie habe ich ein mieses Gefühl. Die Vorstellung gefällt mir nicht, dass er dich verschwitzt, außer Atem und glücklich erschöpft in hautenger Sportkleidung sieht. Auch wenn du sagst, ihr seid nur Bekannte, die sich nach dem Sport noch einen Green Smoothie zusammen gönnen, es gefällt mir nicht.

Und mir gefällt nicht, dass es mir nicht gefällt. Er bringt dich zum Lachen, er motiviert dich, er verbringt Zeit mit dir. Ich will dir sicher nicht verbieten, Zeit mit ihm zu verbringen, aber ich habe Magenschmerzen, wenn ich an ihn denke.

Er ist da. Du erwähnst ihn immer öfter. In Nebensätzen, in Hauptsätzen. Er taucht in deiner Mittagspause auf, um dir ein Sandwich zu bringen, weil er weiß, dass du viel zu tun hast. Das ist charmant. Zu charmant für meinen Geschmack.

Ich kann nichts dafür, aber ich kriege dieses Bild nicht aus dem Kopf: wie du deine Arme um seinen Nacken legst und dich auf die Zehenspitzen stellst, um ihn zu küssen. Nicht, weil du in ihn verliebt bist, sondern weil er da ist. Weil er all das ist, was ich gerade nicht bin.

Ich habe mich nie für sonderlich eifersüchtig gehalten und inzwischen sogar das mit Johannes ganz gut im Griff (wenn man bedenkt, was ihr für eine Vorgeschichte habt), aber jetzt bin ich doch eifersüchtig. Auf einen Typen, den du regelmäßig siehst.

Deswegen verfluche ich die Tatsache, dass ich heute nicht da war, als wir telefonieren wollten. Weil du heute Abend wieder beim Spinning bist, um, ich zitiere, deinen »Frust abzubauen«.

Michael wird auch dort sein.

Ich bin es nicht.

Dein Grübler Sam

Von Lena_Beyer_MUC@mail.de
An SurfingSamToday@mail.gov.au
Datum 4. April 2018
Betreff ...

Mein geliebter Grübler,
wir haben gerade erst aufgelegt, dennoch verspüre ich den Wunsch, noch einige Dinge zu sagen.
Nein, zu schreiben. Gesagt haben wir alles, aber es fällt mir eben manchmal leichter, Dinge aufzuschreiben, als sie direkt auszusprechen. Vielleicht glaubst du sie auch eher, wenn du sie schwarz auf weiß liest.
Deshalb hier noch mal ganz ruhig und in aller Ruhe: Du hast recht. Damit, dass wir versäumt haben, unsere Beziehung, beziehungsweise diesen Ort, an dem sie notgedrungen stattfindet, etwas besser zu pflegen. Stattdessen haben wir all die Sorgen des Alltags hierher gebracht, haben vergessen zu genießen, und ich bin daran nicht ganz unschuldig.
Aber du irrst dich, wenn du glaubst, auf Michael eifersüchtig sein zu müssen.
Er ist nicht du. Und ich liebe nun mal dich.
Und es tut mir leid, dass ich so viel von ihm erzählt habe. Auch wenn du ziemlich süß aussiehst, wenn du grimmig in die Webcam schaust und steif und fest behauptest, gar nicht so eifersüchtig zu sein. Sam, ich versichere dir, du hast keinen Grund dazu. Weil Michael für mich nur ein Kumpel ist, der sich zufällig im selben Raum wie ich die Seele aus dem Leib strampelt.
Glücklich verschwitzt und mit einem seligen Lächeln, so kriegst nur du mich zu Gesicht. Deswegen trage ich heute meinen von dir so geliebten Oversizepullover – den ich nur für dich ausziehe.
Hörst du, Sam? Nur. Für. Dich. Egal, wie groß der Frust auch sein mag, dass wir räumlich getrennt sind: Dieses Kribbeln in mei-

nem Bauch vor unseren Gesprächen spricht eine sehr deutliche Sprache. Solange ich noch so aufgeregt bin, weil ich gleich deine Stimme hören und dein Lächeln sehen werde, renne ich sicher nicht davon.

Und solange du so eifersüchtig auf eine harmlose Sportbekanntschaft bist, gibst auch du mich nicht auf, oder?

Du hast mich nach der Gitarre gefragt, die ich tatsächlich viel zu lange schon unbeachtet in der Ecke habe stehen lassen, und ich bin deiner Frage ausgewichen. Aber die Musik und ich, das ist immer wieder so ein Kampf. Wenn ich mich entscheide, nach der Gitarre zu greifen, vernachlässige ich automatisch etwas anderes in meinem Leben. Sei es nun Mathilda, meine Mutter, die immer mal wieder anruft, wenn ihr die Situation mit meinem Vater zu viel wird, Vanessa – oder eben dich. Manchmal, wenn ich morgens aufwache und von dir geträumt habe, spukt mir eine Melodie im Kopf herum, und ich möchte sie am liebsten aufschreiben, mir einen Text dazu ausdenken und lauthals lossingen. Aber dann kommt der Alltag: das Frühstück für Mathilda, die Fahrt zur Schule, zur Arbeit, der Stress dort, der Zoff mit meinem Chef. Bevor ich mich versehe, ist die Inspiration verschwunden und die freie Minute vorbei. Wenn ich Glück habe, nutze ich sie für einen Brief an dich. Wenn ich Pech habe, vergeude ich sie an der Kaffeemaschine, die entkalkt werden muss, weil niemand sonst im Büro sich dafür zuständig fühlt.

Gestern hat mir Vanessa erzählt, dass Holly Throsby hier in einem Club auftritt.

Holly Throsby, Sam!

Sofort war ich wieder in Sydney, in deinen Armen, spürte deine Lippen an meinem Ohr, wie du leise und nur für mich hörbar den Refrain ihres Songs »Aeroplane« mitgesungen hast. Unser erstes Konzert, unsere Tage in deiner Stadt. Alle Erinnerungen waren sofort wieder da, fast hätte ich dich berühren können. Ein Konzert von ihr klingt so verlockend, weil ich mir dann leichter einbilden könnte, bei dir zu sein. Nun will Vanessa natürlich, dass wir zusammen hingehen, aber wie soll ich Zeit für ein Konzert finden, Sam? Sicher, Johannes könnte Mathilda nehmen – er reißt sich ja gerade um jede Minute, die er mit ihr verbringen kann –, aber ich habe das Gefühl, zu viel Musik tut mir vielleicht nicht gut. In den Songs suche ich ja doch nur wieder dich, deine Umarmung, und dann vermisse ich dich noch viel mehr als ohnehin schon.

Ach, vergiss es, wieder nur ein Tagtraum von etwas mehr Musik für meine Seele – und etwas mehr Sam Miller in meinem Leben.

Ich hoffe, du glaubst meinen Worten in dieser Mail endlich.

Deine Lena

Sydney, 11. April 2018

Lena,

dieser Brief enthält eine kleine Überraschung für dich, an der ich zusammen mit Vanessa heimlich gearbeitet habe. Ich gebe es ungern zu, aber sogar Johannes war, mehr oder weniger direkt, beteiligt. Ich bin sehr, sehr froh, dass du eine Freundin wie Vanessa hast, die mein *partner in crime* wurde. Nicht zum ersten Mal, wie du weißt. Als ich die Idee hatte, wusste ich sofort, an wen ich mich wenden musste.

Ich habe ihr geschrieben und Unmögliches von ihr verlangt: dass sie dir nichts davon erzählt.

Falls sie sich in letzter Zeit also etwas merkwürdig verhalten haben sollte, war das meine Schuld. Jetzt kann sie dir endlich wieder in die Augen sehen und muss nicht länger lügen. Du wirst gemeinsam mit ihr auf das Konzert von Holly Throsby gehen. Die Tickets habe ich gekauft und an ihre Adresse schicken lassen. Ich musste es einfach tun. Wie kannst du eine solche Gelegenheit vorüberziehen lassen? Es ist Holly!

Sieh es als kleine Musikflucht aus dem Alltag, eine Zeitreise zurück zu uns. Ich weiß, ich weiß: Du denkst, das ist doch alles viel zu kompliziert, aber Vanessa hat mit Johannes gesprochen – ohne mich und meine Beteiligung an dem Ganzen zu erwähnen –, und er nimmt Mathilda über das Wochenende zu sich. Er hat wohl einen ganzen Tag Indoorspielplatz und Trampolinpark geplant.

Alles ist bereits arrangiert, du musst dir um nichts Sorgen machen.

Vanessa wird dich abholen, ihr geht zusammen essen, danach weiter ins Konzert, wo du hoffentlich einen wunderschönen Abend mit unseren Songs verbringen wirst. Anschließend schleppt sie dich in eine Bar, wo sie deinen Lieblingscocktail machen, und irgendwann, wenn die Sonne aufgeht, schlendert ihr beschwingt und heiser vom Singen nach Hause.

Das ist der geniale Plan, den wir zwei uns ausgedacht haben. Natürlich steht es dir frei, an den Feinheiten zu schrauben und so viel Spaß zu haben, wie es dir beliebt. Was ich mir allerdings wünsche, ist, dass du tanzt und mitsingst und vielleicht wieder ein bisschen die Lust verspürst, selbst Musik zu machen. Dein größter Fan wartet hier sehnlichst auf Nachschub. Vanessa hat auch die Aufgabe, die Polaroidkamera mitzunehmen. Wenn du also so gut wärst und sie ihr für den Abend ausleihen würdest? Hier sitzt nämlich ein grübelnder Surfer, der so gerne dabei wäre und sich einige Momentaufnahmen von dem Abend wünscht.

Jetzt bleibt mir nur zu hoffen, dass du dich freust. Ja, ich hätte dir das alles am Telefon sagen können, nenn mich also ruhig altmodisch, aber ich finde solche Informationen verlangen nach einem Brief.

Ich möchte dir einfach eine Freude machen, Lena. Es wird Zeit, dass Musik dich wieder glücklich macht – und wer könnte das besser als Holly?

Genieß den Konzertabend in vollen Zügen für mich mit!

Dein Sam

München, 18. April 2018

Mein lieber Sam,

du bist verrückt! Und genau dafür liebe ich dich. Du wusstest nur zu gut, dass ich sonst wahrscheinlich nicht hingegangen wäre – und in ein paar Wochen hätte ich es bereut, hätte Konzertbericht um Konzertbericht gelesen und neidvoll in fremden Erinnerungen geschwelgt. Aber dank dir kann ich jetzt eigene mit nach Hause nehmen und dir davon erzählen.

Vanessa hat mir die Tickets gezeigt und dabei sehr streng geschaut.

»Wir werden eine verdammt gute Zeit haben, das habe ich deinem Surfer versprochen.«

Genau das hat sie gesagt! Und genau das werde ich tun.

Du hast geschrieben, ich darf an den Feinheiten schrauben, aber die wichtigste Feinheit liegt außerhalb meines Wirkungsbereichs. Du, Sam, du wirst fehlen. Aber keine Sorge, ich werde mir einfach vorstellen, dass du dabei bist. Und bei den schönsten Songs werde ich an dich denken und laut für dich mitsingen – vielleicht kannst du es ja hören.

Nach dem ganzen Stress hier ist das Konzert genau das Richtige für mich, auch wenn es mein Fernweh nach deinem wunderbaren Kontinent (und dir!) noch verstärken wird. Aber das ist es mir wert.

Den ganzen Tag schon höre ich Hollys Musik und summe mit. Dabei sehe ich dein Gesicht vor mir, spüre, wie du meine Hand hältst, wie wir uns küssen, wie ich mich an dich lehne. Das Konzert werde ich also ganz sicher in vollen Zügen genießen und dir nachher eine Auswahl an Polaroids zukom-

men lassen. Im Interesse eines ungestörten, altmodischen Konzertgenusses werde ich keine Fotos oder Filme mit dem Handy aufnehmen, sondern ganz dort – und bei dir – sein. Danke, Sam. Du schenkst mir nicht einfach Tickets zu einem Konzert.
Du schenkst mir ein bisschen »uns«.
Ich bin so gespannt, wie es wird.

Deine Lena

PS: Nur, damit du es nicht erst anschließend erfährst: Ich habe Michael und Sabine von dem Konzert erzählt und klang dabei wohl etwas zu begeistert. Sie haben beschlossen, uns zu begleiten, aber keine Sorge, in Wahrheit bin ich nur mit dir dort.

Sam
Wie geht es Mathilda? Melde dich bitte, sobald du mehr weißt. Ich mache mir Sorgen!

Sam
Noch immer nichts Neues? Ich kann dich nicht erreichen. Wie geht es ihr?

Lena
Melde mich später.

Sam
Okay. Ich denke fest an dich. An euch. Ich liebe dich.

Sydney, 22. April 2018

Liebe Lena,

ich weiß, du hast am Telefon gesagt, dass du Zeit brauchst, aber ich muss dir einfach schreiben.
Es tut mir so leid.
Dieser Abend sollte ganz anders ablaufen – und jetzt dieses komplette Chaos!
Nein, es war nicht meine Schuld, das hast du mir oft genug gesagt, aber es fühlt sich so an. Warum sonst verschiebst du unsere Telefonate, bist nicht mehr online, reagierst nicht auf meine Nachrichten?
Ich mache mir Vorwürfe, Lena. Und Sorgen.
Um Mathilda. Mein letzter Stand ist, dass ihr Handgelenk gebrochen ist, aber wie geht es ihr jetzt? Was sagen die Ärzte? Wie lange wird es dauern? Welche Farbe hat sie sich für den Gips ausgesucht?
Und wie geht es dir?
Lena, es ist auch nicht deine Schuld. Du warst nicht da, ich weiß, aber niemand hätte so etwas vorhersehen können. Es war ein blöder Unfall, wie er jederzeit überall passieren kann. Mathilda ist ein Kind und klettert gerne herum, vor allem auf so einem Indoorspielplatz, das ist ja auch der Sinn der Sache. Vermutlich ist sie schon tausend Mal irgendwo runtergefallen, nur dieses eine Mal ist sie halt blöd aufgekommen und hat sich wehgetan. Aber Johannes war da. Sie war also nicht alleine, und er hat ja auch schnell reagiert und sie ins Krankenhaus gefahren. Ich weiß, dass du gerne sofort bei ihr gewesen wärst, aber du bist doch nach dem Konzert direkt hingefahren. Auch wenn du das im Moment nicht

hören willst, es ist nicht deine Schuld. Ich hoffe so sehr, dass du mich wieder anrufst, wenn dir danach ist. Ich kann auch zuhören, ich lasse mich auch anschreien, wenn es dir hilft, und ich würde dich umarmen, wenn ich könnte.
Später versuche ich noch einmal, bei dir durchzukommen.
Wenn du mich brauchst, ich bin hier.

Dein Sam

PS: Sperr mich bitte nicht aus.

München, 28. April 2018

Lieber Sam,

danke für deinen Brief und die Karte für Mathilda, sie hat sich sehr gefreut.
Noch immer fällt es mir schwer, das alles so richtig einzuordnen. Ich weiß, sie hat sich nur die Hand gebrochen, und die Ärzte versichern mir, dass der Bruch gut verheilen und nichts zurückbleiben wird. Mathilda selbst findet den Gips inzwischen sogar ganz cool, weil sie ständig darauf angesprochen wird. Zum Glück hat es die linke Hand erwischt, darum kann sie ganz normal am Unterricht teilnehmen und auch weiterhin malen. Das war tatsächlich ihre größte Sorge. Es geht ihr jeden Tag ein bisschen besser.
Aber das ändert nichts daran, dass ich nicht da war, Sam.
Ich hätte bei ihr sein sollen, als sie total verängstigt im Krankenhaus warten musste, umgeben von fremden Menschen, medizinischen Geräten, ganz alleine im Röntgenraum.
Ich war nicht da. Ich war nicht für sie da, weil ich unbedingt in dieses dumme Konzert musste, das Handy auf lautlos in der Tasche meiner Jeans, damit auch ja niemand das ach so wunderbare Event stören kann. Ich habe getanzt, ich habe mitgesungen, ich habe die Welt um mich herum vergessen. Habe mir eingebildet, du wärst dabei, wir wären irgendwo in Sydney, weit weg von der Realität.
Was soll schon passieren, nicht wahr? Es sind nur zwei Stunden, in denen ich loslasse, in denen ich den Menschen, der mir am liebsten ist, jemand anderem anvertraue – und dann passiert so was.
Ich habe verdrängt, dass ich nicht mehr so leben kann wie

vor zehn Jahren, als ich noch kein Kind hatte. Aber jetzt habe ich eine Tochter, und ich hätte für sie da sein müssen. Stattdessen habe ich mich von Vanessa in allen möglichen Posen fotografieren lassen, um meinem Brieffreund ein paar Polaroids schicken zu können.
Du sagst, du bist da, wenn ich dich brauche. Aber die Wahrheit ist: Du bist eben nicht da, Sam. Du bist unendlich weit weg. In deinem Leben, in einer anderen Jahreszeit, zu einer anderen Tageszeit. Du kannst mich nicht umarmen, wenn ich traurig bin, und du kannst mich nicht trösten, wenn ich sehe, dass mein Kind Schmerzen hat.
Erst als wir in diese blöde Bar gegangen sind und Cocktails bestellt haben, habe ich einen Blick auf mein lautloses Handy geworfen und bin schlagartig aus diesem Traumabend aufgewacht. Ich wusste sofort, dass etwas passiert ist, als ich die vielen Anrufe in Abwesenheit gesehen habe.
Alle von Johannes.
Du kannst nicht nachvollziehen, welche Horrorszenarien sich in diesem Augenblick in meinem Kopf abgespielt haben. Welche Ängste ich ausgestanden habe. Ich wusste nicht, was passiert ist, habe nur gelesen, dass Johannes mit ihr in der Notaufnahme ist. Mathilda in der Notaufnahme. Urplötzlich hat alles andere keine Rolle mehr gespielt. Ich habe Blut gesehen, Ärzte, die wie in diesen Krankenhausserien um ihr Leben kämpfen, ihren kleinen Körper wiederbeleben – und ich zu spät komme.
Zu spät, um ihr zu sagen, dass alles gut wird.
Zu spät, um ihr zu sagen, wie sehr ich sie lieb habe.
Zu spät, um mich zu verabschieden.
Michael hat mich sofort ins Krankenhaus gefahren. Er meint, ich hätte schrecklich blass ausgesehen und am ganzen Körper gezittert. Immer wieder habe ich versucht, Jo-

hannes zu erreichen. Aber im Behandlungsraum hatte er keinen Empfang. Diese Autofahrt waren die schlimmsten zweiundzwanzig Minuten meines Lebens, Sam. Ich weiß nicht, was ich ohne Michael getan hätte.
Dieser »blöde Unfall« hat mir auf sehr eindringliche Weise klargemacht, was in meinem Leben wirklich wichtig ist und wohin ich gehöre. Vanessa hat mich zu Beginn unserer Geschichte gewarnt, irgendwann würde ich eine Bruchlandung erleben. Ich habe ihr nicht geglaubt, habe auf mein Gefühl und deine Worte gehört. Aber stellen wir uns doch mal einen Moment der Realität, Sam.
Ich habe hier ein Leben, das meine Aufmerksamkeit verlangt und verdient.
Und wenn wir ehrlich sind, verlangt deines das Gleiche von dir.
Nun gerade brauche ich all meine Energie hier. Wir brauchen eine Pause, Sam. Kein Ende, eine Pause. Zum Durchatmen, zum Verstehen, zum neu Sortieren. Bitte hass mich nicht.
Ich melde mich, sobald ich wieder klar denken kann.
Ich umarme dich.

Lena

PS: Ihr Gips ist blau. So wie das Meer, sagt sie.

Secret Spot, 26. Mai 2018

Liebe Lena,

merkwürdig, wie schnell man Dingen unbewusst einen Platz in seinem Leben einräumt, darauf hinfiebert und dann enttäuscht ist, wenn man feststellt, dass sich die Routinen verändert haben.

Ich werde automatisch zu unserer Skype-Uhrzeit wach, ohne mir den Wecker stellen zu müssen, ich checke wie selbstverständlich mein Handy, weil ich eine Guten-Morgen- oder Gute-Nacht-Nachricht erwarte, und merke jetzt langsam, dass ich immer ins Leere blicke.

Du brauchst Zeit, das habe ich verstanden. Ich versuche, nicht anzurufen, lege das Telefon zurück, nachdem ich es zum dritten Mal aufgenommen habe, um dich aus alter Gewohnheit und mit dem frischen Gefühl der Sehnsucht anzurufen. Denn ich weiß, wenn ich mich melde, überschreite ich die Grenze, um deren Einhaltung du mich so unmissverständlich gebeten hast.

Aber wenn ich mich nicht melde, nimmst du wahrscheinlich an, mir ist egal, was in deinem Leben passiert. Doch da irrst du dich.

Wir waren doch irgendwie immer verbunden, Lena. Durch die Wunderwerke der Technik und unseren sturen Willen, die Distanz zu überbrücken, warst du bei mir und ich bei dir. Inzwischen ist es fast einen ganzen Monat her, dass ich zuletzt etwas von dir gehört habe, abgesehen von deiner knappen Antwort auf meine SMS, bei denen ich immer das Gefühl bekomme, nur ein lästiger Fragensteller zu sein.

Du sprachst von einer Pause, hast aber kein Ende dieses un-

endlich langen Schweigens festgelegt. Ist das hier noch eine Pause oder bist du schon verschwunden?
Ich warte auf Briefe, die nicht mehr kommen, auf Mails, die du nicht schreibst. Die Stille klingt lauter, als du vielleicht annimmst. Sie hallt Tag und Nacht in meinen Ohren wider. Und trotzdem glaube ich noch immer, du wirst dich melden, wenn genug Zeit vergangen ist. Wenn du siehst, dass Mathildas Hand wieder ganz hergestellt ist, und merkst, dass auch ich dir fehle. Dann hörst du hoffentlich auf, uns zu bestrafen. Denn genau das ist es doch, oder? Du denkst, wir sind schuld an Mathildas Unfall. Du denkst, weil du dich für das Konzert entschieden hast – und ich dich dazu überredet habe –, ist es passiert.
Ich weiß genau, wie du dich fühlst, Lena.
So genau. Hast du eine Vorstellung davon, wie oft ich mitten in der Nacht aufgeschreckt bin und mich gefragt habe, ob ich nicht doch die alleinige Schuld an Rayas Unfall trage? Wenn ich mich nicht mit ihr gestritten hätte, wenn ich nach dem Frühstück bei ihr geblieben wäre, wenn ich mich für den blöden Streit entschuldigt hätte, wäre sie dann vielleicht konzentrierter gewesen? Wäre sie vielleicht niemals bei dem Wellengang rausgepaddelt?
Wäre sie dann noch hier?
Aber nein, ich war woanders, hatte eine gute Zeit, weit weg vom Ort des Unglücks, das ich nicht aufhalten konnte.
Du weißt, was ich danach getan habe, wie sehr ich mich bestrafen wollte. Du tust jetzt nichts anderes. Du machst meinen Fehler, Lena.
Meine Worte erreichen dich im Moment nicht, weil sie nicht stark genug sind, um deine Mauer zu durchbrechen, aber ich schreibe sie trotzdem auf:
Es bringt rein gar nichts. Es tut dir nur unnötig weh. Es

dreht weder die Zeit zurück, noch nimmt es den Schmerz von Mathilda oder lässt ihr Handgelenk schneller heilen. Es hilft niemandem!
Nicht ihr, nicht dir und auch nicht mir.
Du fehlst mir, Lena.
Fällt es dir wirklich so leicht, auf mich zu verzichten? Ich frage mich viel zu oft, wie es euch geht. Ob Mathilda alle Klassenkameraden auf ihrem Gips hat unterschreiben lassen, ob du wieder ruhiger schläfst, was du nach Feierabend machst und ob du überhaupt noch zur Eisbachwelle gehst, um Surfer zu beobachten, die alle nicht Sam heißen.
Doch aus Deutschland kommen keine Nachrichten mehr.
Ich will dich anrufen, aber dann muss ich an deinen letzten Brief denken, der so deutlich war.
Ich bin wieder nur ein Zuschauer. Ich gehöre nicht mehr zu deinem Leben. Vielleicht hast du es auch gar nicht so gemeint, aber es hat wehgetan, das alles zu lesen.
Wie Michael da war und dich trösten konnte. Nicht mal Johannes, nein, Michael. Der Typ, der in meinen eifersüchtigen Momenten *meinen* Platz in deinem Leben einnehmen will.
Oder hat er das vielleicht schon getan?
Eine kurze Nachricht, ein Lebenszeichen, ein Update. Das ist alles, worum ich dich bitte.
Daniel sagt, dass du nur noch ein bisschen mehr Zeit brauchst, aber mit jedem Tag, der ohne dich vergeht, mache ich mir mehr Gedanken. So gerne ich glauben will, dass du einfach nur viel um die Ohren hast, frage ich mich doch, ob es nicht noch einen anderen Grund gibt. Und den möchte ich gerne hören. Meinst du nicht, dass mir das zusteht?
Jetzt sitze ich hier und warte wieder auf einen Kapitelabschluss, der nicht kommen will.

Obwohl ich weiß, wo du wohnst, und deine Telefonnummer, deine Mailadresse und deinen Skypenamen kenne, komme ich nicht an dich ran. Als hätte dich das Internet verschluckt. Du sagst, ich wüsste nicht, welche Ängste du ausgestanden hast. Dabei habe ich doch genau das erlebt. Ich weiß, wie es ist, wenn etwas Schlimmes passiert, und man ist nicht da. Das ist auch der Grund, warum mir dein Schweigen so wehtut.
Weil mir das alles schon mal passiert ist.
Von heute auf morgen war die Frau an meiner Seite verschwunden. Unerreichbar, unauffindbar, vom Ozean verschluckt.
Also habe ich mir etwas zu Herzen genommen, was du mir vor einer gefühlten Ewigkeit gesagt hast. Ich habe Raya einen Brief geschrieben, ihr alles gesagt, was ich damals zu sagen verpasst habe, und die Worte in eine Flaschenpost gepackt – es hat lange genug gedauert. Ich werde Rayas Brief den Wellen übergeben und hoffe, er findet irgendwie zu ihr. Damit beende ich das Kapitel für mich, auch wenn es mir schwerfällt.
Darf ich dich bitten, ebenso fair zu mir zu sein? Solltest du unser Kapitel beenden wollen, mach es so, wie es begonnen hat.
Mit einem Brief.

Sam

PS: Das Schlimmste ist, wie deine Spuren allmählich aus meinem Leben verschwinden.

München, 30. Mai 2018

Sehr geehrter Mr Miller,

Sie kennen mich zwar nicht, aber ich bin ein Freund von Lena. Und bevor Sie sich wundern: Sie weiß nicht, dass ich Ihnen schreibe. Trotzdem tue ich es.

Seit Wochen sehe ich nun schon zu, wie sie sich mit Selbstvorwürfen quält, wie sie mit sich und der Situation hadert. Meine Aufmunterungsversuche scheitern oft, nur selten bekomme ich ein Lächeln zu Gesicht. Ich denke, wenn man Lena kennt, weiß man, was das bedeutet. Sie ist eigentlich ein so fröhlicher Mensch, jetzt zieht sie sich immer mehr zurück.

Sicherlich spielt Mathildas Unfall eine große Rolle, aber da ist noch mehr. Vor einigen Tagen hat sie sich mir bei einem abendlichen Spaziergang schließlich geöffnet.

Sie leidet sehr unter der Fernbeziehung zu Ihnen, Mr Miller. Ich kann mir vorstellen, dass es auch für Sie nicht ganz einfach ist. Dieses Bangen und Hoffen – und die Enttäuschung, wenn es nicht vorwärtsgeht. All das tut Lena sehr weh, und ich weiß, wie schwer es ihr fällt, das in einem Brief an Sie zuzugeben. Auch wenn sie mich nicht ausdrücklich darum gebeten hat, sehe ich es als ihr Freund doch als meine Aufgabe an, Ihnen die Augen zu öffnen. Sie findet nicht die richtigen Worte, vielleicht aus Angst vor Ihrer Reaktion.

Nun übernehme ich es, diese Zeilen zu schreiben. Denn ich meine, Sie sollten die Wahrheit wissen, damit Sie nicht länger im Unklaren bleiben und endlich einen Schlussstrich ziehen können.

Die Sache zwischen uns wurde immer ernster. Ich habe viel

Zeit mit ihr und Mathilda verbracht, habe ausgeholfen, wenn alles zu viel wurde, und so entwickelten sich Gefühle, die wir nicht geplant hatten.

Lena und ich haben uns geküsst.

Nach einem gemeinsam verbrachten Abend ist es einfach so passiert. Aus anfänglicher Freundschaft wurde mehr, aber noch sind wir dabei auszuloten, wohin genau unsere gemeinsame Reise geht. Was Lena und Mathilda jetzt brauchen, ist Stabilität, eine Schulter zum Anlehnen und eine echte Umarmung. Das alles biete ich den beiden, so gut es mir möglich ist.

Lena ist, das können Sie sich bestimmt vorstellen, gerade sehr verwirrt, aber ich bin es nicht minder. Glauben Sie mir, das war nicht geplant. Es hat sich so ergeben. Wir haben viele Gemeinsamkeiten, ähnliche Tagesabläufe und Interessen.

Mr Miller, ich verstehe, dass auch Sie starke Gefühle für Lena hegen. Und natürlich empfindet Lena noch immer Zuneigung für Sie. Aber die große Entfernung ist ihr schließlich doch zu viel geworden. Es klingt simpel, aber sie hat sehr mit sich gekämpft und wollte nicht aufgeben. Doch die räumliche Trennung, der Zeitunterschied, all das hat sich aufsummiert, bis es ihr über den Kopf gewachsen ist. Sie denkt, es wird Zeit, die Sache zu beenden, bevor noch jemand ernsthaft verletzt wird. Nur fehlen ihr die Worte und auch etwas der Mut.

Wenn Sie Lena wirklich lieben, dann verstehen Sie sicher, wie schwer ihr der Abschied fällt und wieso sie Ihnen nicht mehr schreiben kann. Vielleicht wissen Sie es eigentlich auch schon längst und klammern sich an etwas, das nicht mehr da ist.

Das ewige Hin-und-her-gerissen-Sein zwischen den Welten

hat Lena nicht gutgetan. Wenn Sie sie nur so sehen könnten, wie ich sie täglich sehe: müde, ausgelaugt und sehr niedergeschlagen. Sie würden verstehen, warum es das Richtige ist, diese Fernbeziehung zu den Akten zu legen. Ich weiß, dass Sie ziemlich wütend auf uns sein werden, aber ich denke, es ist das Beste, wenn ich die Dinge beim Namen nenne: Ich habe mich in Lena verliebt.

Eines Tages wird Sie Ihnen sicherlich wieder schreiben, um sich von Ihnen zu verabschieden. Bis dahin sollen Sie aber nicht weiter im Ungewissen bleiben.

Es tut mir leid. Für Sie weiterhin nur das Beste.

Freundliche Grüße,
Michael Blum

München, 16. Juni 2018

Lieber Sam,

verzeih bitte die lange Funkstille.
Ich sitze hier vor diesem Blatt Papier, das ich seit Wochen anstarre, und finde keine Worte, die es verdienen, niedergeschrieben zu werden.
Seit dem Konzert – seit Mathildas Unfall – ist viel passiert. Das meiste davon wollte ich dir sofort erzählen, so wie ich es immer getan habe, aber ich konnte nicht. Es ging einfach nicht.
Ich wollte wieder bei mir ankommen, hier in München, wo mein Leben stattfindet, nicht irgendwo zwischen den Zeilen, wo ich es mir so gemütlich gemacht hatte. Die Arztbesuche mit Mathilda, der Streit mit Johannes, weil er findet, dass ich total überreagiere, dieses ganze Gefühlschaos: Es hat mich überfordert. Ich habe schlecht geschlafen, war bei der Arbeit total unkonzentriert, und jedes Mal, wenn ich dir schreiben wollte, wusste ich nicht, wie ich anfangen sollte. Ich glaube, irgendwie war ich wohl auf der Suche nach einer Reset-Taste, die mich auf magische Weise wieder genau dorthin befördert, wo ich war, bevor du aufgetaucht bist. Doch diese Taste gibt es nicht.
Vanessa hat mich gedrängt, endlich über meinen Schatten zu springen und dir alles zu erklären. Aber ich habe immer wieder gekniffen. Es tut mir leid, dass du so lange auf diesen Brief gewartet hast, ich musste wohl erst in meinem Kopf aufräumen. Und in meinem Herzen.
Wo soll ich anfangen?
Mathilda geht es gut, viel besser, als ich mir die meiste Zeit

eingestehe. Sie braucht mich nicht ständig um sich herum, sie findet meine Überfürsorge sogar peinlich und rollt mit den Augen, wenn ich sie von der Schule abhole, um sicherzugehen, dass sie heil nach Hause kommt. An ihrer Zimmertür hängt jetzt ein Schild: »Kein Zutritt ohne Klopfen! (auch nicht für Mama!!!)«. Deutlicher geht es kaum, oder? Vanessa sagt, ich bin auf dem besten Weg, eine Gluckenmutter zu werden.

Dieser Unfall hat in mir eine absurde Angst geweckt, die in den letzten Wochen immer schlimmer wurde. Nachts bin ich in ihr Zimmer geschlichen, um ihre Atmung zu kontrollieren. Das habe ich auch gemacht, als sie noch ein Baby war, aber jetzt war es einfach nur verrückt.

Ich war kurz davor, wahnsinnig zu werden, Sam.

Johannes, der an dem Abend vor Ort war, hat das Ganze inzwischen als »Unfall mit glimpflichem Ausgang« abgehakt. Versteh mich nicht falsch, er hat im Krankenhaus geweint, als er mich gesehen hat. Seine größte Sorge war, ich würde ihm Mathilda für immer wegnehmen – und das wollte ich wirklich! Ich war so wütend, dass er nicht besser aufgepasst hat. Dabei weiß ich genau, dass so ein Unfall auch hätte passieren können, wenn ich dort gestanden hätte. Inzwischen habe ich das eingesehen, aber ich war so wütend. Auf alle!

Auf Johannes, weil er nicht aufgepasst hat.

Auf dich, weil du mich auf dieses Konzert geschickt hast.

Auf Vanessa, weil sie dir geholfen hat, die Überraschung zu organisieren.

Auf mich, weil ich nicht bei meiner Tochter war.

Bis ich irgendwann begriffen habe, dass es einfach nur ein dummer, dummer Unfall war.

Michael meinte, es sei ganz normal, so zu reagieren, wenn das eigene Kind sich verletzt, und das würde sicher bald vorbeigehen. Er war es, der mich überredet hat, wieder etwas Normalität zuzulassen, er hat mich aus der Lethargie rausgeholt. Vor allem Mathilda war froh, dass wir ab einem bestimmten Punkt nicht mehr jeden Abend in der Wohnung saßen. Und dann wurde mir auf einmal bewusst, dass er einen Platz in meinem Leben einzunehmen versuchte, der nicht zu vergeben war. Er hat sich immer mehr ausgebreitet. Für uns gekocht, Mathilda bei den Hausaufgaben geholfen, mich nach der Arbeit abgeholt. Zuerst dachte ich, er will mir nur über diese schwierige Zeit hinweghelfen. Ich war ja anfangs völlig durch den Wind, stand im Supermarkt und wusste nicht mehr, was ich da eigentlich wollte.

Doch irgendwann hat sich der Nebel um mich gelichtet, da konnte ich wieder klar denken und habe erkannt, was ich vor allem Mathilda mit meiner erdrückenden Vorsicht antue. Ich bin vor mir selbst erschrocken.

Vanessa, die ich auch viel zu weit von mir weggestoßen hatte, meinte, ich müsse dringend wieder unter Leute, mein normales Leben wieder aufnehmen und vor allem nicht die Menschen vergessen, die ich ins Abseits gedrängt hatte. Also bin ich wieder zum Sport gegangen, was erstaunlich gutgetan hat. Wahnsinn, wie viel überschüssige Energie sich in meinem Körper angesammelt hatte. Alles habe ich mir von der Seele gestrampelt, habe geschwitzt wie in der Sauna und mein Herz wieder klopfen gespürt. Und diesmal nicht aus Angst. Das war das erste Mal seit unserem letzten Telefonat, dass ich mich wieder leicht gefühlt habe.

Und das war auch der Moment, in dem mir klar wurde, ich muss zurück zu dir. Du musst zurück zu mir. Weil du schon viel zu lange weg warst. Plötzlich wusste ich, wieso sich mein Leben in letzter Zeit nicht mehr richtig anfühlte. Weil ich dich ausgesperrt habe. Ich wollte meine kleine Familie

beschützen und habe viel zu spät gemerkt, dass du schon längst ein Teil davon bist.
Ist es zu spät, Sam? Zu spät für eine Entschuldigung? Zu spät, um dich anzurufen?
Und verrätst du mir, welche Worte du gefunden hast, um Raya loszulassen?

Deine Lena

PS: Lass mich neue Spuren hinterlassen.

München, 21. Juni 2018

Lieber Sam,

das ist deine Strafe dafür, dass ich so lange gebraucht habe, um zu merken, wie dumm ich war. Stimmt das? Es ist deine Art, mir zu zeigen, dass es zu spät ist?

Ich habe bei Skype gewartet, dir Nachrichten auf deiner Mailbox hinterlassen und WhatsApp-Erklärungen mit und ohne Emojis geschickt, aber keine Ahnung, ob du sie überhaupt gelesen hast. Das erlösende blaue Häkchen taucht nicht auf, ich kann dich nicht erreichen.

Jetzt bist du es, der wie vom Erdboden verschluckt ist. Vanessa hat mich gewarnt, immer wieder. Sie meinte, ich solle nicht zu lange stumm bleiben, weil ich sonst vielleicht das Beste verliere, was mir seit Jahren passiert ist – dich.

Doch ich habe nicht auf sie gehört, sondern den schlimmsten aller Fehler gemacht und es als Selbstverständlichkeit angesehen, dass du in meinem Leben bist. Ich dachte, du würdest ewig warten, während ich mich um mich selbst drehe. So schnell, dass mir ganz schwindelig wurde.

Jetzt, wo ich wieder klar sehe, bist du nicht mehr da. Ich weiß, dass ich dir wehgetan habe, und mich beschleicht das Gefühl, eine Entschuldigung reicht diesmal nicht aus, um dich zurückzugewinnen. Vielleicht spürst du auch, dass etwas passiert ist, was ich dir verheimlicht habe.

Das wollte ich nicht in einem Brief erklären, ich wollte dich dabei ansehen, wenn auch nur durch eine Webcam, ich wollte, dass du meine Stimme hören kannst und spürst, dass ich die Wahrheit sage. Aber jetzt zwingst du mich, es doch aufzuschreiben. Worte, die mir wehtun, weil ich sie auf

Papier bannen muss. Obwohl ich doch alles tue, um es zu vergessen.

Michael hat mich geküsst.

Er war bei uns zum Abendessen, ich habe ihn zur Tür gebracht. Wir standen da, haben uns verabschiedet, und statt mich zu umarmen, hat er mich einfach geküsst.

Ich war vollkommen überrumpelt. Noch immer ist mir schleierhaft, wie das passieren konnte. Wie er all die Signale so missverstehen konnte. Sicher, ich war froh, dass ein Freund da war, der mir zur Seite stand, als der Boden sich wackelig und der Kopf vernebelt angefühlt hat. Aber ich bin davon ausgegangen, wir sind Freunde. Nicht mehr. Wir haben geredet, viel. Häufig habe ich auch über dich gesprochen, über uns. So oft wie dein Name gefallen ist – ich weiß nicht, wie er das falsch auffassen konnte.

Du glaubst mir das alles nicht, oder? Du hattest ja bei ihm immer ein ungutes Gefühl, und jetzt sagst du sicher, dass ich mich in seine Arme geflüchtet habe, weil du so weit weg bist und er hier vor mir stand.

Weißt du, was mir durch den Kopf schoss, nachdem er mich geküsst hatte?

Wie sehr *du* mir fehlst, wie falsch sich seine Lippen auf meinen angefühlt haben – und wie wütend du sein wirst, wenn ich dir davon erzähle.

Ich habe an dich gedacht, an unsere Küsse, die salzig nach Ozean geschmeckt und sich für immer in meine Erinnerung eingebrannt haben.

Sam, ich habe ihn nicht zurückgeküsst. Wir haben uns seitdem auch nicht gesehen, obwohl er versucht, mich anzurufen und sich zu entschuldigen. Ich weiß, dass du jetzt wütend auf mich bist, aber bitte gib mir eine Chance, dir alles von Angesicht zu Angesicht zu erklären.

Ich habe Angst, diesen Brief abzuschicken, weil ich befürchte, wieder keine Antwort zu bekommen.
Bitte schreib zurück, Sam.

Deine Lena

Von Lena_Beyer_MUC@mail.de
An SurfingSamToday@mail.gov.au
Datum 30. Juni 2018
Betreff Du fehlst mir!

Sam,
wo bist du? Wo habe ich dich verloren?
Bitte schreib mir wieder. Ich vermisse deine abgehackten Bäume,
ich vermisse deine Stimme, ich vermisse dein Gesicht.
Ich mache mir Sorgen.
Deine Lena

Von Aussie_Danomite@mail.gov.au
An Lena_Beyer_MUC@mail.de
Datum 8. Juli 2018
Betreff Not Sam

Hi Lena,
ich kann mir vorstellen, dass du enttäuscht bist, nicht von Sam, sondern von mir Post zu bekommen. Sam weiß nicht, dass ich dir schreibe. Und wenn ich ehrlich sein darf, ich will dir eigentlich auch gar nicht schreiben.
Du weißt, ich mag dich. Ich fand euch zusammen ziemlich gut. Sam so aufblühen zu sehen, das war eine wahre Freude. Ich kenne ihn ja schon eine Weile. Nach Rayas Unfall war er einfach nicht mehr derselbe. Surfen war tabu. Frauen waren für ihn nur ein Zeitvertreib, nie wurde daraus etwas Ernstes, manchmal sind wir nachts bloß so durch die Gegend gefahren, weil er nicht alleine in seiner Bude hocken wollte. Jedes Mal, wenn er angerufen hat, bin ich in meinen Wagen gestiegen und habe ihn abgeholt. Zu jeder Tages- und Nachtzeit.
Dann kam das mit den Surfbrettern. Ich hoffte, ihn damit aus dem Schneckenhaus locken zu können. Ja, ich mag den Anfang gemacht haben, aber was ihm wirklich geholfen hat, das war deine Flaschenpost. Ich habe nur gemerkt, dass irgendwas anders war. Plötzlich war er tatsächlich interessiert an dem neuen Board, ohne dass ich ihn damit nerven musste. Zuerst wollte er nicht mit der Sprache raus, aber dann fing er an, immer mehr über dich zu sprechen. Lena hier, Lena da, Lena überall.
Ich gebe zu, am Anfang hielt ich das zwischen euch für ein Himmelfahrtskommando, von Anfang an zum Scheitern verurteilt. Gesagt habe ich ihm das nie, weil mir gefallen hat, wie er sich veränderte. Das Lachen, die Lebensfreude, alles kam zurück. Okay, dachte ich, das Mädchen tut ihm gut.

Dann wurde es immer ernster zwischen euch. Ich habe so sehr gehofft, dass ihr es irgendwie schafft. Selbst nach der Sache mit Johannes habe ich ihm Mut gemacht und ihn gepusht.
Das mit Mathilda tut mir leid. Aber, Lena, so unter uns gesagt, du hast dich ziemlich beschissen verhalten. Deine Tochter ist hingefallen. Klar, das ist dumm gelaufen, aber Herrgott noch mal, sie hat sich nur das Handgelenk gebrochen. Keine Organspende war nötig, sie musste nicht mal über Nacht im Krankenhaus bleiben. Schon klar, ich bin kein Dad und weiß nicht, wie sich das anfühlt. Aber ich bin Onkel, und das mit sehr viel Herzblut. Wenn meine Nichten hinfallen, bin ich sofort da und kümmere mich um ihre aufgeschürften Knie. Mathilda geht es wieder gut. Und es war nicht Sams Schuld. Ihn so abzuschieben, ihn einfach so zu ersetzen, nach allem, was ihr zusammen durchgemacht habt, das ist und bleibt beschissen.
Ich kann verstehen, dass er verletzt ist. Und ich kann auch verstehen, dass er jetzt seine Ruhe will.
Du siehst, Lena, du bist nicht die Einzige, die andere Leute die Drecksarbeit machen lässt.
Lass ihn in Ruhe. Ich dachte, das ist es, was du so dringend wolltest.
Daniel

Von Lena_Beyer_MUC@mail.de
An Aussie_Danomite@mail.gov.au
Datum 8. Juli 2018
Betreff Re: Not Sam

Hi Daniel,
danke für deine Mail und deine Ehrlichkeit. Wie schade, dass du mich jetzt in diesem Licht siehst, aber ich verstehe, warum du es tust. Sam kann sich glücklich schätzen, einen Freund wie dich zu haben.
Hat er meine Briefe denn gelesen? Ich habe versucht, alles zu erklären, auch wenn ich weiß, dass ich mich dabei nicht besonders geschickt angestellt habe. Ich habe auch versucht, ihn anzurufen, aber er muss meine Nummer geblockt haben, denn ich komme nicht mehr durch.
Es ist viel verlangt, ich weiß, aber bring ihn bitte dazu, meine Briefe zu lesen. Ich weiß, dass ich ihm wehgetan habe, aber ich kann alles erklären! Wenn er mich doch nur erklären lassen würde. Nur ein Anruf. Wenn er danach nie wieder etwas von mir hören will, dann gehe ich. Versprochen.
Bitte, Daniel!
Ich will ihn noch nicht aufgeben müssen. Sam schrieb mir mal, wenn er hin und wieder zweifle, wüsstest du immer gute Gründe, warum unsere Beziehung trotzdem funktionieren wird. Warum sollten die jetzt nicht mehr gelten? Es hat sich nichts geändert. Und was meinst du damit, ich bin nicht die Einzige, die andere Leute die Drecksarbeit machen lässt?
Lena

Von Aussie_Danomite@mail.gov.au
An Lena_Beyer_MUC@mail.de
Datum 10. Juli 2017
Betreff Still Dan!

Hi Lena,
du meinst wirklich, es hätte sich nichts geändert? Ist das dein Ernst? Ich hoffe, du findest dein Glück, mit wem auch immer. Und ich meinte Michaels Brief. Wie schade, dass du nicht den Mut hattest, das alles selbst zu schreiben.
Und wenn du Sam weiterhin wehtust, werde ich dir mindestens dreißig Gründe nennen, wieso du dich von ihm fernhalten sollst. Einen kriegst du jetzt kostenlos: Er ist mein bester Freund.
Und deine Briefe kann er nicht lesen. Er ist nicht hier, ich sitte nur seine Bude und sein Mailfach während seiner Abwesenheit.
Daniel

Von Lena_Beyer_MUC@mail.de
An Aussie_Danomite@mail.gov.au
Datum 10. Juli 2018
Betreff Michael

Daniel,
ich habe gerade mit Michael gesprochen und bin sprachlos. Er hat mir alles erzählt. Angeblich konnte er es nicht länger ertragen, mich so unglücklich zu sehen, und wollte mir helfen – so sagt er zumindest.
Ich kann noch immer nicht glauben, dass er Sam einfach so hinter meinem Rücken angeschrieben hat. Er hatte kein Recht, sich einzumischen, meine Beziehung zu ruinieren und mein Vertrauen auszunutzen. Ich habe ihm so manches erzählt, als ich wütend und verletzt war, weil ich dachte, er wäre ein echter Freund, der zuhört und mich in den Arm nimmt. Offensichtlich sieht er das alles etwas anders.
Er kennt Sam nicht. Er weiß offenbar nicht, was Sam mir bedeutet. Und wie weh er mir damit getan hat.
Ich muss Sam so vieles erklären, ihm sagen, was passiert ist, aber ich möchte das auf direktem Wege tun. Nimm es mir nicht übel, aber ich kann das nicht über dich regeln. Und genau deswegen bitte ich dich, die angehängte Mail irgendwie an Sam weiterzuleiten. Bitte, Daniel. Wie versprochen, wenn er danach nichts mehr mit mir zu tun haben will, dann verstehe und akzeptiere ich das. Aber es ist Zeit für die Wahrheit.
Kannst du ihm meine Briefe geben? Ich flehe dich an, Daniel.
Hier ist übrigens mein Grund: Ich liebe deinen besten Freund und will ihn nicht aufgeben!

Liebe Grüße,
Lena

Mein Sam,

ich weiß nicht, wie wir in dieses absolute Chaos geraten konnten, aber ich weiß, dass es meine Schuld ist. Ich habe der falschen Person vertraut und dem Menschen, den ich liebe, wehgetan. Aber du musst mir glauben, ich hatte keine Ahnung, dass er dir geschrieben hat. Das habe ich erst von Daniel erfahren. Als ich Michael darauf angesprochen habe, hat er alles zugegeben und mir seine Gefühle für mich gestanden, in der Hoffnung, ich würde sie erwidern. Aber das tue ich nicht. Sam, wie konntest du seinen Worten mehr glauben als meinen?
Ja, er hat mich geküsst. Das bedeutet nicht, dass ich den Kuss erwidert habe. Oder dass er mir gefallen hat. Oder dass ich mich in Michael verliebt habe. Ich habe ihm vertraut, das ist der einzige Fehler, den ich begangen habe.
Obwohl ich weiß, dass du diesen Brief vielleicht niemals lesen wirst, muss ich ihn einfach schreiben. Denk daran, wie wir angefangen haben, wie zart unsere Briefe waren. Und wie stark sie dann mit der Zeit wurden. Wie stark das Band zwischen uns wurde. Du und ich, Sam. Willst du das wirklich aufgeben, weil Michael dir einen Brief voller Lügen geschrieben hat? Ich weiß nicht, welche Behauptungen er darin aufstellt, aber nichts davon ist wahr. Wieso hast du mich nicht angerufen? Wieso nicht geschrieben? Du bist verschwunden. Ich weiß, es war falsch, mich nicht an dich zu wenden, als es mir so schlecht ging. Aber, glaub mir, ich habe keine Sekunde aufgehört, an dich zu denken und dich zu lieben. Bitte lies meine Briefe, dann wirst du es verstehen.

Sam, ich bin noch immer hier. Ich möchte in keinem Paralleluniversum leben, in dem du nur eine vage Erinnerung bist.
Renn nicht davon, Sam.

Deine Lena

Bordeaux, 19. Juli 2018

Lena,

ich weiß nicht, was du mit Daniel angestellt hast. Als mein bester Freund sollte seine Loyalität mir und nicht dir gelten. Aber dann kam dieser Umschlag aus Australien mit den Briefen, die du mir während meiner Abwesenheit geschrieben hast. Ich wollte sie nicht öffnen, aber Daniel hat mich bekniet, sie zu lesen. Und sei es nur, um sie danach zu verbrennen.

Jetzt sitze ich am Strand von Arcachon. An deinem Strand, Lena. Wo du dich ins Meer verliebt hast, wo du Urlaub mit Mathilda gemacht hast. Wo das erste Foto von dir aufgenommen wurde, das ich jemals gesehen habe.

Hier schreibe ich diese Zeilen.

Als ich deinen ersten Brief nach Mathildas Unfall bekam, wusste ich nicht, was mich erwarten würde. Das befürchtete Lebwohl oder die erhoffte Antwort. Mein Herz wollte vor Freude zerspringen und mich gleichzeitig warnen. Da lag sie wieder vor mir, die vertraute Handschrift. Die mir mit einem Mal so fremd vorkam.

Ich konnte mich nicht entscheiden. Also lag der Umschlag ungeöffnet fast eine Stunde vor mir auf dem Küchentresen, bis ich den Mut fasste, ihn einzustecken und damit zum Strand zu fahren. Egal, welche Worte du gewählt hattest, ich wollte sie lesen.

Die Sonne geht langsam unter, färbt den Himmel und den Ozean rötlich und verabschiedet sich für diesen Tag. Ich bin mir sicher, du hast eine sehr lebendige Erinnerung an solche Sonnenuntergänge hier, nicht wahr? Von damals.

Deine Briefe enthalten sehr viele Informationen, die ich der Reihe nach verarbeiten muss. Inzwischen ist einiges sicher veraltet, aber ich fange mit Mathilda an. Es freut mich, dass es ihr besser geht. Du wirst sehen, bald wird das alles nur eine Anekdote sein, von der sie stolz erzählt. Der Gips eine Art Auszeichnung für ihren Wagemut im Kletterparadies. Schön zu sehen, dass sie dir auf ihre ganz persönliche Art anzeigt, wann es ihr zu viel wird. Ich wette, es ist nicht einfach nur ein Schild an einer Kinderzimmertür, sondern ein kleines Kunstwerk, wie all ihre Bilder. Hältst du dich an das Verbot, ihr Zimmer zu betreten, besser als an das, mir nicht mehr zu schreiben?

Es tut mir leid, dass der Unfall in dir diese Verlustangst geweckt hat. Ich wünschte, jemand könnte sie dir nehmen, aber das kann nur die Zeit. Ich spreche aus Erfahrung, wie du weißt.

Du fragst, wieso ich Michaels Worten Glauben geschenkt habe?

Lena, du warst weg. Verschwunden. In deinem Leben, zu dem ich keinen Zugang mehr hatte. Nicht mal einen Blick durchs Schlüsselloch hast du mir ermöglicht. Du hast weiter existiert, ganz ohne mich.

Mit Michael.

Und dann erreichen mich die Zeilen dieses Mannes, der in diesem Monat des Schweigens offensichtlich eine wichtige Rolle in deinem – und Mathildas – Leben gespielt hat. Nachdem ich so lange auf irgendwelche News aus Deutschland gewartet hatte. Du hast ihm vertraut, ihn in deine Wohnung, an deinen Esstisch, in dein Leben gelassen. An den Platz, an dem ich sein wollte. Dann eröffnet er mir, dass ihr euch geküsst habt. Dass du schweigst, weil du mir nicht wehtun willst. Was meinst du, wie ich mich da gefühlt habe?

Ich wollte dich sofort anrufen, wollte die Wahrheit aus deinem Mund hören oder in deiner Handschrift lesen. Und dann doch wieder nicht. Was, wenn du nur das wiederholt hättest, was er geschrieben hatte? Dass du dich in ihn verliebt hast, dass Mathilda ihn gern hat und er jetzt in deinen Armen aufwacht.
Noch mal hätte ich das nicht überstanden. Wie heißt es so schön? Man kann mit der Hoffnung, dass etwas nicht so ist, wie man es sich ausmalt, besser leben als mit der Gewissheit, dass es eben doch so ist.
Es von dir zu hören, hätte mein Herz gebrochen.
Ich habe Michael geglaubt, weil ich keinen Grund hatte, es nicht zu tun. Wie sonst hätte ich mir die Funkstille erklären sollen, wenn nicht damit, dass du mich nicht mehr brauchst? Nicht mehr willst. Dann kam dieses Angebot aus Bordeaux, die Vertreterrunde bei den Surfshops mitzumachen, weil man fand, wir selbst könnten unsere Bretter besser als sonst jemand verkaufen. Das hieß, einer von uns musste bis Oktober vor Ort sein. Da hat Daniel mich sofort losgeschickt. Ich habe hier eine neue Nummer, eine winzige Wohnung mit Blick auf die Altstadt und bin eigentlich immer beschäftigt. Ich beantworte Fragen, helfe potenziellen Kunden, reise von Shop zu Shop und surfe ab und an eine Welle.
Ablenkung von den Gedanken, die mich überfallen, wenn ich stillstehe.
Ablenkung von dir.
Ablenkung von den Gedanken an dich und Michael, wie ihr euch küsst, wie er am Tisch deine Hand nimmt, dich umarmt, wie du dich an ihn schmiegst.
Ablenkung von den Gedanken an Mathilda und Michael, wie sie zusammen deine versalzene Pasta essen und sie ihm Bilder malt.

Ich kann es nicht riskieren, wieder so lange zu brauchen, bis ich eine Frau loslasse. Vielleicht wird es tatsächlich Zeit für das Eingeständnis, dass unsere Liebesgeschichte kein Happy End hat. Nein, sie lebten nicht glücklich und zufrieden bis an ihr Lebensende.

Vielleicht sind wir einfach an der Realität zerbrochen.

Es tut mir leid. Mach's gut, Lena.

Sam

PS: Du wolltest wissen, welche Worte ich für den Abschied von Raya gefunden habe? Ich hoffe, die richtigen, aber lies selbst.

Liebe Raya,

es ist eine Ewigkeit her, dass ich einen Brief so angefangen habe. Aber ich weiß noch genau, wann ich diese beiden Worte das erste Mal schrieb: Es war noch in der Schule, in der Einladung zu meinem Geburtstag, die ich dir mit zittriger Hand überreicht habe. Wir waren damals zwölf oder so.
Es tut mir leid. Es tut mir leid, dass wir uns gestritten haben. Dass ich nicht da war, als du mich brauchtest. Und am meisten tut mir leid, dass ich dich all die Jahre nicht loslassen konnte. Es war Egoismus, der mich davon abgehalten hat, mir einzugestehen, dass du nicht nach Hause zurückkommen wirst. Der mich dazu getrieben hat, dich festzuhalten. Ein Teil von mir hat immer nach dir Ausschau gehalten. Auf Partys, die wir zusammen besucht hätten, auf Konzerten, zu denen ich dich geschleppt hätte, an Stränden, in deren Brandung ich dich beim Surfen beobachtet hätte.
Jeden Tag.
Immer.
Niemals, das habe ich mir damals auf Hawaii geschworen, würde ich mich damit abfinden, dass du nicht mehr zu mir zurückkommst. Ich würde warten. So lange, wie es eben dauert. Immer wieder habe ich mir vorgestellt, dass du gerade irgendwo die Welle deines Lebens surfst. Dass du dein Leben, ein anderes Leben lebst. Dabei wusste ich doch, dass du mir das niemals antun würdest. Dass du mich nicht im Ungewissen lassen würdest. Du würdest mir eine Nachricht schicken, so wie du es immer getan hast, als du noch da warst.
Nein, Raya, du kommst nicht mehr zurück. Du bist nicht

mehr hier. Schon so lange nicht mehr, und das zuzugeben, fällt mir unendlich schwer.
Meine Entschuldigung kommt zu spät, viel zu spät, ebenso wie dieser Brief. Die ganze Zeit habe ich dich so schrecklich vermisst, dein Lachen, deine Berührungen, aber erst jetzt verstehe ich, wie egoistisch es ist, dich hier zu halten.
Ich lasse dich los, Raya.
Ich lasse dich endlich los.
Danke für die Zeit, die wir zusammen hatten, und für deine Liebe, die mir gezeigt hat, worauf es wirklich ankommt. Ohne dich, da bin ich mir sicher, wäre mir im Leben so einiges verwehrt geblieben. Dein Blick auf die Welt, deine Herzlichkeit, dein Humor und deine Art, mit Problemen umzugehen – all das hat mir imponiert. Es mag daran liegen, dass Lena dir nicht unähnlich ist, weshalb ich mich langsam wieder getraut habe, einen Menschen in mein Herz zu lassen.
Ja, ich habe eine Frau kennengelernt. Zeilen ans Meer hat sie geschrieben, die landeten in Sharks Beach, da, wo ich joggen gehe. Lena kommt aus Deutschland und ist absurd wunderbar. Ich mag sie sehr. So sehr, dass es mir Angst macht.
Du warst mein Schutzschild, mein Schatz. Hast mich vor Enttäuschungen und Narben bewahrt, aber jetzt ist es an der Zeit, das alles wieder in Kauf zu nehmen. Raya, du wirst für stets ein Zuhause hier bei mir haben, wie weit weg du auch sein magst, hier bist du sicher.
In meiner Vorstellung surfst du noch immer diese eine nie endende Welle.
Ich liebe dich und werde niemals aufhören, dich zu lieben.
Aber ich lasse dich los, mein Schatz.
Komm heil an, wohin du auch unterwegs bist.

Dein Sam

München, 24. Juli 2018

Mein lieber Sam,

denn das bist du noch immer für mich. Mein Sam.
Dein Brief hat einen Gefühlssturm in mir ausgelöst. Ich musste mich im Badezimmer einsperren, um ihn zu lesen, weil ich nicht wusste, was du mir zu sagen hast, und Mathilda mich nicht weinen sehen soll.
Nein.
Nein.
Und noch mal nein!
Ich akzeptiere deinen Abschied nicht. Wir sind noch nicht zu Ende. Nein, Sam. Ich kann dich nicht gehen lassen. Und wie kannst du glauben, ich würde jemand anderen meinen Abschied von dir verfassen lassen?
Niemals. Niemals würde ich dir das antun.
Michael war für mich ein Freund, mit dem ich im selben Sportkurs war, der mir zugehört hat und mich – wie ich dachte – verstand.
Wir haben geredet und gelacht, aber ich habe nie mit ihm geflirtet. Niemals hat er deinen Platz eingenommen. Wie auch, wenn ich mit dem Kopf stets bei dir war? Selbst in den Wochen, als ich dagegen ankämpfte, habe ich gemerkt, wie ungehorsam meine Gedanken waren. Immer haben sie sich davongestohlen, nicht nur nachts, wenn die Sehnsucht am schlimmsten war, sondern auch tagsüber. Ein Song im Radio, ein Sonnenstrahl auf meinem Schreibtisch, ein Briefkasten auf meiner Einkaufstour, jeder Schritt in meinem Viertel – alles hat sie direkt zu dir gelenkt. Ich hätte ihnen schon viel früher folgen sollen.

Ich weiß, dass die Pause eine dumme Idee war. Das weiß ich, Sam!
Mathilda hat ständig nach dir gefragt. Egal, was Michael dir erzählt hat, sie mochte ihn nicht besonders. Sie hat ihm keine Bilder gemalt, ihn nicht an der Hand genommen oder in ihr Zimmer gelassen. Dieser trotzige Blick, wann immer er vor unserer Tür stand oder uns zum Essen eingeladen hat. Wenn du denkst, nur eines der Beyer-Mädchen hätte ihr Herz an dich verloren, dann irrst du dich gewaltig. Du hast uns beide erobert.
Deswegen: Nein, Sam! Nein, dein Brief darf kein Abschiedsbrief gewesen sein, hörst du?
Deine Worte, die wie Umarmungen sind. Deine Worte, mit denen du Tausende Kilometer überbrückst und dich zu mir schreibst, die können nicht vorbei sein. Wir sind noch nicht vorbei!
Wie du dir denken kannst, habe ich meinen Spinning-Kurs gecancelt und nutze stattdessen das warme Wetter für Joggingrunden durch den Englischen Garten, so wie früher. Dabei höre ich Holly Throsbys Songs, denke an dich und lande jedes Mal automatisch an der Eisbachwelle, immer in der Hoffnung, dich dort zu finden. Da die Temperaturen steigen, weichen die Ganzkörperneoprenanzüge kurzen Surfshorts. Ich sehe schon aus der Ferne, dass keiner der Surfer dort auch nur die geringste Ähnlichkeit mit dir hat. Keine siebenundsiebzig Schritte, nicht mal hundert.
Sie sind alle nicht du.
Dabei wünsche ich mir nichts mehr, als dein Gesicht zu sehen, dich endlich wieder umarmen und küssen zu können. Dir zu sagen, wie sehr ich dich liebe und dass ich nicht zulassen werde, dass es so endet. Wie gerne würde ich die Uhr zurückdrehen, die Pause vergessen. Irgendwelche noch so

belanglosen Gespräche mit dir führen, deine müden Augen durch die Webcam beobachten und deiner Stimme lauschen, wie du mir von deinem Tag erzählst. Das alles fehlt mir so. Du fehlst mir.

Ich habe deinen Brief an Raya gelesen und weiß gar nicht, wie ich dir für dieses Vertrauen danken soll. Noch immer tut mir dein Verlust unendlich leid, dennoch bin ich stolz auf dich, weil du die richtigen Worte gefunden hast, um eure Liebesgeschichte zu verabschieden.

Sie werden Raya erreichen, da bin ich mir ganz sicher. Und auch, wenn es im Moment sicher nicht einfach ist, so hoffe ich doch sehr, sie würde mich mögen. Ich für meinen Teil mag sie. Sie ist einer der Gründe, warum du so bist, wie du bist. Nun, ich mag den Menschen, der du bist.

Ich mag ihn sehr.

So sehr, dass es mir Angst macht, Sam.

So sehr, dass ich bereit bin, gegen alle Stolpersteine anzukämpfen, die noch in der Zukunft auf uns warten.

So sehr, dass ich einen Song geschrieben habe.

Ja, ich spiele wieder Gitarre. Und ja, ich probiere wieder ein bisschen was aus. Mathilda mag es, wenn ich ihr vorspiele. Sie findet mich cool. Du hattest recht, Sam. Du hast es gewusst, als ich es noch nicht für möglich gehalten habe. Vanessa darf ich nichts von dem Song erzählen, sonst meldet sie mich sofort wieder für ein Open-Mic-Event an, und ich weiß nicht, ob ich schon bereit bin, mich erneut vor ein kritisches Publikum zu stellen. Vor allem, wenn der Song doch eigentlich nur für dich ist.

Darf ich ihn dir eines Tages vorspielen?

Ich liebe dich, Sam Miller.

Deine Lena

Bordeaux, 20. August 2018

Lena,

du hast nicht zugehört. Du hast meine Zeilen ignoriert und einfach entschieden, dass du nicht aufgeben wirst. Du hast geschrieben, wie sehr du mich vermisst und wie sehr du mich liebst. Und das, obwohl ich sehr deutlich war in meinem letzten Brief.

Ich sage »Leb wohl«, und du sagst einfach »Hallo«. Dabei trägst du dieses ärmellose rote Sommerkleid, in dem du wunderschön aussiehst. Du lächelst, nervös, traurig und glücklich zugleich, und es ist, als träfe mich dieses Lächeln wie ein Schlag. Du machst einen Schritt auf mich zu, obwohl ich rückwärtsstolpere und gegen die Kommode pralle, in meinem viel zu engen Flur in der viel zu engen Wohnung. Du greifst nach meiner Hand, ich ziehe sie nicht weg.

Kann sie nicht wegziehen.

Du verhakst unsere Finger und bleibst direkt vor mir stehen. Mein Herz hämmert so laut gegen meine Rippen, dass es mir heute noch wehtut.

Dann sagst du: »Renn nicht davon.« Aber diesmal flüsterst du, und ich sehe deine Tränen. So nah stehst du vor mir. Ich sehe alles. Meine Hand drückt deine, nur kurz und viel zu fest, aber ich kann nicht anders.

München–Bordeaux. Mit dem Auto. Vanessa und du, dreizehn Stunden am Stück. Mathilda auf der Rückbank mit dem Koala auf dem Schoß und dem Känguru im Rucksack. Sommerferien in Arcachon, drei Wochen – mit einem kleinen Umweg über Bordeaux. Die beiden warten draußen, im Bistro gegenüber, sagst du. Um uns Zeit zu geben. Zeit für uns.

Du willst mich küssen, aber ich weiche zurück, wenn auch nur ein kleines Stück. Ich sehe, wie dein Blick zu der Kette wandert, die ich noch immer trage, die ich nie abgenommen habe, weil du sie mir geschenkt hast. Weil ich dich nicht ganz loslassen kann. Als du deine Hand an meine Wange legst, muss ich die Augen schließen, weil alles zu viel wird. Du wirst zu viel.

Ich spüre deine Berührung, atme deinen Duft ein und weiß, dass du mich küssen wirst, wenn ich es zulasse. Ich will dich küssen, und gleichzeitig will ich es nicht. Du kommst näher, ich öffne die Augen, und du küsst mich. Deine Lippen sind weich, schmecken salzig von den Tränen, die noch immer über deine Wangen laufen, und fühlen sich so vertraut an. Du wartest, ob ich dich zurückküsse. Ich will es tun, gleichzeitig will ich es nicht.

Aber alles, was wir waren und noch immer sind, gewinnt, verführt mich dazu.

Weil ich nicht anders kann.

Ich lege meinen Arm um deine Taille, ziehe dich an mich, spüre deinen Körper an meinem, du passt in meine Umarmung, in mein Leben, wie das letzte fehlende Puzzlestück. Einfach so vervollständigst du mich, nimmst mir die Angst und ersetzt sie durch ein anderes, stärkeres Gefühl.

Als wir uns atemlos voneinander lösen, lächelst du und sagst ein zweites Mal »Hallo«. Diesmal erwidere ich den Gruß.

Und dann reden wir. Du entschuldigst dich. Für das, was du gesagt hast, und für alles, was du so lange nicht gesagt hast. Dann gibst du mir eine Handvoll Polaroids. Damit ich mich erinnere, wer du bist, wenn ich in deinem Leben bin, sagst du.

Es sind Fotos von dir auf dem Holly-Throsby-Konzert, aufgenommen von Vanessa.

Ich sehe dich lächeln, mit geschlossenen Augen tanzen, weinen und lachen. Ich sehe dich so, wie ich dich kenne. So, wie ich dich liebe.
Ich liebe dich noch immer, Lena. In den letzten drei Wochen, die wir zusammen hier verbracht haben, ist deine Sammlung an Polaroids ganz schön angewachsen, und wir sehen sie uns immer wieder an, sobald Mathilda im Bett ist.
Vanessa, die mich zum Abschied umarmt, bevor sie allein den Zug nach Hause besteigt.
Ich, wie ich Mathilda auf ein Surfbrett stelle. Ich darf sie auf keinen Fall loslassen, sagt sie.
Du, wie du Mathilda vom Strand aus beobachtest, besorgt, aber mit einem Lächeln im Gesicht.
Ich, wie ich draußen auf dem Brett sitze und auf das neue Set warte.
Wir beide auf der Promenade von Arcachon, Arm in Arm, wenn du – wie so oft – Touristen gebeten hast, ein Foto von uns zu machen.
Dir fallen tausend Dinge an mir auf: wie meine Haare in der Sonne immer heller werden, wie viele Sommersprossen ich auf der Nase habe – angeblich vierzehn –, wie unterschiedlich tief meine Grübchen beim Lächeln sind.
Immer wenn wir ein Restaurant verlassen, strecke ich automatisch die Hand nach dir aus, nur um sicherzugehen, dass du da bist.
Dann küsst du meinen Hals, deine Hand wandert über meine Schulter, du ziehst mich zu dir herunter und küsst mich auf den Mund. Ich weiß, was du mir damit sagen willst, verstehe dich nach all den Briefen ganz ohne Worte.
Wir schlafen miteinander, oft, innig, langsam und zärtlich. Weil diese drei Wochen zusammen sich wie eine geschenkte Ewigkeit anfühlen. Weil wir endlich Zeit haben, uns nicht

beeilen müssen, sondern es auskosten dürfen. Ich genieße jede deiner Bewegungen, spüre deine Küsse, lasse dich noch näher an mich heran als zuvor. Weil ich am nächsten Morgen nicht zum Flughafen muss, weil du keinen Anschlussflug in Dubai erreichen musst. Weil ich dich in der nächsten Nacht wieder lieben darf. Weil du bleibst.

Heute, an eurem letzten Tag, sind wir zwei alleine – Mathilda ist im Töpferkurs für Kinder, worauf sie sich schon die ganze Zeit gefreut hat – zum Strand gegangen, mit einer Flasche und meinem Brief für Raya. Bisher hat mir der Mut gefehlt, aber mit dir an meiner Seite fällt es mir ein bisschen leichter. Während du zusiehst, gehe ich so weit ins Wasser, dass meine Shorts nass werden. Dann hole ich aus und lasse los. Anschließend umarmst du mich und hältst mich fest, verlangst keine Worte und gibst mir die Zeit, die ich brauche.

Jetzt liegst du neben mir und schläfst, erschöpft vom Tag und von der Nacht. Morgen früh fahrt ihr zurück nach München. Zurück nach Hause. Zurück in die Realität, die wir kennen. Dies ist unsere Geschichte, die ich dir immer und immer wieder erzählen möchte. Am Strand, zum Einschlafen, beim Frühstück. Jetzt habe ich sie aufgeschrieben, damit du sie so oft lesen kannst, wie du willst.

Drei Wochen, die ich nie vergessen werde. Drei Wochen, in denen wir zusammen waren. Drei Wochen, in denen wir echt waren.

Danke, Lena. Dafür, dass du nicht zuhörst, wenn ich aufgebe. Dafür, dass du »Hallo« sagst, wenn ich »Leb wohl« sage. Dafür und für alle Worte dazwischen liebe ich dich.

Dein Sam

PS: Der August bleibt für immer unser Monat.

München, 29. August 2018

Mein lieber Sam,

ich kann es kaum erwarten, dich wiederzusehen. Kann es sein, dass ich mich so schnell an dich gewöhnt habe? Einige würden sagen, es war nichts weiter als ein gemeinsamer Sommerurlaub, aber wir beide, wir wissen, dass es unendlich viel mehr war.

Dich tatsächlich zu spüren, dein Gesicht zu sehen, während du die Speisekarte im Restaurant studierst und dich mit Händen, Füßen und einigen Brocken Deutsch mit Mathilda unterhältst, das ist unbezahlbar. Wie sie dich ansieht, an deinen Lippen hängt, auch wenn sie nicht alles versteht, was du sagst. Ihr zwei habt eure eigene Art gefunden, euch zu verständigen, und braucht meine Übersetzungskünste nicht mehr. Sogar deine kleinen Macken habe ich lieb gewonnen. Dass du die Zahnpastatube immer schief zuschraubst. Dass du Eselsohren in die Bücher machst (aua!), statt Lesezeichen zu verwenden. Dass du nachts meine Decke klaust, weil deine auf den Boden gerutscht ist. Dass du gerne ausschläfst, obwohl ich früh rausmuss. Dass du deine Kaffeetasse im Bad vergisst. Wieso stört mich das alles nicht? Weil es bedeutet, dass du da bist. Der Alltag mit dir fühlt sich gut an, den Tisch für drei zu decken, deine Wäsche mitzuwaschen. Das alles macht mich sehr glücklich.

Du machst mich glücklich, Sam.

Und ja, ich wage es wieder! Open-Mic-Abend am 14. September im Art 'n' Boards, Beginn 19 Uhr! Mathilda wird bei Johannes sein, aber irgendwann soll sie auch mitkommen und mich singen sehen. So richtig, mit Publikum. Ich

kann dir gar nicht sagen, wie nervös ich bin, diesen neuen Song vor Fremden zu singen. Werden sie verstehen, wieso ich von einer Flaschenpost singe und nicht Stings Welthit meine? Aber eines weiß ich sicher: Du, Sam, du verstehst es. Manchmal ist es eben so, wie es mit meiner Flaschenpost war, man kommt nur auf sehr großen Umwegen ans Ziel. So wie wir. Aber diese Umwege sind es alle wert gewesen, sie haben mir gezeigt, worauf es wirklich ankommt. Kaum zu glauben, dass am Anfang die Zeilen standen, die ich vor so vielen Jahren dem Meer anvertraut habe.
Ich würde nichts anders machen, solange wir am Ende zusammen sein dürfen.
Ich liebe dich.

Deine Lena

PS: Ich habe »Into the wild« beendet und natürlich Rotz und Wasser geheult, du kennst mich. Was für ein großartiges Buch!

Guten Morgen, liebe Schlafmütze,
na, endlich wach?
Die Veranstaltung beginnt um neunzehn Uhr, bleib nicht wieder zu lange am Eisbach, sonst kommst du zu spät! Ich muss heute deine Augen in der Menge finden. Die Adresse habe ich dir aufgeschrieben.
Und könntest du auf dem Heimweg vielleicht noch ein paar Sachen einkaufen? Der Einkaufszettel liegt auf dem Küchentisch. Danke!
Bis heute Abend.
Ich liebe dich,
Lena

Danksagung

Mein größter Dank gilt meiner Familie zu Hause, wie auch meiner Reisefamilie, die ich verstreut auf dem ganzen Globus habe und stets schrecklich vermisse.

Alex und Elmo, dafür, dass ich mit euch überall zu Hause bin, egal wie viele Kilometer uns auch trennen mögen.

Christian Kant für deine jahrelange Unterstützung, egal mit welcher Idee ich zu dir gekommen bin, du hast immer gesagt: »Machen wir«.

Der Roadtrip-Crew, die für mich jeden Umweg fährt und mich jedes Mal sicher ans Ziel bringt.

Chandler, du bist der perfekte Testleser gewesen, ohne dich hätte ich die Idee niemals aufgeschrieben.

Meiner fantastischen Agentur, die sich für die Geschichte einer verlorenen Flaschenpost begeistert hat, bevor ich wusste, wie sie ausgehen wird.

Und meiner Lektorin Stefanie Zeller sowie dem Verlag für das Vertrauen in die Geschichte von Lena und Sam.